那年长安

唐诗里的帝都历史与文化

吴振华 著

河北出版传媒集团

河北人民出版社

石家庄

图书在版编目（ＣＩＰ）数据

那年长安 ： 唐诗里的帝都历史与文化 / 吴振华著
. -- 石家庄 ： 河北人民出版社，2021.9
ISBN 978-7-202-15655-1

Ⅰ．①那… Ⅱ．①吴… Ⅲ．①唐诗－诗歌研究②长安
（历史地名）－文化史－研究 Ⅳ．①I207.227.42
②K294.11

中国版本图书馆CIP数据核字(2021)第160709号

书　　名	那年长安：唐诗里的帝都历史与文化	
	NANIAN CHANGAN TANGSHILI DE	
	DIDU LISHI YU WENHUA	
著　　者	吴振华	
责任编辑	王　静　李　耘	
美术编辑	李　欣	
封面题字	沙　鸥	
责任校对	余尚敏	
出版发行	河北出版传媒集团　河北人民出版社	
	（石家庄市友谊北大街330号）	
印　　刷	河北新华第一印刷有限责任公司	
开　　本	787毫米×1092毫米　1/16	
印　　张	23.75	
字　　数	232 000	
版　　次	2021年9月第1版　　2021年9月第1次印刷	
书　　号	ISBN 978-7-202-15655-1	
定　　价	80.00元	

唐诗，是中国文化史上一颗璀璨的明珠；唐诗，是中国诗歌史上一朵艺术的奇葩；唐诗，也是中华民族那个辉煌盛世的历史影像；唐诗，更是人类文明史上惊耀世界的人间奇迹。

长安，是大唐帝国的都城，也是当时政治、经济、文化的中心。唐诗与长安，有着难以分割的血肉联系，唐代绝大多数诗人的人生命运与长安紧密相连，众多名篇佳构都创作于长安或旨趣归向长安，不仅描写长安五彩缤纷的社会生活图景，而且抒发诗人对长安的盛世情怀。从某种意义上说，长安就是唐诗的艺术舞台，长安情结就是唐诗的精神内核。如果没有长安，也就不存在一部流传至今的煌煌五万余首的《全唐诗》！

长安，一座文化底蕴深厚的都城，中国首座称为"京"的都城。在此地，周文王筑丰京，武王建镐京，合称丰镐。汉高祖设置长安县，营建规模宏大的未央宫，迁都至长安城，取意"长治久安"。长安位于八百里秦川东南部的龙首原，巍峨雄峻的秦岭山脉沿城南折向东北。发源于秦岭的灞河、浐河、潏河等八条河流，纵贯长安，流向西北并汇入渭河。这就是所谓的"四郊秦汉国，八水帝王都"。这里有帝王辉煌壮丽的宫殿，也有高门贵族的楼阁豪宅，是唐帝国繁荣鼎盛的象征；这里是帝王游乐园，诗人们侍奉帝王游宴，应制赋诗颂圣；这里是长安游侠的舞台，他们击剑啸歌，雄姿英发，渴望驰骋疆场，建功立业；这里是士人宦途的起点，他们应举中第，畅游长安，醉卧曲江，雁塔题名；这里有众多寺庙道观、帝王陵寝及美丽风景，供诗人们登览游赏，或发思古之幽情，或退居山水田园追求闲适隐逸的情趣，或追忆笙歌达旦的风流韵事。总之，长安是一座令人心驰神往、气势恢弘的都市。

长安是科举文化的策源地。科举取士是唐代"文德政治"的基础，也是"文德政治"的体现；通过科举培养士人的儒家情怀，培养文学艺能，诗赋取士最具特色。科举与唐诗关系密切，科举考试的形式和内容，以及相关生活、现象都成为唐诗的组成部分，无论成功或者失败，科举都深刻而持久地影响诗人的情绪，在他们心中烙下深深的印痕。科举是唐代士人生命的一部分，用生命的血泪和欢乐凝成的诗歌具有永恒的艺术价值和审美价值。

长安还有终南山文化圈现象。终南山，雄峙长安城南，是帝都的天然屏障。涧水清流，山谷幽深，竹苞松茂，达官贵人在这里修筑别墅，潇洒徜徉于山水，盘桓逍遥于松云，笑傲烟霞；或退朝归来，焚香参禅，享受"亦官亦隐"的清闲；或隐居读书，寻求通往宦途的"终南捷径"。终南山，是唐代的一个标记，也是唐诗的一个意象，更是长安的一张名片。其中的骊山，属秦岭支脉，在临潼之南，由东西绣岭组成，山势逶迤，树木葱茏，宛然一匹苍黛色的骏马。周、秦、汉、唐，这里是皇家园林，离宫别馆众多。据说上古时期，女娲曾在这里"炼石补天"；西周末年，周幽王在此上演"烽火戏诸侯"的闹剧；秦始皇统一六国，混一区宇，其陵寝就建在骊山脚下，留下举

世闻名的秦兵马俑。骊山富有深厚的文化底蕴，也是登临游览的胜地。

还有西岳华山，位于京畿重地华阴县境，南接秦岭，北瞰黄渭，自古就称为"奇险天下第一山"。而京兆属县鄠厔（zhōu zhì，今作周至），山环水绕，风景秀丽，是从京城通往西南的交通咽喉。白居易在这里完成名作《长恨歌》，歌唱"天长地久有时尽，此恨绵绵无绝期"的人间至爱。

长安四季，景色优美：春天烟水明媚，繁花似锦；夏季碧绿如海，浓荫匝地；秋来天高气爽，落叶金黄；冬季雪花飞舞，银装素裹。这些景致都是唐诗的元素，也吸引莘莘学子怀揣雄心梦想奔向长安、游学求仕于长安。

长安，一座诞生缤纷梦想的都城。汇聚天下英雄的梦想：帝王梦想盛世永昌，王侯将相梦想富贵永恒，文人志士梦想一朝成名。大唐壮丽恢弘的宫殿，繁花似锦的街市，文恬武嬉的宴会，蒸蒸日上的事业，都是无数梦想构成的图像。其中包括诗仙李白大济苍生、使"海县清一"的盛世伟梦，诗圣杜甫"致君尧舜上，再使风俗淳"的鸿儒大梦。长安繁华鼎盛的时期，激起无数人建功立业的雄心，滋养着无穷无尽的青春梦想。

长安，一座萦绕真挚情感的都城。这里不仅孕育五彩缤纷的梦想，也激发出丰富复杂的情感，既有缠绵悱恻的相思爱情，也有思君恋阙的深重情怀、怀念故土的绵绵乡愁，还有朋友之间的离别感伤与诚挚慰勉。唐人重情重义，每一种感情的抒发，都显得真挚纯粹，千载之后还令人动容。长安，是唐代最大的逆旅。人们奔走在宽阔的长安大道上，从四面八方云集京师，或从京城星散四方。因而，每个人都是长安道上的匆匆过客，都有着关于作客长安的真切记忆。

总之，大唐王朝雄伟壮阔的胸襟、繁荣昌盛的气象、和平安祥的氛围、锐意开拓的精神，孕育了一代又一代诗人豪迈奔放的气质、淋漓酣畅的逸兴、飞腾壮丽的想象、清灵静澈的心境。诗人们在这样恢弘广阔、如诗如画的背景下，以长安为中心，或使往四方，或自四方云集京师，为求学、从宦、赴军、游历而不断奔忙，在金碧辉煌的宫殿、达官要人的别墅、长安大道的酒肆、风景秀美的胜地、空旷苍莽的军营，甚至淳朴简陋的农舍，都不时在举行宴会，都会有人离别而去，也有人不断路过或赶到这些宴会的地方。唐代赠别、留别、酬赠诗就大部分产生于这样的背景或氛围之中。

唐诗，展现了唐人在那个健康发展的时代，健全完美的人格、包蕴涵融的心胸、飞腾壮丽的想象、无与伦比的自信、动地惊天的才华；表现了诗人在继承前人艺术成就的基础上，兴会空前的创造、锐意开拓的探索；也体现出唐人与时代脉搏同呼吸共命运的担当，对现实人生执着追求的风貌。

本书精选与长安相关的唐诗80多首，聚焦于长安胜景和诗人的长安情怀，充分挖掘凝聚于长安的历史文化内涵，通过对诗歌的赏析，为读者勾勒出那个黄金时代的盛世影像。重点选取描写长安人物、景致、风物、乡情的诗词，从"醉长安""长安春""长安秋""终南望""长安情""长安客""长安梦"等层面进行主题烘托，展现出立体、饱

满、生动的长安生活图景。期望在弘扬中华优秀传统文化和实现中华民族伟大复兴的征途上，略尽绵薄之力。

本书面向普通读者，难度适中，追求有情怀、有韵味，既有一定的专业分析，又有通俗化的解说。每首诗的赏析文字，力求简洁优美，为读者带来精神愉悦。围绕长安文化这个核心，尽量为读者呈现大唐包容开放、繁华美丽的新境界，摒弃一切消极阴暗、厌世逃避的负能量。

本人生活并成长于杏花春雨的锦绣江南，对长安知之甚少，却无限神往大唐盛世的雄姿壮彩，心中也有一个回归大唐的宏伟梦想。由于经历和学历的制约，在博大精深的唐诗中探寻长安文化的底蕴，深感力不从心，书中肯定有诸多不当之处，敬请读者批评指正。另外，本书参考了前人及时贤的成果，未能一一注明，也请读者谅解。

目录

贰

长安春

叁

长安秋

陆

长安客

柒

长安梦

那年长安

唐诗里的帝都历史与文化

⊙元　王振鹏　《大明宫图》(局部)
　　纸本，31.1 cm×683.3 cm，美国大都会美术馆藏。

醉

壹

长ぁ

长安是唐帝国的都城，"四郊秦汉国，八水帝王都"。这里有帝王居住的辉煌壮丽的宫殿，也有皇亲国戚及高门贵族的穷奢极欲的富贵生活，是繁荣昌盛而奢华靡丽的唐帝国的象征；这里是帝王的游乐园，诗人们侍奉帝王游宴，应制赋诗，或歌颂贵妃惊耀人寰的美貌，或夸耀皇宫早朝的庄严雄浑景象；这里是长安少年尚武游侠的追梦之地，他们佩剑走马，雄姿英发，交朋结友，豪饮酒肆，渴望驰骋疆场，建功立业；这里也是读书人追求梦想的地方，举子们在这里应举中第后，畅游长安，醉卧曲江，雁塔题名，展现人生春风得意的情怀；这里有众多的寺庙仙观、帝王的陵寝及美丽的风景，可以供诗人们登览游赏，或登骊山高顶，或登雁塔远眺，或登乐游原望夕阳，或到西明寺看牡丹，或去香积寺参禅悟道，或凭吊秦汉帝王的陵墓，发思古之幽情；或居住辋川山庄体味田园乐趣，或欣赏西岳华山的壮丽奇景，追求隐居的理想，或追忆灯红酒绿的风流韵事。总之，长安是一座令人迷醉、气魄宏大的都市。这部分"醉长安"选诗二十三首，从都城建置到城市生活，再到登临游赏，全方位反映唐代帝都的繁华景象。

帝京篇

骆宾王

山河千里国，城阙九重门。

不睹皇居壮，安知天子尊。

皇居帝里崤函谷，鹑野龙山侯甸服。

五纬连影集星躔，八水分流横地轴。

秦塞重关一百二，汉家离宫三十六。

桂殿嵚岑对玉楼，椒房窈窕连金屋。

三条九陌丽城隈，万户千门平旦开。

复道斜通鳷鹊观，交衢直指凤凰台。

剑履南宫入，簪缨北阙来。

声名冠寰宇，文物象昭回。

钩陈肃兰戺^{shì}，璧沼浮槐市。

铜羽应风回，金茎承露起。

校文天禄阁，习战昆明水。

朱邸抗平台，黄扉通戚里。

平台戚里带崇墉，炊金馔玉待鸣钟。

小堂绮帐三千户，大道青楼十二重。

宝盖雕鞍金络马，兰窗绣柱玉盘龙。

绣柱璇题粉壁映，锵金鸣玉王侯盛。

王侯贵人多近臣，朝游北里暮南邻。

陆贾分金将宴喜，陈遵投辖正留宾。

赵李经过密，萧朱交结亲。

丹凤朱城白日暮，青牛绀幰红尘度。

侠客珠弹垂杨道，倡妇银钩采桑路。

倡家桃李自芳菲，京华游侠盛轻肥。

延年女弟双凤入，罗敷使君千骑归。

同心结缕带，连理织成衣。

春朝桂尊尊百味，秋夜兰灯灯九微。

翠幌珠帘不独映，清歌宝瑟自相依。

且论三万六千是，宁知四十九年非。

古来荣利若浮云，人生倚伏信难分。

始见田窦相移夺，俄闻卫霍有功勋。

未厌金陵气，先开石椁文。

朱门无复张公子，灞亭谁畏李将军。

相顾百龄皆有待，居然万化咸应改。

桂枝芳气已销亡，柏梁高宴今何在。

春去春来苦自驰，争名争利徒尔为。

久留郎署终难遇，空扫相门谁见知。

当时一旦擅豪华，自言千载长骄奢。

倏忽抟风生羽翼，须臾失浪委泥沙。

黄雀徒巢桂，青门遂种瓜。

黄金销铄素丝变，一贵一贱交情见。

红颜宿昔白头新，脱粟布衣轻故人。

故人有湮沦，新知无意气。

灰死韩安国，罗伤翟廷尉。

已矣哉，归去来。

马卿辞蜀多文藻，扬雄仕汉乏良媒。

三冬自矜诚足用，十年不调几迁回。

汲黯薪逾积，孙弘阁未开。

谁惜长沙傅，独负洛阳才。

赏析

俗话说:"罗马不是一天建成的。"雄伟壮丽的皇都长安城何尝不是如此!

自秦汉到初唐,历经八九百年的风雨烟云,在历代不断累积的基础上,才造就今日的繁荣昌盛局面。在七世纪中叶,经过初唐贞观之治,到高宗朝,长安已出现了恢弘阔大、蒸蒸日上的气象,似乎又恢复了当年炎汉的风采。但是,历史具有双面性,既可以作为继续发展的客观基础,也能像一面镜子为后人提供经验教训,因为"以史为镜,可以知兴替"。目睹长安皇居的壮丽,初唐人会想些什么呢?大诗人骆宾王的《帝京篇》为我们揭开大唐长安神秘的面纱。

骆宾王(619?—687?),字观光,婺州义乌(今浙江义乌)人,"初唐四杰"之一。据说七岁就写了《咏鹅》,显露出诗歌的天赋。曾为道王李元庆府属,历武功、明堂、长安主簿,仪凤三年(678)入朝为侍御史,被诬下狱,作《在狱咏蝉》抒愤懑并表明自己的高洁之志,次年遇赦。调露二年(680)除临海丞,因不得志而辞官。光宅元年(684)为扬州起兵反叛的徐敬业作《讨武曌檄》,敬业败,亡命不知所之,有人说被杀,有人说出家为僧了。

这首诗作于唐高宗上元三年(676),当时诗人从武功主簿调任明堂主簿,因深感沉沦下僚、抑郁难伸的苦闷,遂借汉喻唐。据《旧唐书·文苑传》记载,这首诗亦作《上吏部侍郎帝京篇》,诗前有一篇"启",说当时吏部侍郎裴行俭向骆宾王索要文章,骆宾王遂精心结撰此诗投赠给他，一方面体现自己具有"登高能赋"并"寓情于小雅"的士大夫情怀，另一方面也期待通过此诗的干谒而获得改变命运的机会。由于诗歌规模宏大、含蕴深厚、气势雄壮、音韵铿锵，遂很快传遍京畿，当时就被称为"绝唱"。

全诗描绘帝都长安城的壮丽辉煌，具有汉大赋的格调，既显示出大唐帝国繁荣昌盛、蓬勃向上的时代风貌，也提出"未厌金陵气，先开石椁文"居安思危的警示，结尾以怀才不遇的贾谊自喻，抒发"谁惜长沙傅，独负洛阳才"的悲愤情怀。诗歌结构严谨，共分四个层次：一、以如椽之笔描绘京都长安的胜状图；二、描写王侯贵戚与社会下层豪奢游宴的世情风俗画；三、描绘一幅幅上层政治集团变幻莫测的争斗图；四、抒发滞留京都、仕途偃蹇的苦闷及期待获得援引的愿望。因本书容量的限制，这里只赏析全诗的第一部分，以见大唐长安城的整体面貌。

长安是第一座被称为"京"的都城，周文王筑丰京，武王建镐（hào）京，合称丰镐。汉高祖置长安县，在渭河南岸、阿房宫北侧秦代兴乐宫的基础上兴建长乐宫，并营建规模宏大的未央宫，遂迁都至此，因地处长安乡，故名长安城，取意"长治久安"。长安位于号称八百里秦川东南部的龙首原上，巍峨雄峻的秦岭在城南折向东北，造成长安地形东南高而西北低。发源于秦岭的灞河、浐河和潏河等，受到地形的制约，纵贯长安东南地区，流向西北并汇入渭河。这些河流切割平原，形成东南—西北走向的长条块状。只有灞、浐、潏河之间的平原最为开阔，东西宽约十七公里，南北长约四十公里，以龙首原为界，形成南北不同的地形单元。

在如此险要地形上建造的宫阙显得气势磅礴。汉代以大为美，崇尚热烈奔放的朱色，宫殿均建筑在巨大的座基上，座基又累积层台，犹如登天的梯子一般，四角飞檐翘起的宫殿楼台，遂有高耸云霄、环抱苍穹的气势。隋唐时代的宫殿在吸取汉代建筑优点的基础上，显得更加气度恢弘。

开篇是四句五言诗，气势雄迈。"千里山河"的辽阔与"九重城阙"的壮丽，既相互映衬，又互为条件。只有坐拥这大好河山，才能建造如此雄伟的宫殿；只有高居于壮丽的皇宫，才能统治这万里河山。所谓"普天之下莫非王土，率土之滨莫非王臣"，帝王的高贵一下子凸显出来，所以接下来说不亲眼看到皇宫的壮丽，难以体会天子的尊严。这里隐含一个典故：据《史记·高祖本纪》记载，丞相萧何建造未央宫，立东阙、北阙、前殿、武库、太仓，极尽壮丽奢靡之能事。草莽出身的高祖见此很不高兴。萧何说："天子以四海为家，非壮丽无以重威，且无令后世有以加也。"这四句诗既给人一种旷远宏阔、雄视九州的气概，又表达出称颂羡慕、赞叹惊讶的强烈情感，形象生动地概括出泱泱大国的帝都风貌，统领全篇，为下面的铺叙揭开序幕。

接着六句描写长安远景：皇城东面遥望雄峻高耸的崤山，幽深险要的函谷关紧紧锁住关中平原的东大门；然后以帝都龙首原为圆心，以五百里为半径的侯服、甸服区域层层拱卫着京城；天上五星连缀聚集东方照耀着这块古老的雍州大地，而发源于秦岭山脉的渭、泾、沣、涝、潏、滈、浐、灞八条河流环绕长安城，滔滔奔流如横贯地轴。遥想当年，秦始皇定都关中时，为了让长安城固若金汤，在四周的群峰峡谷设立了百二雄关，挑选心腹良将把守，"陈精卒厉兵而谁何"；而汉代的皇帝们又在此地建立离宫别馆三十六座，妃嫔如花满宫殿，极尽世间的富贵奢华。这些诗句从地理空间与历史时间的双重视角，为我们展现了一幅宏伟壮丽的立体画卷，将"山河千里国"的面貌作了细致描绘。

接下来六句描写长安的近景：皇帝居住的宫殿巍然耸立与色彩缤纷的玉楼相互争雄；而后妃们居住的雕饰芬芳的椒房窈窕深邃，紧紧连着宠姬们幽居的精致玲珑的金屋；纵贯南北的三街和横穿东西的九陌依附在皇城的周围，早上红日初升，霞光万道，宫殿的万户千门全部敞开，呈现出涵融天地吐纳灵潮的气象；楼阁之间有复道凌空衔接，如飞跨的彩虹，斜斜地通向像鸱鹊那样展翅欲飞的宫观；纵横交织的街道四方通向像凤凰那样五彩耀眼的楼台。这就是对皇居壮观的具体描绘，既写出了帝京的金碧辉煌，又凸显天子的尊贵威严。

皇帝的尊严，不仅需要用雄伟壮丽的宫殿来烘托，更要有依赖皇帝的恩泽而生存的王侯贵戚来映衬。因此，接下来就描绘豪门权贵们华丽的穿戴和奢靡的生活图景：他们或者身份高贵，峨冠博带，佩戴宝剑，从南门进入宫殿朝觐皇帝；或者因为建立功勋后，受到皇帝赏赐，簪缨佩绶，从北阙志满意得地走出宫门。这些享受殊荣厚赐的将相们，既美名远扬、声震寰宇，还有图像被画在凌烟阁上，业绩载入史册，荣光照耀家族。

帝王为了巩固延续其统治，往往注重文化教育，特别汉代最重儒学，"罢黜百家，独尊儒术"就是典型的表现。"钩陈肃兰陀，璧沼浮槐市"两句，描写天子学宫的圣境，静穆清幽：学士们宽袍博带，斯斯文文地漫步在泮池、文市，集贤殿里，青槐树下，他们坐而论道，纵谈古今，何等风流儒雅！只有推行教化，广开言路，才能形成风清气肃、和乐融融的社会氛围。

随着政权的稳固和社会的繁荣，于是助长帝王们祈求长生的梦想，汉武帝曾在甘泉宫的露台上建筑铜人金茎承露盘，那展翅翱翔的铜鸟殷勤地探测着风云变幻，期盼国泰民安；那高擎金盘的仙掌虔诚地承接着玉露，祈愿天子万寿无疆！还有文士们在天禄阁校阅图书，弘扬文化；武将们在昆明池里，修建楼船，操练水军。大家恪尽职守，文臣治国安邦，武将戍边拓土，国家呈现出一派积极进取、欣欣向荣的景象。受帝都皇宫金碧辉煌的影响，权贵们也纷纷仿效，大兴土木，建造豪华的私家庭院，朱门府邸属豪门贵族，金扉院落皆皇亲国戚。这些居所，规模虽不及宫廷壮观，但也极尽奢华，如同皇帝的离宫一样富丽堂皇。

古人说："精骛八极，心游万仞。"（陆机《文赋》）又说："寂然凝虑，思接千载，悄焉动容，视通万里。吟咏之间，吐纳珠玉之声；眉睫之前，卷舒风云之色。"（刘勰《文心雕龙·神思》）描述了诗人创作时展开艺术想象的情景。骆宾王是初唐杰出的赋家和诗人，这就是他想象的当年汉代长安城的壮丽画面，其实也是唐代长安城的真实写生。诗歌后面还有很多内容，在极尽铺陈之后，抒发了怀才不遇的悲叹。

总体上看，骆宾王的这一鸿篇巨制，既有与汉代大赋比美争雄的创作意图，也吸取了汉赋劝百讽一的特点，结尾归结到讽谏上来。而其最杰出的优点是不仅表现了自己沉沦偃蹇的感慨，还体现了初唐时代文体追求气势遒劲的审美特征。清人沈德潜认为这首诗，通过描述宫阙的壮丽和王侯贵戚的奢靡来慨叹世道变迁，并感伤自己的湮滞（《唐诗别裁》），很有道理，然而诗中突出帝京长安的关塞之险与宫阙之胜，气势宏伟，堪称"卓荦（luò）不可一世"的艺术杰作。

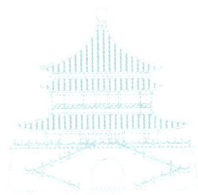

登观音台望城

白居易

百千家似围棋局，
十二街如种菜畦。
遥认微微入朝火，
一条星宿五门西。

　　唐代经济繁荣的一个伟大创造就是首都长安城的建筑布局。唐都长安，是一座非常繁荣、规模空前、壮丽辉煌的特大城市。由宫城、皇城、外郭城三部分组成。宫城是供皇帝及皇族居住和处理朝政的地方，位于长安城北部的最中央。"东西四里，南北二里二百七十步，周长一十三里一百八十步，其高三丈五尺。"（《长安图志》卷一）南面五门：东起为永春门、长乐门、承天门、广运门、永安门。北面二门：玄武门、至德门。承天、玄武分别为南军（驻军约一千人）、北军（驻军约五千人）的重地。皇城又名"子城"，是政府机关的所在地，紧附于宫城之南，北面没有城墙，与宫城相隔一条三百多步的横街。"皇城东西五里一百一十步，南北三里一百四十步，周长一十七里一百五十步。"城门共有七座：南面正中为朱雀门，东为安上门，西为含光门；东面有延喜门、景风门；西面有顺义门、安福门。骆宾王诗句"三条九陌丽城隅，万户千门平旦开"就描写长安城的壮丽景象。外郭城又名"京城"，是一般居民和官僚的住宅区，也是长安城的商业区，从东、西、南三面拱卫宫城和皇城，因此也称"罗城"。"前直子午谷，后枕龙首山，左临灞岸，右抵沣水，东西长一十八里一百一十五步，南北一十五里一百七十五步，周长六十七里，高一丈八尺。"长安城原来的面貌现在不存在了，但据考古发掘出来的长安古城墙基的长度为三十五公里，是现在西安市城墙区域以内的七倍半。南城的商业区布满了商店、旅馆，住着从中亚、朝鲜、日本和东南亚以及欧洲三百多个国家来的商人。据统计，住在长安城的

各类人口，达到一百万以上。长安，不仅是唐代的政治经济文化中心，也是当时世界经济文化的中心。那时候世界各国的人们以到长安求学、经商、为官为荣。唐人是当时世界上最有尊严的人！

由于安史之乱的破坏，唐都长安曾一度失去耀眼的光环，但到中唐元和年间，又一度呈现出昔日繁华的景象。这可以从白居易《登观音台望城》所描写的内容中略窥其貌。白居易于元和四年至六年（809—811）之间，曾在朝廷担任右拾遗的谏官，每天很早就要上朝，他当时应该住在城南五门西边的观音台附近。观音台，当是一座佛教寺庙，所处地理位置较高，可以望见长安城内的整体布局，可惜早已湮灭，连遗址也无从考证，只有白居易此诗中还留存着一点历史的印记。白居易是一个追求平易风格的诗人，据说作诗要求"妇孺能解"，所以他用人们习见的"围棋"和"菜畦"比喻长安城规划得井然有序。皇城南面的千百家房屋，像围棋盘那样，横平竖直地排列着，呈现出繁盛富庶的景象，这些街坊里弄，星罗棋布地拱卫着皇城，烘托出皇宫的壮丽。而那纵横的街道据说有十二条之多，城区被笔直的街道分割成整齐的方块，犹如农夫经营的菜畦。非常生动形象地把大唐长安城的空间布局展现在人们的眼前。再遥望那天门大街，五鼓之后，城门打开，尽管天上还缀着星辰，黎明的曙光还没有驱散笼罩皇城上空的昏暗，整个长安城还处于一片安宁静谧之中，但远远望见星星点点的光亮，那是入朝官员上早朝时举着的火把，像流星的线条一般，一直拖到白居易居住的五门之西。唐朝官员上早朝一般在寅时至卯时之间，要提前来到皇城前，等待宫门的开启，然后朝拜皇帝，或上书言事，或讨论国政，或帮助皇帝颁布诏令。白居易作为谏官，积极参与朝政，这首诗也是一个例证，虽然没有杜甫"明朝有封事，数问夜如何"那样的急切，但也勤勉职事，从不敷衍塞责。

在长安任职期间，白居易将完成他关心现实民瘼、向皇帝建言献策的一系列讽喻诗创作，以"文章合为时而著，歌诗合为事而作"的现实主义精神，对君王及朝政的过失直言极谏，为民生疾苦仗义执言。这成为他一生创作的光辉顶点，也为长安文化增添一抹绚丽的亮色。

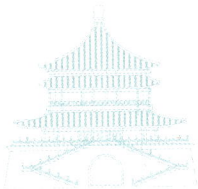

和贾舍人早朝大明宫之作

王 维

绛帻鸡人报晓筹，尚衣方进翠云裘。
九天阊阖开宫殿，万国衣冠拜冕旒。
日色才临仙掌动，香烟欲傍衮龙浮。
朝罢须裁五色诏，佩声归到凤池头。

赏析

这是乾元元年（758）暮春，王维写的一首唱和诗，酬唱对象贾舍人即贾至，时任肃宗朝中书舍人，主要职责是负责起草诏书。贾家父子与肃宗父子缘分不浅，据《新唐书·贾至传》，延和元年（712），玄宗顺天应人登基，尊父亲睿宗为太上皇，中书舍人贾曾为睿宗作传位册文。四十四年后，同样是中书舍人的贾至则为玄宗作传位册文，而贾曾正是贾至的父亲。玄宗不胜感慨，对贾至说："二朝盛典，出卿父子之手，可谓继美。"大明宫，是大唐王朝最重要的宫殿，既是皇帝处理朝政的地方，也是唐王朝的象征。至德二载（757）九月，广平王李俶（后改名李豫，即唐代宗）率朔方、安西、回纥等二十万军队收复长安和洛阳，平定安禄山父子之乱。十月唐肃宗还京，入居大明宫。至德三年（758）二月大赦天下，改元乾元。此时李唐政权，刚刚转危为安，朝廷各项礼仪制度，正在逐渐恢复，表面上形成了一种中兴局面。中书舍人贾至在上朝之后，写下一首七律《早朝大明宫》，描写早朝气象，一时唱和的除了王维，还有大诗人杜甫、岑参。在历代的评论中，一致认为王维的和诗庄重典雅、独冠群贤，堪称"绝唱"。

皇帝在大乱两年之后，经历颠沛流离之苦，终于回到京城，初次召开盛大庄严的朝会，其气氛的隆重肃穆可以想见，而百官士人历尽艰辛，能够重睹天颜，再见中兴，其欢欣鼓舞的心情也不难体会，因而这次朝会是一个重大转折的标志，具有提振士气再创辉煌的历史意义。王维的和诗能够表现当时的历史状况和人们激动欢忻、渴求思治的心情。他按照上朝前、上朝中、退朝后的时间顺序展开，采取和意不和韵的方式，既处处呼应原唱，又自成一个圆融完整的意境。

首先，上朝前的准备就营造出一派紧张热烈的气氛：头戴红色鸡冠帽的报时官手持报晓的更筹，声势浩大地一路奔跑，通知即将早朝啦！随即各方面都迅速行动起来，宫中的各种准备工作在一片忙碌的气氛中有序展开。此时，尚衣局的更衣官才给皇帝送上翠云衮龙袍，真是一急一缓，相互照应，凸显皇帝的从容不迫。与贾至原唱的"银烛熏天紫陌长，禁城春色晓苍苍"相比，不写宫廷之外银烛熏天的光亮和宫城春天的晓色，而是突出宫廷里面的气氛，渲染人物服饰的色彩，可谓相互呼应，也相互补充。

接着描写早朝的宏伟景象：巍峨高耸的皇宫犹如九天的仙阙，雄伟壮丽，千门万户同时向世界敞开，展现出无比宽阔的胸襟气度；万方会聚京城的使节、朝臣、武将们，一时躬身朝拜皇帝，气势何等恢弘壮观啊！这才是大唐应该有的气象啊，与贾至原唱"千条弱柳垂青琐，百啭流莺绕建章"仅仅描写千条柳丝低垂、流莺婉转歌唱相比，王维的这两句诗无论从意象还是意境上，都远远超过原唱，显示出王维笔力的雄壮，这是在盛唐时代深厚文化积累的基础上，盛唐文化精神的再次生动呈现。即使杜甫唱和的"旌旗日暖龙蛇动，宫殿风微燕雀高"也不能与王维诗歌相比，只有岑参唱和的"金阙晓钟开万户，玉阶仙仗拥千官"境界略为相似，但"千官"与"万国"相比，气象还是逊色不少。

为了烘托大唐早朝的宏大规模，诗人们都运用环境的烘托，王维抓住一个富于包蕴的瞬间景象：彤彤旭日光照四海，正好直射到金茎承露盘的铜人的仙掌上，熠熠闪耀（一说照在给皇帝遮阳的掌扇上），而御炉熏燃的香烟，青丝袅袅地缭绕着皇帝的翠云裘，仿佛要与衣上的绣金黄龙一起飘浮升空。龙袍上本来就刺绣了五彩祥云和盘旋飞动的金龙图案，这里故意说香烟欲与衣上的金龙一起飞翔，就是一种虚实结合的写法，"才"与"欲"两个副词，一个表现出刹那的时间节点，一个则体现刚产生某种欲望的心理状态，颇有包蕴的美感。贾至原唱说"剑佩声随玉墀步，衣冠身惹御炉香"，写自己跟随皇帝一起登台，佩剑声响，感觉无上荣耀，连身上的衣冠都惹上了御炉的香气，仅仅表现自己得到浩荡皇恩的沾溉，写出一种志满意得的心态，远不及王维诗歌运用客观描写的烘托，再现大唐蒸蒸日上的气象。杜甫唱和诗说"朝罢香烟携满袖，诗成珠玉在挥毫"，虽然也提到香烟，但重心转移到称赞贾至诗歌的精妙，没有起到烘托大唐气象的作用，只有岑参唱和的"花迎剑佩星初落，柳拂旌旗露未干"也是运用烘托对比，岑诗的"星初落"与"露未干"虽然也是一个包蕴的时刻，但不及王维诗歌充满蓬勃的朝气，给人以鼓舞的力量。

最后，写早朝结束，贾至要履行中书舍人的职责，必须为皇帝写五色诏书，佩玉的叮当声一直响到凤凰池头。用人物依稀的背影和袅袅的余音，回应原唱的"共沐恩波凤池上，朝朝染翰侍君王"，贾至虽然写大家"共沐"皇恩的欢悦，但主要还是表达自己陪侍君王的一种荣耀心理。王维和诗点出这一层意思，却不特别强调，只用玉佩之声加以暗示，就显得含蓄隽永。比杜甫"欲知世掌丝纶美，池上于今有凤毛"及岑参"独有凤凰池上客，阳春一曲和皆难"对贾至的直接赞美，无须比较，高下立见。

这四首诗记录了唐代在大难之后，重整朝纲的历史瞬间，以皇帝身边大臣的视角写出了"典雅重大"朝会的气象，堪称唱和诗的典范。但作为一种荣遇之诗，必须表现出富贵尊严、典雅温厚，写意要雍容闲雅、美丽清细。这些诗应该都能满足这一要求，然而，通过上面的分析，王维的诗歌显得更加雄浑壮雅，意境开阔，句意严整，如麟游灵沼，凤鸣朝阳，宫商迭奏，音韵铿锵，堪称完美。

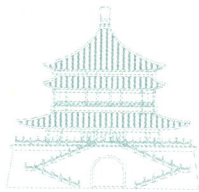

清平调三首

李白

其一

云想衣裳花想容，春风拂槛露华浓。
若非群玉山头见，会向瑶台月下逢。

其二

一枝红艳露凝香，云雨巫山枉断肠。
借问汉宫谁得似，可怜飞燕倚新妆。

其三

名花倾国两相欢，常得君王带笑看。
解释春风无限恨，沉香亭北倚阑干。

赏析

中国是一个盛产并崇尚美女的国度，形成了源远流长的美女文化。

西施、王昭君、貂蝉与杨玉环并称"中国古代四大美女"，她们都有"闭月羞花之貌，沉鱼落雁之容"。"西施浣纱""昭君出塞""吕布戏貂蝉""贵妃醉酒"等故事深入人心，广为流传。但是，西施、昭君、貂蝉的美都是一种传说中的虚泛不实之美，并没有专门吟咏其美的诗歌具体描述，只有杨贵妃的美在盛唐诗仙李白的笔下得到最充分最饱满的呈现。杨贵妃之美与李白之诗，在那恢弘灿烂的大唐盛世悄然相遇，既是一种历史机缘的巧合，也是盛唐精神文明与物质文明高度繁荣的体现，更是长安文化的盛世基因必然要结出的硕果。换一句话说，大唐缺少诗仙或贵妃，都是不完美的，只有二者相互辉映，才能体现那个已经远去的盛世应该有的绚丽夺目的光彩。

据晚唐五代人李濬的《松窗杂录》记载：(天宝初载)春天，百花盛开，一天，唐玄宗与杨贵妃正在沉香亭边观赏牡丹，玄宗忽然很不满地说："赏名花，对妃子，怎么还唱那些陈词旧曲呢？"于是命李龟年拿着金花笺宣谕翰林供奉李白，要求速撰新词。李白欣然接受诏旨，尽管还处于昨晚醉酒未醒的蒙胧状态，但文思勃郁，趁着酒兴一挥而成，文不加点就完成了《清平调》三章。新词献上后，杨贵妃手持颇梨七宝杯，斟上西凉州的葡萄美酒，笑容可掬，玄宗因此亲自吹奏玉笛，李龟年手执檀板一边打节奏，一边声情并茂地演唱，由于歌词精美，曲调婉转悠扬，李龟年的表演堪称绝唱，他说一生歌唱从来没有达到过这样酣畅淋漓的境界，一时传为佳话。

考察李白在天宝元年（742）秋天接到诏令，到达京城应该在深秋，天宝三载（744）春就被"赐金还山"了，因此这歌词应该写作于天宝二载（743）春天。大唐经过二十九年开元盛世的发展与积累，到天宝初年应该达到了国力最充沛最繁盛的顶峰，体貌丰伟的唐玄宗虽然此时已年近花甲，但他一手缔造了大唐帝国繁荣昌盛的局面，拥有至高无上的权力和难以计数的财富，加上刚获得年方二十四岁的绝色佳人，可以说他正处在人生最踌躇满志的巅峰状态。而李白也正处于四十三岁的壮年，是诗思才华最澎湃勃郁的时期。诸多因素的偶然相聚，便促成了这三首妙绝古今歌词的诞生。

大唐第一美人杨贵妃到底有多美呢？

其实李白构思之前，也是颇费心力的。因为古代诗赋中有很多描绘美人的精彩篇章。如《诗经》中"手如柔荑，肤如凝脂，领如蝤蛴，齿如瓠犀，螓首蛾眉，巧笑倩兮，美目盼兮"的硕人，宋玉赋中"增之一分则太长，减之一分则太短，施朱则太赤，施粉则太白"的东邻之子，曹植笔下"翩若惊鸿，婉若游龙。荣曜秋菊，华茂春松。仿佛兮若轻云之蔽月，飘飖兮若流风之回雪"的洛神，要么是运用比喻直接描写美貌，要么是通过对比虚处传出其神采，但都不适合杨贵妃这位"肌肤微丰，纤浓合度"且富态娇艳、仪态万方的绝色佳人。西施在杨贵妃面前，多了一分村姑的寒碜，昭君则多了一分面带风沙的忧愁，貂蝉更多了一分妖媚，总之缺少盛世所特有的那种自信矜持和富丽堂皇。

李白采用了周汉时代流传下来的乐府歌曲《房中曲》

的绝句格式，在大唐国花牡丹与贵妃之间找到了相似点，处处将人花对照描写，又时刻不忘用大唐恢弘盛大的背景加以烘托。

第一首首句就想象奇特，发唱惊挺。有人释"想"为"像"，仅仅当作比喻关系，作者认为理解成拟人更佳，意谓彩云见到杨贵妃身上雍容华贵的霓裳羽衣，感觉到自己颜色单调有点寒碜，所以也想要她那样的衣裳；而富贵娇艳的牡丹原本就国色天香，但在杨贵妃惊人的美貌之前也感到自惭形秽，因而想要向她借一点姿色。这就不仅构成表层的比喻关系，还有更深层的丰富复杂的心理活动对比，从而达到烘托出杨贵妃绝世姿容的艺术效果。通过天上云彩与地上鲜花的双重烘托之后，还需要更进一步坐实，李白遂将自己初次见到杨贵妃的那种感受写了出来，当时肯定是一声尖叫式的惊艳：她，绝对是从天而降的仙女！如果不是西王母昆仑玉山的阆苑奇葩，就一定是瑶台月下的嫦娥仙子。李白以高贵雅洁的仙人来描写杨贵妃世间所无天上仅见的容貌，用仙境来衬托大唐宏伟壮丽的宫廷，以彩云和鲜花来映衬杨贵妃，可以说达到了无与伦比的高度，在一个阔大深远、真幻交织的背景上刻画出杨贵妃的绝世姿容。

第二首运用神话传说和历史人物的对比，进一步展现杨贵妃的美艳。杨贵妃犹如一枝怒放的红艳牡丹，沐浴着清纯的甘露，凝聚着淡雅的幽香，光彩照人，惊耀人间。既写出杨贵妃正处于青春盛年的渥润华彩，又点出她深受浩荡皇恩的滋润沾溉，突出了皇帝对她是超乎寻常的宠爱。而这正是巫山神女惆怅的缘由，因为神女"且为朝云，暮为行雨，朝朝暮暮，阳台之下"，她永远无法日日夜夜陪伴在楚王的身边，只能在幽梦中自荐枕席，而杨贵妃却是"春从春游夜专夜"的专宠啊！如果单从受宠的角度看，或许汉成帝宠姬赵飞燕有若干相似，她身姿娇捷、体态娇弱如飞燕，据说能在掌上舞蹈，但她狭隘的心胸气度与大汉的泱泱国或难以相配，岂能与杨贵妃的端庄大气相比，即便就舞蹈这一点来说，飞燕也难与杨贵妃媲美，总之，杨贵妃的雍容富态与煌煌大唐是相得益彰的，从历史的纵深角度看，杨贵妃绝对算得上超迈古今的后妃第一人！

第三首诗人的笔触回到现实的当下情境。将前两章分离的人与花绾结起来，说倾国美人与娇贵名花，既相互欢悦又相得益彰，所以君王每天赏名花对妃子，脸上永远荡漾着无限爱怜的笑容，大唐的盛世国富民康，蒸蒸日上，也就像这雍容富艳的牡丹，让人深感兴奋宽慰；而端庄大器艳压群芳的杨贵妃，更是风情万种，值得你永远捧在手心里尽情地欣赏。你看她倚靠在沉香亭北凝视远方的那副悠然自若的神态，多么迷人魂魄，即使有再多的惆怅憾恨，只要在春风里欣赏杨贵妃的姿容，就会让你心头的忧愁消失得无影无踪。这里我们看到李白运用精彩绝伦的一幅剪影，从虚处传达出杨贵妃身上特有的那种令人神远的韵味。犹如'孤帆远影碧空尽，唯见长江天际流"一般，空白处都被无穷无尽的情思占满了，取得了韵味隽永的艺术效果。

李白的这三首诗，虽然是奉诏命而作，包含浓重的颂圣意味，但杨贵妃的美丽绝对能够承受得起这最高等级的赞颂，因而非常相称合拍，没有矫揉造作、虚浮夸饰的缺陷。其实这三首赞美诗在艺术技巧上也是颇为讲究的，美人与名花、美人与仙子、古代与今天、凡间与仙界的四重对比，是诗人精心的选择，非常贴切，更妙的是杨贵妃身上那种雍容华贵的风采与大唐雄浑壮丽的气象，相得益彰。杨贵妃的美艳其实就是大唐盛世的象征。

杨贵妃，大唐长安文化永恒的名片。惊耀人寰，卓绝古今。

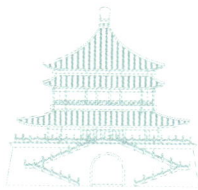

奉和圣制从蓬莱向兴庆阁道
中留春雨中春望之作应制

渭水自萦秦塞曲，黄山旧绕汉宫斜。
銮舆迥出千门柳，阁道回看上苑花。
云里帝城双凤阙，雨中春树万人家。
为乘阳气行时令，不是宸游玩物华。

王
维

赏析

　　这是王维奉皇帝之命唱和的一首应制诗。原唱是唐玄宗的《从蓬莱向兴庆阁道中留春雨中春望》，题意为：朕从蓬莱（宫）向兴庆阁出游，停留阁道里，眺望春雨中的京城景象。显然，要奉和这首长题诗，构思颇费心力。因为王维未必亲随唐玄宗一起进行这次游历，所以只能凭借想象的翅膀来创造与皇帝春游遇雨相切合的意境。

　　蓬莱宫，即唐大明宫，大唐王朝的正宫，是皇帝处理朝政的地方。位于长安北侧的龙首原，原名永安宫，是唐长安"三大内"（大明宫、太极宫、兴庆宫）规模最大的一座，称为"东内"。而兴庆宫位于皇城东南角，被称为"南内"，在长安外郭东城春明门内，建有兴庆殿、南熏殿、大同殿、勤政务本楼、花萼相辉楼和沉香亭，曾是唐玄宗做藩王时的府邸。开元二十三年（735），从大明宫经兴庆宫，一直到城东南的芙蓉苑，修筑阁道相通。帝王后妃，可由阁道直达曲江。王维这首诗即以此为背景。

　　王维选取阁道中心为立足点，先描写北望的远景：渭水从古至今萦绕着秦代遗留的关塞曲折东流，黄麓山依旧环抱着汉代的宫殿。这里的"秦""汉"其实不是实指，因为尽管秦都在渭水北岸的咸阳，汉都在渭水南岸的长安，但早已湮灭无痕了，而且空间距离上有数十公里之遥，雨中岂能看见？显然这是夸饰的虚指，就像"秦时明月汉时关"那样，目的是展现苍茫雄浑的历史时空，为下面的写实作出铺垫，一"萦"一"绕"，一"曲"一"斜"，运用简单的线条，就画出京都长安北面宏阔深远的背景。

接着描写"回望"所见的近景：皇帝的车驾远远高出皇宫夹道的杨柳之上，在阁道回看上林苑的百花盛开，灿若云锦。我们知道即使阁道凌空飞跨，其空间高度毕竟是有限的，而杨柳高大的树冠和地势较高的城南上林苑，是很难尽收眼底的，这里王维调动艺术的夸张，将阁道上的皇帝置于一个想象中的制高点，所以能够一览无余。更为精彩的是，在前面的烘托渲染下，推出全诗的警句，展现春雨中大唐皇都的壮丽景象：大明宫巍峨耸立在阴沉低垂的云层里，东西两边的凤阙仿佛向宇宙长空张开双臂，大有吞吐一切的非凡气象；而绵绵春雨润泽下的树木绿叶纷披繁茂，美不胜收，都欣欣向荣地静穆着，树林中千万家房屋则显出一派生机勃勃、雍容富丽的景象，处处显示大唐盛世温馨恬静、富足安宁的氛围。犹如一首歌曲旋律的高潮，将诗歌的意境推向无比阔大高远的境界。以茫茫春雨帘幕为背景，大唐皇城长安的春树、人家和宫阙，相互映衬，更显出帝城的阔大、壮观和昌盛。

　　结尾遂转入涟漪荡漾的微澜，出现袅袅如丝的余韵。说皇帝为了顺应时令，随阳气而宣导万物，并非单纯出游玩赏雨中绝美的春景！既归结到颂圣的主题上来，将皇帝的出游夸饰为顺应天道的壮举，也委婉地劝谏皇帝要以泽惠万民为念。

　　古代应制诗，大多是歌功颂德之词。王维这首诗在巧妙颂圣的同时，还特别注重诗歌的艺术性。既善于以历史的苍茫厚重衬托帝京的雄伟气势，又善于抓住眼前的实景进行渲染。如用春天作为大背景，让帝城自然染上一层明丽的春色；用雨中云雾缭绕来呈现氤氲祥瑞的气象，也显得真切而自然。因为王维写诗兼有画家构图的高妙，在选取视角、再现帝城长安景物的时候，构图上既注意疏密相间、远近高低错落有致，又将云里帝城与雨中春树组合成壮阔美丽的境界，恰如其分地表现出帝都长安繁荣昌盛的历史风貌。

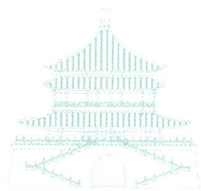

放榜日

喧喧车马欲朝天，人探东堂榜已悬。

万里便随金鸑<ruby>鸑<rt>yuè zhuó</rt></ruby>，三台仍借玉连钱。

花浮酒影彤霞烂，日照衫光瑞色鲜。

十二街前楼阁上，卷帘谁不看神仙。

徐夤

赏析

　　唐代长安文化中有一项颇具特色的就是科举文化。科举取士是唐代"文德政治"的前提和基础，也是"文德政治"发展繁荣的要求和表现；因为科举培养的士人必须具有儒家的性格情怀，又要具有文学的艺能，所以考试诗赋就是必然的选择。科举考试主要有明经、进士两科，其中进士科必须加试"杂文（诗赋）"一道。这项制度使唐代的士子必须练习写作符合程式规则的律诗（主要是五言排律），否则就会与进士无缘。因此，唐代读书人很早就要学习写诗，有人甚至将诗歌当作自己终生追求的事业。唐代的科举考试尽管也有弊端，但是在那个时代，科举考试毕竟为寒门子弟打开了一扇通向仕途的大门，很多中下层读书人通过科举实现了自己的人生理想，或者为这一目标而不懈努力，甚至奋斗终生。因此，科举与唐诗的发展关系密切。科举考试的形式和内容，以及相关的各方面生活、现象都成为唐诗的组成部分，诗人们参加科举考试树立自己的人生目标，成功者飞黄腾达，而落第者则黯然神伤。无论成功还是失败，科举考试都深刻而持久地影响诗人们的情绪，在他们心中烙下深深的印痕。

　　进士科考试的放榜日，也叫放牒，是最激动人心的时刻，也是几家欢乐几家愁的时刻，因为举子的命运就决定于那几张黄纸写的进士榜。其字用淡墨书写。礼部贴榜的地方在尚书省南院的东墙。这是一面特筑的墙，高一丈多，上面有檐，四周是空地。春夜未晓，执事就从北院捧着榜，到南院张贴。许多人早已等候多时。据说元和六年（811）国子监的学生从东面一拥而入，踏破了棘篱墙，把贴榜的墙一下子挤倒了。"车马争来满禁城"说的就是这种狂热场面。晚唐诗人徐夤的《放榜日》就再现了这一历史情景。

听说东堂的黄榜已经贴上了大墙，顿时人声鼎沸，车马喧腾，一片热闹非常的景象。榜上有名者，迎接他的将是前程万里的美好机遇，犹如插上了凤凰的双翼，可以自由飞越万水千山；又像骑着名贵的骏马，可以驰骋在三台的光辉仕途。在杏花芬芳的早春二月，四周鲜花环绕，香气馥郁，酒杯中浮现着花瓣的倩影，脸上映着彩霞的光辉，金色的阳光照耀在衣衫上，仿佛也呈现祥瑞喜庆的色彩。更有京城十二街道那些高高的楼阁，都一齐打开了窗户，卷起窗帘，花枝招展的姑娘们像天上的仙女一般，温柔多情的目光射到这些新科进士们的身上，既评头论足，又渴望有月老帮忙牵线搭桥，欲与其中心仪的英俊潇洒、才华横溢的神仙郎喜结连理，完成青春的梦想。

徐夤是晚唐诗人，他中举在唐昭宗乾宁年间（894—898），已经到了唐代最后的阶段，而从初唐以来在放榜日择婿招亲的风俗习惯，还一直延续着。放榜日成为新科进士们人生最快意的日子。

当然，这也是一个百感交集的时刻。唐朝每年的进士及第人数比较少，前期一般每年17至20名，中唐之后稍多一些，平均每年也只有30名左右。据统计，唐代289年间，进士及第仅6427人。在整个封建时代的十万进士中只占6.5%。物以稀为贵，进士考试程序复杂，考试严格，录取又非常精粹，因此在社会上地位高、名声显赫。科考成为一项牵连家庭、亲族、故乡、姓氏荣辱的事业。有人甚至把记录及第进士简况的《登科记》当作"千佛名经"来顶礼膜拜。在这样的氛围下，及第者自然志满意得情思飞扬，觉得过去辛苦的应试生涯，只是鲲鹏之迁南海、蛰龙之处幽泉，不过艰难等待而已；现在"金榜高悬姓字真"，占尽春光，自信得可以通神了。

登科后

昔日龌龊不足夸，
今朝放荡思无涯。
春风得意马蹄疾，
一日看尽长安花。

孟
郊

赏析

　　孟郊（751—814），字东野，湖州武康（今属浙江）人。是中唐韩孟诗派的代表人物，他的诗古朴苍劲，沉郁冷峭，以奇险著称。其创作方法是刻意搜求尖酸怪异的意象，呕心苦吟地锤炼诗歌语言。他的诗又与贾岛齐名，被苏轼评为"郊寒岛瘦"。其实"郊寒"只是一种总体印象，因为孟郊久困科场，中第之后也只是沉沦下僚，终生饥寒困苦，因此他的诗中对荒寒、饥饿、困顿、劳碌多有表现。当然，孟诗也有峻峭清通的作品，也有一些诗写得清峻阔大、气象峥嵘，如《游终南山》；也有少量轻松流走、奔放热烈的诗歌，如《登科后》。

　　这首诗写于贞元十二年（796），孟郊第三次应举终于如愿，时年四十六岁。尽管唐人有"三十老明经，五十少进士"的说法，但孟郊中举时毕竟接近知天命的年龄。孟郊是个孝子，他三岁而孤，与母亲相依为命。他四十岁之前一直过着漫游隐居的生活，绝意仕途。直到四十岁的时候，因母亲的要求才来到长安应举，与韩愈结为忘年交。由于孟郊在朝廷缺少有力的援引，前两次考试均以失败告终，既无颜面对江东父老，更无颜面对慈母的宽慰，所以心情特别悲苦。经过六年的煎熬，终于实现了人生的愿望，那份喜悦、那份激动自然是可以理解的。

　　这是一首七绝，轻快流走，情绪轻松愉快，将前两次落第的阴霾一扫而光，写出了云开日出见青天的舒畅，可以算作孟郊生平第一首快诗。前两句互相映衬，昔日的局促窘迫、痛苦压抑、悲伤酸楚都不值一提了，俱往矣，且看今朝的我浑身舒展到说不出的大，思绪飞扬，情思沸腾，仿佛那天空也显得太狭小了，竟容不下我驰骋奔迅的想象。六年来第一次感受到春风的甜美酣畅，马儿仿佛也得意起来，跑得轻快迅捷，一日之间我就看遍了长安的名花香草。

科举放榜寸，正值长安杏花盛开的季节，新科进士们既有曲江宴会，又有雁塔题名，还有各种各样的游行活动。据说富贵豪门有女儿待字闺中者，都喜欢从新科进士中挑选乘龙快婿。所以鲜花丛中，其实也有绝色的红粉佳人，藏有洞房花烛夜的美好姻缘。当孟郊欣赏名花佳人的时候，只感觉自己飘飘然飞扬在长安城的上空，春风怡荡，花草芬芳，美女如云，欢歌似潮，笑语如海，整个春天仿佛为我而生，长久压抑释放之后，精神上得到放松，感觉到春天原来如此美丽，生活原来如此美好，更加美好的前程将要接踵而至，怎不叫人激动得近乎疯狂？！

由此可见唐代读书人中第后的心态，具有重要的审美价值和认识价值。这首诗记录了一个长期被痛苦折磨的灵魂轻快舒畅的生命瞬间，我们也为他的成功而激动。唐代的科举考试是唐代士人生命的一部分，用生命的血泪和欢乐凝成的诗歌无疑具有永恒的艺术价值和审美价值。

题雁塔

许
玟

宝轮金地压人寰，独坐苍冥启玉关。
北岭风烟开魏阙，南轩气象镇商山。
灞陵车马垂杨里，京国城池落照间。
暂放尘心游物外，六街钟鼓又催还。

赏析

　　题名会，是唐代新科进士最感荣耀的活动之一。其地点在慈恩寺，即大雁塔。据说唐中宗神龙年间（705—707），进士张莒游慈恩寺，将名字题在大雁塔下，此举引来文人纷纷效仿，新科进士们认为"名题雁塔，天地间第一流人第一等事也"，可见在人们心中的地位何等崇高。新科进士，除了戴花骑马遍游长安之外，还要一起去曲江吟诗品评，杏园探花参加国宴，然后登临大雁塔，推举善书者将中举者姓名、籍贯和及第时间用墨笔题写在墙壁上留念，象征由此步步高升，平步青云。若有人日后做到卿相，还要将其姓名改为朱笔书写。在雁塔题名者中，最出名的当属白居易，他二十七岁一举中第，登上雁塔，写下"慈恩塔下题名处，十七人中最少年"的诗句，表达他少年得志的喜悦。

　　大雁塔，是大唐文明的一个缩影，也是长安文化的一个象征。唐贞观二十二年（648），太子李治为追念其生母文德皇后祈求冥福，遂在太宗的同意下建造这所愿寺，报答慈母恩德，太宗赐名"慈恩寺"。它位于长安城外东南隅的晋昌坊，也就是皇城东第一街，南临曲江。永徽三年（652），玄奘奏请皇帝在寺内建塔，用来保存他从印度带回来的大量佛经和佛像。高宗欣然同意，玄奘于是亲自设计建塔草图甚至参加施工，这就是慈恩寺塔，直到文宗大和年间，许玫登进士才正式以"雁塔"为诗题。据说释迦牟尼曾化身为鸽救生，鸽为鸟类，唐人习俗崇尚雁，凡说到鸟，常以雁代之，所以称为"大雁塔"。

　　许玫，生卒年不详，于唐文宗大和元年（827）进士及第，官至婺州司马，兄弟琯、瓘皆高科，今存诗一首，就是这首《题雁塔》。

这首诗与一般登览游历大雁塔的诗不同，它用拟人手法，将塔作为主体，描写其非凡气象：宝塔端坐皇城晋昌坊的这块风水宝地，气势恢弘地"压"住人寰，既突出宝塔的庄重肃穆，也彰显佛教化渡凡人超脱红尘的无边法力；每当拂晓晨光熹微的时刻，宝塔前的玉石寺门徐徐打开，吸纳天地灵潮，接受众生的朝拜，面对虔诚向佛的芸芸众生，它渊深博大的文化底蕴，成为人们灵魂的精神皈依。这里既有以皇帝为表率的儒家孝道文化，也有被玄奘法师弘扬光大的佛教文化，可以说是唐人的精神庇护所。一个"压"字，颇有不凡的笔力，既突出大雁塔"日宫开万仞，月殿耸千寻"（唐高宗《谒大慈恩寺》）的巍巍气势，又突出宝塔基座宽阔厚重、沉稳肃穆的特点，与孟浩然描写庐山"势压九江雄"的诗句异曲同工。当然塔与山还有体量大小的区别，但由于大唐的建筑都注重基础的深厚及四边广场的宽阔，像宫殿楼阁都建在巨大的座基上，人在这些巨大的建筑物面前，都感觉无比渺小，大唐的建筑物遂给人一种气势恢弘的感觉。站在大雁塔前宽阔的空地上，更可以感受到这座宝塔雄阔的视野。它的西北依托着苍莽雄浑的秦岭，晨岚消散后露出大唐皇宫金碧辉煌的映像，真是"山河千里国，城阙九重门"（骆宾王《帝京篇》）的壮丽；而南面的亭轩气象更加宏敞，遥遥镇住丹江南岸四皓曾经隐居的商山，大有气吞万里之势。傍晚时分，再看那东郊的灞陵桥边，春风骀荡的绿杨阴里，即将分别的人们都在折柳送别，互道珍重，而皇都长安的高大城墙和宽阔的护城河，都掩映在苍烟落照之间。这就是中唐文宗大和元年（827）的唐都长安景象，许玫以新科及第进士身份，因"雁塔题名"而游览，大约盘桓了一整天，从晨光初照一直到落霞满天，尽管心中产生了远离红尘逍遥物外欲皈依佛门的愿望，但此刻皇城六街的鼓声已经响起，在催促这些情思飞扬的进士们赶快返回城中的客舍旅店，迎接他们的将是春天温馨浪漫的夜晚，还有那美酒佳肴的芳香和红粉佳人的轻歌曼舞。

雁塔题名，成为大唐皇城长安文化中浓墨重彩的精彩一笔。

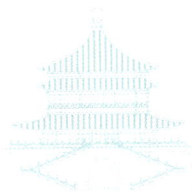

及第后宴曲江

刘沧

及第新春选胜游，杏园初宴曲江头。
紫毫粉壁题仙籍，柳色箫声拂御楼。
霁景露光明远岸，晚空山翠坠芳洲。
归时不省花间醉，绮陌香车似水流。

　　唐代的曲江，是皇家园林，位于长安东南六公里处的曲江村。早在秦汉时期，这里是上林苑的"宜春苑""宜春宫"，因有曲折多姿的水域，故名曲江。隋初，开黄渠引水入池，隋文帝嫌"曲"名不正，遂改名为芙蓉池，苑名"芙蓉园"。唐玄宗开元初，对曲江园林进行了大规模扩建，在池南建造了专供帝王后妃登临观赏的"紫云楼""彩霞亭"。池西辟建"杏园"，池周增植以柳树为主的各种树木及奇花异草，池中备有彩绘的龙舟画舫；皇亲国戚们还在这里建造了许多私人的亭台楼阁。从而使曲江成为京城长安风光旖旎的半开放的皇家园林。每遇春夏之交，来踏青的仕女少妇们熙熙攘攘，人山人海。"曲江水满花千树"（韩愈《曲江春游》），非常迷人，无名诗人"经过柳陌与桃蹊，寻逐春光著处迷。鸟度时时冲絮起，华繁衮衮压枝低"的诗句，更展现出一派烂漫繁华的景象。

　　曲江花树中最繁盛灿烂的当属杏花，如晚唐诗人姚合《杏园》诗说："江头数顷杏花开，车马争先尽此来。欲待无人连夜看，黄昏树树满尘埃。"数顷杏花盛开，如霞似锦，烂漫芬芳，又适逢新科进士在曲江池设宴庆祝金榜题名，所以到此游赏的人特别多，以至于"遮路乱花迎马红"。由于游人摩肩接踵，根本无法欣赏，只能期待游人去后的夜间来观赏，但是，黄昏时分鲜花竟然染满了一层厚厚的灰尘。白此可见踏青的仕女士子的热情多么高涨。

　　唐人描写由江池和游赏欢宴景象的诗歌非常丰富。因为上自帝王，下至士庶在这里举行类型繁多、情趣各异的宴会，其中在放榜日，由皇帝为新科进士亲自举办的杏园宴，是级别最高也最热闹的活动。曲江宴会是唐代延续时间最长、内容最为丰富的游宴活动，从唐中宗神龙年间（705—707）到唐僖宗乾符年间（874—879），延续170多年。这种宴会在历史文献和唐代诗赋中，又称为"杏园宴""樱桃宴""闻喜宴"等。晚唐诗人刘沧的《及第后宴曲江》就再现了当年的情景。

刘沧（生卒年不详），字蕴灵，河南（今洛阳）人。初，屡次应进士举不第，曾漫游齐鲁、吴越、荆楚、巴蜀等地。唐宣宗大中八年（854）才登进士第，当他任华原县尉时，已经是白发苍苍的老人。他擅长七律，风格与许浑、赵嘏相近。今《全唐诗》存诗一卷。

诗中说及第之后选择游览的最佳地点就在曲江，因为杏园宴会上既可以一展自己的风采，还能够目睹皇帝的尊容，这可是无上荣光的幸运啊！宴会进行之前，新科进士们都手握珍贵的紫毫笔，在殿阁粉墙上书写自己的姓名字号和籍贯，留下人生最精彩的题名。接着宴会开始了，绿柳垂杨掩映的御楼里，传来了铿闳悦耳的钟鼓箫管之声，场面宏大规模空前的宫廷乐队演奏欢庆的乐曲，一下子将宴会的气氛推向高潮。御楼里觥筹交错，欢声笑语；御楼外山呼万岁，人潮涌动，仿佛整座长安城都沉浸在无边的欢乐之中。只见远处的堤岸在雨霁初晴的阳光中闪烁着金色的光芒，五彩缤纷的车马人群，沐浴在流光溢彩的美妙春光之中。即使到了傍晚，游人还是兴致浓郁，晚霞的余晖与苍翠的山色交融在一起，笼罩着芬芳四溢的洲渚。

"曲江大会"的主要内容是探花，所以又叫"探花宴"。在同榜进士中选出两位年少英俊者作为两街探花使，也叫探花郎，让他俩骑着马遍游长安城内外的名园，摘取名花。如果被他人折得先开的牡丹、芍药花回来，则两位探花郎就要受罚。这时候，歌女们最活跃，都期望少年进士失败，这样她们就可以尽情发挥戏谑调情的专长。晚唐诗人郑谷《曲江红杏》诗说："遮莫江头柳色遮，日浓莺睡一枝斜。女郎折得殷勤看，道是春风及第花。"采来花枝，大家一起欣赏簪戴，然后幕天席地，饮酒赋诗。有的还携带乐工歌妓泛舟饮酒；有的则摘冠脱履，解衣露体在草坪上"癫饮"。此时，只有狂欢痛饮才能表达心中的感情。"归时不省花间醉，绮陌香车似水流"，正是对这一情境的生动再现。

曲江宴，唐代士人生命中最激情澎湃的时刻，也是长安文化中最精彩的一页，与大唐那远逝的背影一起，将成为一个民族永远值得回味的美好记忆。

曲江二首

李山甫

其一

南山低对紫云楼，翠影红阴瑞气浮。
一种是春长富贵，大都为水也风流。
争攀柳带千千手，间插花枝万万头。
独向江边最惆怅，满衣尘土避王侯。

其二

江色沈天万草齐，暖烟晴霭自相迷。
蜂怜杏蕊细香落，莺坠柳条浓翠低。
千队国娥轻似雪，一群公子醉如泥。
斜阳怪得长安动，陌上分飞万马蹄。

赏析

在大唐延续的近三百年间，除安史之乱后期短暂荒废萧条之外，曲江美景是年年如斯，春光醉人，曲江游宴也一直是士人最感荣光的盛会。但由于唐代科举制度的局限性，毕竟每年落榜者远远超过中举者，所以同样的风景同样的欢乐，在落魄者的眼中就成为另一种痛苦的煎熬了，这就是所谓的"良辰美景奈何天，赏心乐事谁家院"吧！晚唐诗人李山甫的《曲江二首》就描写了这种情怀落寞者的悲伤与感慨。

李山甫，生卒年不详〔一说，李山甫皇祐元年（1049）中进士，那是宋代人，误〕。晚唐后期诗人，咸通年间（860—874）累举进士不第，遂入魏博节度使幕府为从事。其代表诗作有《松》："地耸苍龙势抱云，天教青共众材分。孤标百尺雪中见，长啸一声风里闻。桃李傍他真是佞，藤萝攀尔亦非群。平生相爱应相识，谁道修篁胜此君。"以松树的孤高傲骨、长啸生风自喻，认为苍松胜过修竹，且羞与桃李、藤萝等缺少气节者为伍，表现出士人刚贞坚毅的操守。

前一首主要描写曲江赏花的情景。曲江池南的紫云楼，四角飞檐高高翘起，巨大的白玉石座基上，朱红而粗壮的大柱，巍巍耸立，彩绘的窗棂和楼顶金色的琉璃瓦，在彤彤旭日的辉映下闪着耀眼的光芒，那雄伟飞腾的气势，仿佛终南山也要避其锋芒，低伏在它的面前。紫云楼下，成荫的柳对仿佛对镜梳妆的美人，垂下千万条碧绿的丝绦；而那盛开的杏花，则好像天仙洒落下一片粉红色的云霞；波光粼粼的水面上，绿草如茵的桃蹊边，到处香风阵阵，蜂飞蝶舞，空气中似乎充满了蜜糖的味道，仿佛天地之间飘浮着一层祥瑞的喜气。大唐长安正处于一年中最美丽最诱人的时候，长安贵戚士女纷纷乘坐宝马香车漫游赏花，真是车如流水马如龙，人似天仙飘欲飞。但在诗人看来，这大多是来自钟鸣鼎食之家的富贵闲人，男子们英俊潇洒无非像长春富贵花似的志满意得，女子则都如春水柔情般的风流旖旎。她们争先恐后攀折柳枝翠绿的丝条，纤纤玉指与碧玉柳丝相映成趣，间或也会从繁花丛中摘取最袅娜娇艳的花朵插戴在乌云鬟耸的发髻中，带着翠叶的鲜花与珠光宝气的饰物相互辉映，大有"人面桃花相映红"的意味，簪花仕女成为长安的一种风俗，也成为一种爱美的时尚。但是，这一切对落第又落魄的诗人来说，都变成一种连羡慕都不够格的威压，成功者的欢乐，富贵者的奢华，对于李山甫来说，都不过是永远难以实现的梦想，而整个晚唐时代趋向衰败，弥漫着一种"落日黄昏"的氛围，读书人仕途恓惶迷茫，连生活都艰难困窘，很难激起盛唐诗人那种粪土王侯蔑视富贵的傲岸气概，所以他很难唱出李白那种"安能摧眉折腰事权贵，使我不得开心颜"的豪迈心声，只能独自怅惘，穿着满身灰尘的衣衫，忍气吞声像逃难似的躲避这些"意气骄满路，鞍马光照尘"的富贵王侯。在晚唐时代，似乎连春天也都成了权贵豪门独享的福利，那些贫困者落魄者难以享受长安春天的美丽，诗中流露出一种难言的苦涩和悲伤。

第二首描写踏青的情景。尽管诗人心里充满失意悲苦的情绪，但是毕竟春光烂漫，还是唤起他赏春的愿望，迫使他忍不住又要去欣赏别人的欢乐。曲江春水碧蓝澄清与天空的蔚蓝明净上下交融，形成水天一色的壮观；岸边碧草鲜嫩繁茂，密密地遮盖着春天芬芳的土地，像铺上了一望无际的绿色地毯，草叶的尖上还缀着晶莹剔透的珍珠，既绿光闪闪，又芳香迷人。芳草萋萋，温暖的轻烟和疏淡的晴岚袅袅飘浮，让人们感到一种浸入五脏六腑的迷醉，就像酣饮了玉液琼浆一般神魂游荡，不能自已。那些蜜蜂肯定也是陶醉了，在灿烂炽热的杏花丛中，嗡嗡舞蹈，它们怜香惜玉地亲吻着花蕊，花蜜迷醉了这些羽客们的芳魂，花瓣犹如红雨一般飘落下柳陌桃蹊，好一派芳草鲜美落英缤纷的绝妙景象！而柳浪深处，歌喉清亮婉转的黄莺们，一边试唱着春天甜润的歌曲，一边呼朋引伴地相互追逐，从低空掠过翻飞于绿荫之中，更平添无限的生机和情韵。远远望去，六唐长安的仕女踏青来了，成千上万国色天香的贵家美女，身姿如流风回雪般轻盈曼妙，飘过芳菲的花丛，留下一串串银铃般的笑声，仿佛只有她们才是春天的主角，既有展露姿色占尽春光的娇媚，又有与春光争妍并企图压倒春光的矜持。在美人的香雾笼罩下，自然吸引成群结队风流倜傥的公子哥儿们追求的脚步，他们在这美好的春光里，开怀畅饮，甚至烂醉如泥，真个是"家家扶得醉人归"啊！是春天的味道，是花儿的香魂，是美酒的甘醇，还是绝代佳人的芬芳迷醉了他们呢？也许都是吧，他们这些生长富贵权门的幸运儿，春天是他们最浪漫的时候。你看，西山的夕阳已经烧红了天边，晚风悠悠，香车轮转，马蹄声促，人们终于恋恋不舍地踏上回家的路途，在草丛里静静卧躺的诗人看来，仿佛整个长安城都在旋转运动之中。这是夕阳感到的怪异，还是诗人心里深深的疑虑呢？不难看出在那烂漫春色里、沉醉不归的游乐中，潜藏着对时世的隐忧。

　　尽管李山甫以落寞的心态游览曲江的春景，诗中带着难以释怀的伤感。但是从另一方面，诗人却以生动的画笔描绘了晚唐即将谢幕的时代，长安士女游赏曲江美景的真实历史画面。可见曲江游春在长安文化中具有多么重要的地位啊！

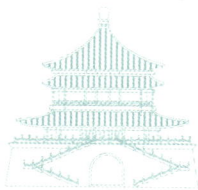

春日芙蓉园侍宴应制

宋之问

芙蓉秦地沼，卢橘汉家园。
谷转斜盘径，川回曲抱原。
风来花自舞，春入鸟能言。
侍宴瑶池夕，归途筛吹繁。

赏析

初唐时期，帝王不仅喜欢在春暖花开的时候外出巡游名山胜境、皇家园林，还喜欢附庸风雅，热衷在举行的游赏宴会上赋诗唱和，并常常让陪侍游宴的文臣学士按照皇帝的命题赋诗或酬唱，叫做"应制"。这首《春日芙蓉园侍宴应制》就是这种氛围下产生的作品。

这首诗具体作于何时难以详考，而所陪侍的是唐高宗还是武则天皇后，也难以确定，不过从诗中"瑶池"一词来看，与西王母瑶池宴饮相关，即使不是专为武则天而作，至少武皇后当时也在场。因为宋之问于上元二年（675）进士及第，当时握实权者是武则天，他深受武后赏识，广为人们所熟知的"龙门应制"中击败左史东方虬勇夺锦袍的故事，可以说明宋之问是武后身边的红人。他曾被召入文学馆，虽不久出为洛州参军，但永隆元年（680）又与杨炯一起进入崇文馆任学士。宋之问成为初唐时期宫廷诗人的代表。

宋之问（656？—712？），字延清，名少连，虢州弘农（今河南灵宝）人，颇富才学，是唐初五律的定型者之一，与沈佺期并称"沈宋"。

诗题中的芙蓉园，是著名的皇家园林。秦时，利用曲江地区川原与湿地相间、山水景致优美的自然特点，秦王朝在此开辟了著名的皇家禁苑——宜春苑，使曲江成为皇家禁苑上林苑的重要组成部分。开皇三年（583），隋文帝恶其"曲"，遂改曲江为"芙蓉园"。经过一番改造，曲江重新以皇家园林的身份出现在历史舞台。隋炀帝时期，黄衮在曲江池中雕刻各种水饰，臣君在曲池畔享受曲江流饮，把魏晋文人曲水流觞的故事引入宫苑，为曲江胜迹赋予一种人文精神，为唐代曲江文化的形成和发展奠定了基础。在隋朝芙蓉园的基础上，唐代扩大了曲江园林的建设规模和文化内涵，除在芙蓉园增修紫云楼、彩霞亭、凉堂与蓬莱山之外，又开凿了大型水利工程黄渠，以扩大芙蓉池与曲江池水面，这里成为皇族、僧侣、平民会聚盛游之地。曲江流饮、杏园关宴、雁塔题名、乐游登高等在中国文化史上脍炙人口的文坛佳话均发生在这里。"江头宫殿锁千门，细柳新蒲为谁绿"，在唐太宗贞观之治后，高宗、睿宗等朝，园林建设在这里均有较大的举措，奠定了盛唐曲江文化繁荣的基础。

这首应制诗一开始就紧紧扣住芙蓉园的历史沿革和园中富有特色的植物来写。这里既是秦代的曲江池沼，又是汉代的苑囿。园中最典型的植物就是木芙蓉，又名拒霜花、木莲，不仅花期长，而且盛开时节，满树繁花，灿如云锦；还有汉代流传下来的芦橘，即枇杷，又名金丸、芦枝。这是冬天开花、春天成熟的水果，不仅色泽金黄，而且味道鲜美。既有鲜花又有美味，就给这次游宴营造了美好的氛围。接着展现此处独特的地形地貌，山谷随着倾斜盘旋的道路旋转，大有曲径通幽之妙，而恬静温柔的曲江，依偎环抱着幽静的山谷溪涧。眼前正是芳春三月的季节，百花盛开，芳草鲜美，一阵温煦的春风吹过，花瓣纷纷脱落枝头，凌空舞蹈，将飞又作回风舞，曼妙轻盈；树枝草丛之间，鸟儿站在有花有水的地方，恣意卖弄娇嫩的喉咙，唱出婉转动听的歌曲，似乎是在举行盛大的迎春歌会。在如此芬芳醉人的美景烘托下，与皇帝一起游赏并参与宴会，那该是当时文人们多么艳羡的际遇啊！尽管诗歌

没有描写宴会的具体场景，但我们可以想象：五光十色的
山珍海味摆满桌面，精致考究的餐具闪着金银的光彩，美
酒的芬芳和菜肴的香味，交织在一起，加上年轻美貌的教
坊歌妓在表演轻盈曼妙的舞蹈，宫廷乐师们在演奏悠扬悦
耳的乐曲，皇帝与侍臣们一起和乐融融，给人盛世安乐和
谐的印象。确实也是如此，在初唐高宗睿宗时期，大唐整
体上安定繁荣，这种氛围也是历史真实的景象。

瑶池夜宴终于到了结束的时候，皇帝起驾回宫，侍臣
们心满意足地跟随銮车缓缓前行，悠扬的笙箫声在一路灯
火的春晚静寂的空中回荡，穿过芳林水沼山谷溪涧，飘向
远方。

这首诗描述了初唐时期芙蓉园里一场春天宴会的胜景
和盛况，呈现出一种雍熙和乐的氛围，尽管颂圣的意味较
浓，但也能展现大唐长安春游宴饮的文化氛围，具有一定
的历史意义，而从一个侧面也表现出初唐文人的生存方式
和心态，具有认识价值。诗歌运用五律的形式，可以看出
五律在最早定型时具有应酬交际功能。除了该诗，宋之问
还有另一首《春日芙蓉园侍宴应制》："年光竹里遍，春色
杏间遥。烟气笼青阁，流文荡画桥。飞花随蝶舞，艳曲伴
莺娇。今日陪欢豫，还疑陟紫霄。"许国公苏颋也有同作
《春日芙蓉园侍宴应制》："御道红旗出，芳园翠辇游。绕
花开水殿，架竹起山楼。荷芰轻薰幄，鱼龙出负舟。宁知
穆天子，空赋白云秋。"可见确实是一次兴会空前的盛会。

乐游原

李商隐

向晚意不适，
驱车登古原。
夕阳无限好，
只是近黄昏。

赏析

　　乐游原，在长安东南郊的白鹿原上，地势较高，四望空阔，可以俯视眺望长安全城。原先是秦代的宜春苑，建有宫殿苑囿。汉宣帝神爵三年（前59）又在此地修建乐神庙，便称为乐游原，亦名乐游苑。武则天长安年间，娇贵的太平公主又在此建造亭台楼阁，每逢正月晦日、三月三上巳节、九月九重阳节，长安士女喜欢成群结队到此登览游赏，于是成为长安著名的风景游览胜地，尤其，在原上看落日，特别壮观，没有高山遮拦，一轮又红又圆的夕阳，徐徐落入地平线，天地之间充满绚烂的晚霞。这里累积了汉唐盛世的众多历史遗迹，具有深厚的历史文化底蕴。所以"乐游原"本身就成为长安文化的一个独特标记。李商隐晚年辞幕归来曾居住在长安，因而经常来这里游览，这首诗很可能作于此时。诗题一作《登乐游原》。

　　李商隐晚年心境寂寞凄凉，尤其是妻子王氏去世之后，更感觉人生索然无味，曾经一度想出家到清凉山的寺庙当和尚，因为他怀有绝世才华，少年时期就胸怀大志，但在牛李党争的牵连下，处境非常艰难，既不能在仕途上获得腾达的机会，又不能退耕田园过起隐居避世的生活，只能长期漂流幕府从事文书方面的工作，为人作嫁于笔砚之间，还遭受各种排斥打击，所以内心有抑郁愤懑，需要登原销忧。李商隐的登原，与一般人纯粹的游览还有区别，在登高望远欣赏风景的同时，他总是带着怀古的幽情，在晚唐王朝一派落寞萧瑟的气象中，总是神往大唐曾经的辉煌盛世景象，所以他的感受显得与众不同。

　　为什么"向晚"就"意不适"呢？这是中国士人普

遍存在的"黄昏情结"，人生暮年、美人迟暮、日落黄昏，大都与落寞、衰飒、颓靡相关，特别对李商隐这样怀有"欲回天地"之志的人来说，面对国家日渐衰败的趋势、自己日暮途穷的境况，产生一种深沉的浓重悲怀是可以理解的。这里的"不适"不仅是自己仕途的蹭蹬、岁月的蹉跎、抱负的成空等个人因素，更含有国运将衰的忧虑。既然"不适"，就要"驱车登古原"了，本来可以期待登高望远，一泄幽怀，但谁知时过境迁，社会环境已经失去盛唐时代的感召力，很难产生盛唐时代王之涣登鹳雀楼"欲穷千里目，更上一层楼"那种充满无限展望和美好憧憬的壮阔情怀了，反而产生了更加沉重的伤感。面对为霞满天、无限美好的夕阳，诗人没有生发出壮阔的情思和奇丽的想象，而是想到了落寞后的凄凉。一个"只是"一个"近"字，透露出这种无可挽回的颓势，因为眼前的灿烂辉煌，是沉寂之前的回光返照，强大的夜晚的黑暗，犹如一张铺天盖地的巨网，将会无情吞噬眼前的美景，一种无法把握命运的无奈就静静流淌在字里行间。销忧既不能遂愿，拯救已无可能，因而陷入更加深沉的感喟之中。

虽然李商隐是在抒发个人的感慨，却意外地代表了整个晚唐人的心境，"日落黄昏"成为晚唐的象征，因此具有深广的普泛性，清人管世铭说"此中消息甚大"，确实包蕴深邃。不仅可兼容时世、身世、人生诸多方面，而且表现出对美好且即将消逝的事物既留恋又无奈，既无限珍爱又不得不舍弃的复杂情感，还带有哲理性之沉思与浩叹。

题青龙寺

张　祐

二十年沈沧海间，
一游京国也应闲。
人人尽到求名处，
独向青龙寺看山。

张祜（785—849？），字承吉，清河（今河北邢台）人，中唐著名诗人。家世显赫，人称张公子，"海内名士"。他是狂士、浪子、游客、幕僚、隐者，以多种角色出现在人生舞台上。平凡而独特，畅意又痛苦，享盛誉也曾遭诋毁，声名鹊起却终生沉沦，可谓凛坎一生。他过广陵时曾写诗道："一里长街市井连，明月桥上看神仙。人生只合扬州死，禅智山光好墓田。"大中年间，果然死在丹阳，人们认为这是诗谶。他在诗歌创作上取得卓越成就，以一首《宫词》"故国三千里，深宫二十年。一声何满子，双泪落君前"闻名于世，他的好友杜牧说："谁人得似张公子，千首诗轻万户侯。"虽然他凭借千首诗轻视王侯不免夸张，但其作品丰富多彩肯定是事实。今《全唐诗》存其诗349首。

张祜曾多次到长安寻求科举仕进的机会。他的一首《登乐游原》诗曾说："几年诗酒滞江干，水积云重思万端。今日南方惆怅尽，乐游原上见长安。"因为在南方漂流幕府，已经落魄多年了，心怀惆怅，所以再次北上寻求机遇，在乐游原上见到了梦中的皇城长安。这大约是中唐长庆（821—824）初年，因为令狐楚的表荐让张祜来到了长安，但这次求仕并不顺利，据说遭到当时宰相元稹的排挤，没有成功。因而登上乐游原并游览了青龙寺。张祜性爱山水，喜游览佛寺，到过杭州灵隐、天竺，苏州灵岩、楞伽，常州惠山、善权，润州甘露、招隐等寺庙，所到之处往往赋诗。其咏寺庙诗擅长写景，如"蹑云丹井畔，望月石桥边。洞壑江声远，楼台海气连。塔明春岭雪，钟散暮松烟"（《题杭州天竺寺》）；"五更楼下月，十里郭中烟。后塔耸亭后，前山横阁前。溪沙涵水静，涧石点苔藓"（《题杭州灵隐寺》）等，都写得气象宏大、境界阔远、清静闲逸，颇具特色。但是，这首题青龙寺的七绝，却一反常态，没有描写景物，只抒发内心的失意和怅望。

青龙寺位于地势高峻、风景幽雅的乐游原上，唐时为长安延兴门内新昌坊。建于隋开皇二年（582），原名"灵感寺"。唐龙朔二年（662）立为观音寺。景云二年（711）改名青龙寺。既是唐皇家护国寺庙，也是中国佛教密宗祖寺。据韩愈诗歌描述，青龙寺有大片的柿子树林，秋天柿叶赤如红霞，光焰赫天，颇为壮观。而今寺内樱花繁盛，每到阳春三月，樱花相继开放，春色满园，姹紫嫣红，吸引许多文人士女前来观赏，别有一番情趣。

此诗前两句突出"沈""闲"二字，说二十年沉沦沧海桑田之中，世事变幻如白云苍狗，自然感慨万千，心潮起伏难以平静；但是，这次游历京城，本来可以一展怀抱，但谁知遭遇不顺，只落得一个闲居寂寞、无所事事的结局。诗句中饱含的艰辛沧桑可以想见，与他描写宫女"故国三千里，深宫二十年"的孤独寂寞、郁郁不得志的宫怨情怀相似，也是以数字的对比，袒露心中长期郁积的悲愤和无奈，由此可见那个时代才士与幽闭宫中的女子具有相同的命运。

后两句写如何排遣心中的忧愤抑郁，张祜与大多数人一样，选择了登乐游原销忧。俯视夕阳下金碧辉煌的大唐皇城，那里依然是一派人声鼎沸的景象，很多人都在为名利而积极奔走，或沉浮于科举考场，或趋近于权贵豪门，或卑躬屈膝地干谒乞求援引，或斯文扫地地获得一些冷炙残羹，总之为了仕途而不顾尊严、丧失人格。而傲骨苍然的张祜却选择了另一条甘于寂寞的道路，他独自走向佛家圣地青龙寺，沉浸在寺庙的清静空寂的禅境之中，欲远离红尘的繁杂喧嚣，保持内心深处的那份高贵的孤独情怀。青龙寺兀然耸立于陡峭山峰与深邃蓝天之间，对诗人既是一种激励、一种召唤，也是灵魂栖息的处所。更何况寺中梵音悠然，佛香袅袅，还有鲜花自开自落，可以感悟生命任随天然、自适自乐的真谛。

青龙寺记录了一代性真骨傲的浪子才人张祜生命的瞬间，也成为长安文化精彩纷呈中的一朵别致的浪花。

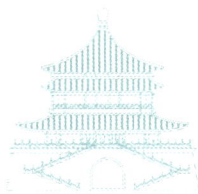

少年行四首

王维

其一

新丰美酒斗十千，咸阳游侠多少年。

相逢意气为君饮，系马高楼垂柳边。

其二

出身仕汉羽林郎，初随骠骑战渔阳。

孰知不向边庭苦，纵死犹闻侠骨香。

其三

一身能擘两雕弧，虏骑千重只似无。

偏坐金鞍调白羽，纷纷射杀五单于。

其四

汉家君臣欢宴终，高议云台论战功。

天子临轩赐侯印，将军佩出明光宫。

　　王维（701—761），字摩诘，蒲州（今山西永济）人。盛唐名望最高的诗人，天宝末期殷璠编选《河岳英灵集》所选二十四人中，王维列盛唐诗人之首，选诗十六首也最多，曾被唐代宗称为"一代文宗"，与李白、杜甫并称"盛唐三大家"。尽管从全部作品来看，王维的总体成就不及李杜，但除李杜之外，盛唐诗人也没有超过王维的。王维与李杜相比，科举仕途算比较顺利，人生没有太多的跌宕起伏（除晚年陷贼之外），心境总体上比较平和，一直做到五品的给事中。加上他早慧，精通音乐，工诗善画，博学多艺，其才华得到唐玄宗御妹玉真公主及宁王李宪的青睐，年轻时期就出入王府宫廷，养成优雅沉稳的性格，他是盛唐时代全才诗人。年轻时代的王维，由于受到蒸蒸日上的盛唐气象的影响，加上科举仕途的一帆风顺，也激起建功立业的宏伟梦想，这四首《少年行》刻画了少年游侠的形象就是典型的表现。

　　《少年行》是乐府旧题，也采用唐人惯用的"以汉喻唐"手法，诗歌所设想的背景是汉代，而现实指向却是大唐。

　　第一首描写咸阳少年游侠的豪饮气概。咸阳在长安西北的渭河北岸，本是秦代都城，早在春秋战国时期，著名侠士荆轲、秦舞阳曾在此地演出过震撼古今的"刺秦王"的大戏。汉代，出于为皇家护陵的需要，曾强行将山东豪强迁往关中，于是游侠之风盛行。司马迁《史记》中有一篇《游侠列传》，尽管对游侠的一些犯禁行为颇为不满，但对游侠们"其言必信，其行必果，已诺必诚，不爱其躯，赴士之厄困，既已存亡死生矣，而不矜其能，羞伐其德"的精神还是称赞的。即游侠们的诺言一定兑现，办事从不拖泥带水，他们答应别人的事，就一定诚心去办；他们为了解救别人的危难，可以不惜自己的生命；一旦将别人从危难和死亡线上拯救出来，也决不自恃以为功，更不夸耀自己的品德。如今的大唐，像这样英姿飒爽、豪气干云的少年游侠很多，只要一遇上意气相投的朋友，就会一见如故，就要走进酒店，豪饮价格昂贵的新丰美酒。新丰，汉高祖七年设置的属县，唐代已经废止了。其治所在临潼西北，本是秦代骊邑，汉高祖定都关中后，其父太上皇居长安宫中，思乡心切，郁郁不乐，高祖于是依故乡丰邑街里房舍格局改筑骊邑，并迁来丰民，改称新丰，这里盛产美酒。前两句诗，王维仅仅用"咸阳"和"新丰"两个富于历史意味的地名，就为游侠的活动铺设了深厚的文化背景。游侠们豪饮千盅，都是为了一个"意气"，这个词含义丰富，既有江湖上哥们义气的意思，也有侠之大者为国捐躯、建万世功名的意义。显然王维是倾向后者，为国家兴旺而建功立业，芳名流播千秋，才是真正的英雄豪侠。诗中，仅仅留下一幅少年游侠举杯畅饮的侧面剪影，而他们志趣相投、英俊爽朗、豪迈奔放的情态，则通过"系马高楼垂柳边"的景象来皴染，那绿影婆娑的高大垂杨下，悠闲地甩着尾巴的似乎也在亲热交流的两匹骏马，正烘托出少年游侠们的朝气蓬勃的神采，可谓虚实照应，令人回味。

　　第二首描写游侠出征边塞。就是对前面"意气"的回应。还是采取"借汉喻唐"的手法。游侠们入仕汉朝宫廷，一开始担任羽林郎的职务，羽林郎宿仗卫内、亲近帷幄，十分重要，决非一般等闲之辈可以入选。《后汉书·地理志》说："汉兴，六郡良家子选给羽林。"由此可见游侠们出身的高贵。随后，他们又被选入"骠骑"大将霍去病的军营，这位将军曾多次统率大军反击匈奴侵扰，战功赫赫，受封冠军侯。少年游侠们报国心切，一心想建立盖世奇勋，所以一旦国家有事，便毫不犹豫地随军出征。边关苍茫萧飒且严酷荒寒，沙场硝烟弥漫又刀光剑影，在血雨腥风中奋力搏杀，更是出生入死，而游侠们"明知山有虎，偏向虎山行"，这就是曹植《白马篇》歌颂的少年英雄"捐躯赴国难，视死忽如归"那种高尚的爱国主义精神。而面对这种英勇而残酷的牺牲，游侠们是怎么想的呢？王维运用一个反诘的让步复句表达出他们心底的最强音：谁人不知边庭征战的艰苦呢？但即使战死疆场，也要留下万古豪侠的美名！"孰""不""纵""犹"等虚词的连用，在顿宕曲折的盘旋中，不断增强语气，以掷地作金声的豪迈语言，传达出少年游侠果敢刚毅的意志和视死如归的精神。尤其"侠骨香"三字，展现出游侠们宽阔博大、芬芳奇丽的心灵世界。而且深化了游侠"意气"的内涵。

第三首描写少年游侠的沙场英姿。如果说前面所写的意气豪爽和决心战死沙场还是比较虚泛的话，那么战场上的冲荡决杀就是英雄本色的真正体现了。首先描写少年游侠膂力过人，能够同时拉开两张饰有雕画的劲弓，即具备左右开弓的过硬本领；接着写因为武艺高强，所以即使遇到"虏骑千重"的强敌包围，深陷危机重重的险境，但我们的游侠却毫无惧色，能够以孤胆"一身"对付劲敌"千重"，他冲进敌军的阵营，如入无人之境。更加令人钦佩的是，我们的游侠绝不是逞匹夫之勇的莽汉，而是深通谋略，懂得"擒贼擒王"的战略战术。请看他马背功夫娴熟，在飞驰的马背上自如地变换各种姿势，能够倾斜着身躯坐在饰金的马鞍上，拈弓搭箭，在运动中瞄准目标，箭无虚发地将那凶残蛮横、剽悍骄狂的敌酋"纷纷射杀"。曹植诗中那位游侠"仰手接飞猱，俯身散马蹄"的高超技艺，在王维诗中变成了克敌制胜的具体行为，我们的少年游侠简直就是勇冠三军、功勋卓著的孤胆英雄！俗话说，"好马配好鞍，宝马配英雄"。即使描写惊心动魄的沙场搏杀场面，王维还是没有忘记他画家的本行，通过"雕弧""金鞍"和"白羽"的丰富色彩的点染，烘托出游侠的英雄本色。游侠身上体现的这种尚武精神，正是盛唐气象的一种体现。王维笔下的少年游侠形象闪耀着理想主义的光辉。

第四首描写游侠功高不赏。前面三首诗已经将少年游侠的形象淋漓尽致展现出来了，酣饮高楼，可见其意气风发、英姿飒爽；勇敢出征和征战誓言，可见其刚毅果决和宽阔的胸襟；战场勇猛无敌，可见其功勋卓著。按照一般的道理，在朝廷论功行赏的时候，他也理应得到最高的奖赏。但是那个时代，"死是征人死，功是将军功""凭君莫话封侯事，一将功成万骨枯"便是血淋淋的现实。这首诗前三句，描写隆重而热烈的庆功仪式：汉家君臣欢宴结束，就高坐云台商议论功行赏的事情（云台本是东汉洛阳宫中的座台，汉明帝时，曾将邓禹等二十八位开国功臣的图像画在台上，史称"云台二十八将"），接着就是天子临轩封侯赐爵，正当我们期待少年游侠出场的时候，领赏者竟然变成了"将军"。这位"将军"与第二首的"骠骑"

当是一人，即军中主帅。"将军佩出明光宫"，也就是李白《塞下曲》其三所说的："功成画麟阁，独有霍嫖姚。"虽然蕴含一股不平之气，却也点出客观事实的真相：只有受皇帝宠幸的将军才能坐享其成，而亡命血战的英雄反遭冷落！通过烘云托月的渲染，让人感受到难以释怀的苍凉与悲怆。当然，我们的少年游侠也许具有木兰那样的高尚情怀，不愿接受可汗封赏的"尚书郎"，而要功成身退，与家人团聚，过上恬然自适的隐居生活。如果是后者，就可以见出游侠高尚的精神世界。

四首诗合起来，犹如四幅连环画，既各自独立，又前后相连；既相互补充，又相互映衬。既刻画出少年游侠的独特形象，展现盛世渴望建功立业的英雄情怀，又含有一股功高不赏的不平则鸣的悲愤。总之，是浮雕般地呈现出人物形象的风采和精神面貌，达到了很高的艺术境界。

另外，我们常说王维"诗中有画"，一般主要针对其山水诗，如张祜《题王右丞山水障二首》其二说："右丞今已殁，遗画世间稀。咫尺江湖尽，寻常鸥鸟飞。山光全在掌，云气欲生衣。以此常为玩，平生沧海机。"其实还包括一层内涵，就是刻画人物与人物画相关联，因为王维不仅善画山水，也是善画人物的。王维刻画人物，擅长通过人物音容笑貌、言行举止、心理状态的描写，传达出人物的精神气韵。南齐谢赫《古画品录》提出著名的绘画六法，第一法即"气韵生动"，可见非常重视人物的精气神。王维对此深有体会，他晚年反思自己时曾说："宿世谬词客，前身应画师。"可见他对自己绘画才能颇有自信。如果说王维《论画三首》主要总结的是山水画技法的话，那么他的诸篇画赞则体现出他对人物画注重气韵的追求。如

《皇甫岳写真赞》说："有道者古，其神则清。双眸朗畅，四气和平。长江月影，太华松声。"对皇甫岳画像的"神清""气和"的赏鉴，并以"月影""松声"来加以渲染，画中人物的神韵可以想见。据说他给孟浩然画了一幅肖像，给人的印象是"骨貌淑清，风神散朗"，也是擅长表现人物的精神风貌。王维在诗中刻画人物也深受人物画的影响，往往淡淡几笔就能体现人物的精神状态，《少年行四首》就是典型的表现。其一抓住少年游侠的豪爽意气，通过一见如故的豪饮，突出其青春蓬勃的朝气和洒脱俊迈的情态，而迎风婆娑的柳树和悠闲自得的骏马，将少年游侠的神韵烘托出来，让人回味。其二中主要通过"孰知不向边庭苦，纵死犹闻侠骨香"的豪言表现其丰满芳洁的心灵世界。其三描写这位游侠来到战场上一显身手，将游侠冲入敌阵似入无人之境，轻而易举地射杀敌人主将的英雄气概表现得淋漓尽致。其四更是通过层层渲染，从虚处传出人物愤郁悲凉的心境和功成身退的情怀。达到呼之欲出、活色生香的艺术效果。

与高适薛据登慈恩寺浮图

岑　参

塔势如涌出，孤高耸天宫。
登临出世界，蹬道盘虚空。
突兀压神州，峥嵘如鬼工。
四角碍白日，七层摩苍穹。
下窥指高鸟，俯听闻惊风。
连山若波涛，奔走似朝东。
青槐夹驰道，宫馆何玲珑。
秋色从西来，苍然满关中。
五陵北原上，万古青蒙蒙。
净理了可悟，胜因夙所宗。
誓将挂冠去，觉道资无穷。

赏析

大雁塔位于长安城东南晋昌坊的大慈恩寺内，又名"慈恩寺塔"。唐高宗永徽三年（652），玄奘为保存从天竺经丝绸之路带回长安的经卷佛像，亲自设计并主持修建了大雁塔。这是唐代规模最大的一座四方楼阁式砖塔，塔身七层，高 65 米，基座宽阔，边长有 25 米，具有沉稳端庄、巍峨高耸的宏大气势。登上塔顶，不仅可以俯瞰长安皇城的全貌，还可以远眺关中雄浑苍莽的景象。这里不仅是新科进士们题名欢会的地方，也是文人墨客登塔远眺、赋诗抒怀的佳处。

大唐天宝十一载（752）深秋，携带莽莽西域风尘的岑参从安西都户府回京述职，恰好碰到高适、薛据、杜甫、储光羲等诗友也在京城，于是相约登览慈恩寺的大雁塔，由高适发起首唱，四人唱和（薛据诗已佚失），成为咏雁塔诗中杰出的篇章，也成为诗坛佳话。然而，他们并非站在同一个高度。

岑参的这首诗也采取和意不和韵的方式，按照登塔的顺序展开。首先描写大雁塔的气势，远望这座宝塔好像从地上突然"涌出"来似的，走近一看，才感觉到这塔孤高矗立直插苍穹，简直要耸入天宫了，与高宗描写的"日宫开万仞，月殿耸千寻"颇为相似，可见唐人对这座宝塔的突兀高耸深有所感，都喜欢极尽夸张之能事来渲染。接着写登塔，似乎是超出了这个凡尘世界一般，通往塔顶的蹬道好像是在虚空中盘旋而上，从塔身内部写出登塔如登天的感受。这宝塔突兀高峻仿佛镇住了神州大地，真是气象峥嵘、鬼斧神工的杰作啊！你看它四面高高翘起的飞檐，尽量向空中伸展，似乎阻挡了太阳的升起，它七层高耸的塔身似乎接近了汗漫无际的苍穹，令人想起李白"上有六龙回日之高标"的诗句。站在塔顶上俯视，平日需仰视的高飞的鸟儿都在脚下，倾耳一听，平日所闻的山风似乎更为迅猛，呼啸而来。再举目远眺东边的秦岭山脉，峰峦起伏犹如滚滚波涛，向东方奔腾而去；再看高大青翠的槐树夹着宽阔笔直的马路，皇城的宫殿楼台都仿佛变小了，显得如此精致玲珑。而回首北望，秋天的秀色从西边扑来，莽莽苍苍弥漫整个关中大地；皇城北部的五陵原上，汉代曾经显赫一时的皇帝的陵墓，千秋万古都淹没在一片青苍蒙蒙的雾气之中，而时间的逝川依旧默默东流，一时间顿生人生短暂宇宙永恒的慨叹。只有到了此时此境，才真正领悟到佛理的清空玄妙，自己一向追求的善因也大彻大悟，于是决心辞官归隐，永远皈依佛门，消除一切欲念，进入物我相忘的觉道境界。这个结尾虽因登塔而产生崇尚佛理的意趣，但实际上岑参还是积极进取为官，此后做到嘉州刺史，并没有真正践行诺言。

从另一方面来看，此时的大唐已经呈现出笼罩一切的隐忧氛围，唐玄宗沉迷于杨贵妃的美色不能自拔，朝政大权旁落于李林甫、杨国忠之流的手中，国库日渐空虚，而东北国防边境的军政大权又落入阴谋家安禄山之手，所以煊赫盛烈的外表下，难以掩盖日益加剧的危机。像岑参、杜甫、高适等人，长期沉沦下僚，用冷峻的目光打量眼前的盛世，都满怀忧虑，杜甫的和诗说"登兹翻百忧"，又说"回首叫虞舜，苍梧云正愁"，并指出"君看随阳雁，各有稻粱谋"；储光羲的和诗说"崱屴非大厦，久居亦以危"，也感觉危机四伏；高适的和诗说"输效独无因，斯焉可游放"，因为找不到用武之地，只好借游览一泄幽怀，都展现出忧国忧民的深重情怀。然而，总体上看，杜甫的诗显得深邃博大，笔力遒劲，意境雄浑，而岑参的诗则显得顿挫浏亮，奇伟不群。

清人仇兆鳌作《杜诗详注》，认为："同时诸公登塔，各有题咏。薛据诗已失传；岑、储两作，风秀熨帖，不愧名家；高达夫出之简净，品格亦自清坚。少陵则格法严整，气象峥嵘，音节悲壮，而俯仰高深之景，盱衡今古之识，感慨身世之怀，莫不曲尽篇中，真足压倒群贤，雄视千古矣。三家结语，未免拘束，致鲜后劲。杜于末幅，另开眼界，独辟思议，力量百倍于人。"其推崇杜甫无可厚非，然对岑参诗未免评价过低。

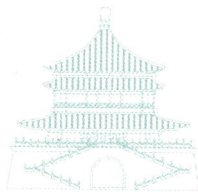

登骊山高顶寓目

四郊秦汉国，八水帝王都。
阛阓雄里闬，城阙壮规模。
贯渭称天邑，含岐实奥区。
金门披玉馆，因此识皇图。

李显

赏析

　　唐代帝王爱好诗歌，不仅推动诗歌艺术的发展，而且自己也喜欢创作诗歌，像唐太宗李世民、唐玄宗李隆基都是当时著名的诗人皇帝，都有诗集传世。唐代的第四任皇帝中宗李显，虽是庸碌无为之主，却积极提倡诗歌。他原名李哲，显庆元年（656）十一月五日生于长安，初封周王，后改封英王。章怀太子李贤被废后，他被立为皇太子。弘道元年（683）即皇帝位，武后临朝称制。光宅元年（684），被废为庐陵王，先后迁于均州、房州等地，谪居长达十五年之久。圣历二年（699）被召还洛阳复立为皇太子。神龙元年（705）在通天宫复位。他在位期间，恢复唐朝旧制，免除租赋，设十道巡察使，置修文馆学士，发展与吐蕃的经济、文化交往，实行和亲政策，把金城公主嫁给吐蕃赞普尺带珠丹，保证了边疆地区的稳定。他前后两次当政，在位五年半，景龙四年（710）六月壬午被皇后韦氏和女儿安乐公主合谋毒死，终年55岁，谥号大和大圣大昭孝皇帝，葬于定陵。虽然他在国家治理方面没有大的作为，但他酷爱诗歌，尤其热衷于大型朝会、山水游览和宴乐赋诗，喜欢与大臣们诗酒唱和，《旧唐书·中宗本纪》中说"帝于景龙中，置修文馆学士，盛引词学之臣，从侍游宴。春幸梨园，并渭水被除，则赐细柳圈辟疠。夏宴葡萄园，赐朱樱。秋登慈恩浮图，献菊花酒称寿。冬幸新丰，历白鹿观，上骊山，赐浴汤池，给香粉兰泽。从行给翔麟马，品官黄衣各一。帝有所感，即赋诗，学士皆属和焉"。客观上对初唐五律的定型有一定的贡献，其诗格律工整，敦厚平实，像这首《登骊山高顶寓目》就是比较典型的作品。

骊山，属秦岭支脉，在长安临潼城南，由东西绣岭组成，山势逶迤，树木葱茏，远望犹如一匹苍黛色的骏马。周、秦、汉、唐这里是皇家园林，离宫别馆众多。据说上古时期，女娲曾在这里"炼石补天"；西周末年，周幽王在此上演了"烽火戏诸侯"的历史闹剧；秦始皇统一六国，混一区宇，建立了盖世奇勋，其陵寝就建在骊山脚下，留下了举世闻名的秦兵马俑。骊山富有深厚的文化底蕴，也是登临游览的胜地。

中宗的这首五律，以登上骊山最高顶远眺俯视的角度，展开极目所见景象：四郊都是秦汉故国的地域，留有丰富的文化古迹，发源于秦岭山脉的渭、泾、沣、涝、潏、滈、浐、灞八条河流环绕长安城。"八水帝王都"成为长安的名片。总写概貌之后，就展开对长安城的具体描述：透过闾阖西门，可见整齐划一的居民区，显示出雄壮的气象，皇城的宫殿楼台，则呈现出壮丽辉煌的宏大规模。再向远处遥望，滔滔渭水横贯长安城北，滋润肥沃的关中大地，使这里成为天邑，即天子之城；岐山脚下自古以来就是幽深玄奥的区域，成为西周丰镐二京的发祥地，拥有深厚的文化底蕴。加上金色的大门和玉石的馆阁，就可以凭此认识皇城的锦绣画图。

此诗对仗工整，音律和谐，虽然没有写出惊人的警句，但表现出一和雍容静穆的帝王气象，呈现出大唐皇城山环水绕、文化深厚、繁荣昌盛的景象。

途经秦始皇墓

许
浑

龙盘虎踞树层层，
势入浮云亦是崩。
一种青山秋草里，
路人唯拜汉文陵。

　　许浑，晚唐著名诗人，字用晦，润州丹阳（今属江苏）人，大和年间（827—835）进士及第，曾任虞部员外郎、睦州和郢州刺史等官职。自少体弱多病，刻苦向学，喜爱山水林泉。擅长律体，其咏史怀古诗成就突出。著有《丁卯集》。

　　秦始皇是中国封建社会历史上第一位帝王，他消灭六国，将天下珍宝和美女都集中到咸阳，不仅生前过着极尽奢华的生活，而且修建规模宏伟、富丽奢华的陵寝。他建立封建中央集权的宏大帝国，统一度量衡，统一文字，为封建社会的发展作出了重大的贡献，但他也以残暴寡恩、反智主义的形象留在后人的记忆之中。当晚唐诗人许浑经过骊山脚下的秦始皇陵时，写了这首《途经秦始皇墓》，表达他对这个历史人物的基本评价。

　　秦始皇陵在临潼附近，南依骊山，北临渭水。坟茔规模宏伟，草木森然繁茂。郦道元说："秦始皇大兴厚葬，营建冢圹于骊戎之山，一名蓝田，其阴多金，其阳多美玉，始皇贪其美名，因而葬焉。"受"依山造陵"传统观念的影响，早在春秋战国时期，人们选择墓地就特别重视依山傍水的地理环境，"立冢安坟，须籍来山去水"。许浑诗的首句就描写了秦始皇陵的雄伟气势：背靠着巍峨雄峻的骊山，形成虎踞龙盘的气势，山上层层叠叠的树木，阴翳苍翠，森严肃穆，大有高耸入云的架势。但许浑接着运用一个"崩"字，将陵墓的必然命运揭示出来，即使再坚固的陵寝，也禁不住时间流水的侵蚀，必然会走向崩颓的结局，这个"崩"既是秦始皇万世之业的崩溃，也是他的奢华陵寝的崩塌。运用欲抑先扬的方式，将秦始皇的生前死后作了一番描述之后，诗歌调转视角，将目光投向离秦始皇陵不远处的汉文帝的霸陵：说两者都同样埋没于巍巍青山和茫茫秋草之中，但来来往往的路人却只向汉文帝刘恒的陵墓朝拜。这是为什么呢？因为汉文帝陵寝非常简陋，在长安东郊的霸陵原上，汉文帝生时以节俭出名，死后薄葬，霸陵极其朴素，受到后人称赞。

通过鲜明的对比，表达出蔑视奢华崇尚简朴的情感倾向，包含了反对暴政的思想观念。早在西汉时期，司马迁就认为："秦王怀贪鄙之心，行自奋之智，不信功臣，不亲士民，废王道，立私权，禁文书而酷刑法，先诈力而后仁义，以暴虐为天下始。"贾谊在《过秦论》中也指出秦灭亡的根本原因在于"仁义不施而攻守之势异也"。而汉文帝则不同，他的文景之治是清明政治的代表，推行黄老之治，与民休息，艰苦朴素。据说他曾想建一露台，一核算工价需千金，相当于十户中人之产，便立刻停止这个露台的修建。他在历史上是一位能够了解人民疾苦的好皇帝，公道自在人心，因此人们也只会朝拜对人民较好的统治者，而不会去对那残暴刻薄的秦始皇顶礼膜拜。民心所向，在这个小小的参拜陵墓的行为中显现得很清楚了。诗题是写过秦始皇墓，此处却着力写汉文帝陵，看似诗思不属，实际上在两种统治方式、两种对待人民的态度的对比之下，诗的主题更显突出。

此诗浑厚有味，通过对比手法来对历史人物加以抑扬，反映了作者对凶狠残暴统治者的愤恨和对谦和仁爱统治者的怀念，诗意缜密，可以窥见作者的诗心。这首诗明白无误地表现出作者自己的历史观、是非观，可说是一首议论诗。它字挟风雷，却出之以轻巧疏宕，唱叹有情的笔墨，有幽美的艺术魅力，而不像是在评说是非。宋代谢枋得在《注解选唐诗》中说："汉文霸陵与秦始皇墓相近，秦皇墓极其机巧，汉文陵极其朴略，千载之后，衰草颓坟，尤异也。然行路之人拜汉文陵，而不拜秦皇墓，为仁不仁之异，至是有定论矣。"评论精准，揭示出晚唐人对仁政的渴望，对仁君的赞美。

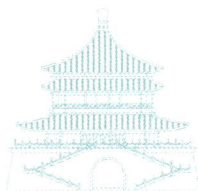

西明寺牡丹

元稹

花向琉璃地上生，
光风炫转紫云英。
自从天女盘中见，
直至今朝眼更明。

牡丹是唐代国花，既雍容华贵，又浓艳芬芳，象征富贵吉祥，素有"国色天香"的美誉。白居易有一首《牡丹芳》这样描写牡丹："牡丹芳，牡丹芳，黄金蕊绽红玉房。千片赤英霞烂烂，百枝绛点灯煌煌。照地初开锦绣段，当风不结兰麝囊。仙人琪树白无色，王母桃花小不香。宿露轻盈泛紫艳，朝阳照耀生红光。红紫二色间深浅，向背万态随低昂。……花开花落二十日，一城之人皆若狂。"由此可见，盛唐以来，社会上培植赏玩牡丹蔚然成风，甚至到了举城若狂的程度。尤其长安洛阳的豪门显贵，更是趋之若鹜地追求牡丹中的极品，导致牡丹新品的价格昂贵，以致出现"一丛深色花，十户中人赋"（白居易《买花》）的奢靡现象。在这种社会风尚中，歌咏牡丹的诗歌也就繁盛起来。元稹的《西明寺牡丹》，是他元和元年（806）在长安所作。

西明寺，唐都长安的重要寺院，也是唐代御造经藏的地方，位于延康坊西南，与大庄严寺及慈恩寺、荐福寺齐名。据《唐两京城坊考》（卷四）记载，西明寺本是隋越国公杨素的私宅，因其子杨玄感谋反被诛，此宅被官府没收，初唐武德年间，被高祖赐给万春公主，贞观中又被赐给魏王李泰，魏王死后，再次收归官府，后改为寺庙。

西明寺是唐都长安赏牡丹的最佳所在，白居易《西明寺牡丹花时忆元九》说"前年题名处，今日看花来。一作芸香吏，三见牡丹开"，《重题西明寺牡丹》（时元九在江陵）又说"往年君向东都去，曾叹花时君未回。今年况作江陵别，惆怅花前又独来。只愁离别长如此，不道明年花不开"可见元和元年（806）至元和五年（810）之间，白居易和元稹经常到西明寺赏玩牡丹。

元稹这首诗，独辟蹊径，一扫庸俗的脂粉富贵气息，也不描写牡丹的神态、姿色，而是特意突出在琉璃的月光下，牡丹所独有的风情神韵。"花向琉璃地上生，光风炫转紫云英。"这两句给人带来强烈的视觉冲击，前一句的"花"当然指牡丹，"琉璃"本是晶莹剔透的水晶，这里比喻月光的皎洁，可以看到水晶般的琉璃世界中盛开着富丽堂皇的牡丹花；后一句中"光风"，有人引《楚辞·招魂》"光风转蕙，氾崇兰些"的句子，认为指雨雾之后的温煦和风。笔者认为欠妥，屈原诗句显然写白天的情景，而元稹诗是写夜晚，风本来是看不见的，所以"光风"指掺和着月光花光的春风，《春江花月夜》中的"空里流霜不觉飞"，描摹月光借助春风才可以飞动，而"月照花林皆似霰"正是描写花叶在风中摇曳，发出明亮闪烁光泽的情景，与元稹诗中的"炫转"正相合，紫云英指深紫色的牡丹花，缤纷的花瓣和重叠的叶子，在风中旋转低昂，产生令人眩晕的感觉。将骀荡春风里皎洁月色中的牡丹形象呈现出来，并富于强烈的动态美。这里"光风炫转"造成一种朦胧迷离的氛围，牡丹花在月光的照射下，随着清风微拂，花枝摇曳轻舞，叶影斑驳交错，令人目眩神迷。

"自从天女盘中见，直至今朝眼更明。"这两句推进一层，将盛开的牡丹花比喻成天上的仙女，令人想起李白将杨贵妃类比牡丹的诗句，意谓月中仙女如果与月下牡丹相比，牡丹显得更加光鲜明媚。牡丹本来具有天香国色、芳姿艳质，诗人不从正面描摹，而用"天女盘中见"来反衬牡丹的浓香艳质。天上仙女高雅艳丽，但在今朝的牡丹面前，却不免黯然失色。诗人运用反衬的手法，恰到好处地表现出百花之三的仙姿神韵，言有尽而意无穷。

　　此诗善于比拟，妙于烘托，既设色绮丽，又富于动态美，颇有隽永韵味。

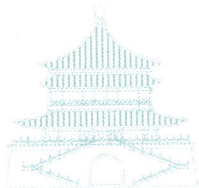

过香积寺

王维

不知香积寺，数里入云峰。
古木无人径，深山何处钟。
泉声咽危石，日色冷青松。
薄暮空潭曲，安禅制毒龙。

赏析

　　王维是虔诚的佛教徒，跟随母亲师事大照禅师，在辋川焚香禅坐数十年。他信仰净土宗，名字"摩诘"就源自一部净土宗的佛典《维摩诘经》，该书中有"天竺有众香之国，佛名香积"之句，认为香积佛如众香国的香气一样"周流十方无量世界"，启迪、感化、引导着众生超度苦海，人们曾把净土宗师善导比作香积佛，因此唐代建有香积寺。

　　香积寺建于高宗永隆二年（681），坐落在帝都长安城南，地处终南山子午谷正北神禾原西畔，这里南临滈河，北接风景秀丽的樊川，潏河与滈河汇流萦绕在它的西边，整个寺院幽而不僻，静而不寂，殿宇庄严整齐，环境幽雅，规模宏大。

　　香积寺在唐代曾盛极一时，高宗李治曾到香积寺礼佛，并赐予舍利千余粒，还有百宝幡花，令其供养。寺的主持善导大师在长安拥有众多信徒，这里又供奉着皇帝赐给的法器、舍利子，经常在寺内举行隆重祭祀，故前来瞻仰、拜佛的人络绎不绝，香火极盛。作为佛教徒的王维，当然要来这里礼佛，这首诗《过香积寺》就描写了他首次来到寺庙的情景和感受。

　　一开始，诗人找不到香积寺的具体位置，只是沿着幽深山谷溪涧，穿云钻雾攀登而上，真是深山藏古寺啊！一路上很少有行人，狭窄的石径山路蜿蜒萦绕在古木参天的林间，仿佛进入了一个幽深静谧的世界，偶尔听到某处深谷间传来寺庙的钟声之声，余音袅袅，飘荡山谷，导引着人们虔诚攀爬的脚步。由于涧谷狭隘，清澈透亮的山泉在

崎岖荦确的山石之间曲折流淌，时而从逼仄的隙缝间倾泻
而下，时而沿着平缓的河道漾漾前行，时而在深碧的沉潭
泛起微微的涟漪，时而在阻挡它的巨石边翻卷起银白色的
浪花，一路潺湲的欢歌给人一种在危石之间时断时续的哽
咽之感，也让人感到泉水顽强坚忍的意志和活泼的生命智
慧。而那灿烂的阳光，穿过密密的松针，落到地上形成明
暗交织的金色斑点，蓊郁森然的树林间仿佛贮满了强大的
清气，那些苍松也似乎浑身冷飕飕的散发出丝丝凉意，让
人感到浸透心脾的幽冷。如此清幽洁净的山林环境，正是
参禅礼佛的绝佳场所。

　　终于在薄暮来临之际，到达了寺庙，坐在空静的潭
水边，心灵完全进入到佛禅静寂的境界中。佛教认为红尘
凡世间因为追求功名利禄而产生的妄念烦恼，犹如吞噬性
灵慧根的毒龙，只有在万籁俱寂的空静禅境中，才能被制
服。也就是说人只有彻底摆脱世俗的干扰，只有彻底征服
戕害心性的毒蛇，才能进入无生无住、无挂无碍、空静寂
灭的佛境，获得身心的超脱与自由。

　　这首诗，虽然宣扬佛教的理念，但并不给人枯燥的说
教之感，原因在于诗中描写的山水境界，具有空灵幽静之
美。而且香积寺只作为一个背景，全部诗意都洋溢在一
种对禅境的追寻之中，诗的韵味便飘荡在这冷隽幽寂的
境界里。

无题

李商隐

昨夜星辰昨夜风，画楼西畔桂堂东。
身无彩凤双飞翼，心有灵犀一点通。
隔座送钩春酒暖，分曹射覆蜡灯红。
嗟余听鼓应官去，走马兰台类转蓬。

赏析

　　人生经历中最震撼灵魂、最滋润心灵的莫过于热烈浪漫、执着缠绵的爱情。爱情是人类生息繁衍的基础，也是一种高贵华美、纯净雅洁的情感，体现了人类的尊严。晚唐大诗人李商隐堪称一代"情圣"，他用独创的"无题诗"将人类最私密也最尊贵的爱情，进行了唯美的演绎。

　　李商隐的无题诗大部分涉及男女之情，但都写得含糊不清、隐约其辞，唯独这一首含有他的独特经历，清人冯浩断定"定属艳情，因窥见后房姬妾而作"，尽管颇为武断，说偷"窥"肯定不正确，但结合唐代长安的浪漫文化氛围，似亦有这种可能。唐人对男女之情比较随意，很少顾忌，像李世民可以娶自己的弟媳妇，唐玄宗可以娶自己的儿媳妇，在当时并没有受到舆论的指责；还有公主入道观出家，个人生活放纵；武则天拥有众多男宠，甚至与女儿分享情人；文人不仅出入青楼结交妓女，还与女冠发生恋情，等等，都是很普遍的现象。而李商隐当时在长安秘书省任校书郎，还是未婚青年，在参加某位达官贵人的私人宴会上，遇上一位风情万种的贵家姬妾，并发生类似于我们今天所说的爱情故事，完全是合理的。何况在酒席上，李商隐与这位美女有互动，他们既"隔座送钩"[古代的一种游戏，也称藏钩。周处《风土记》："义阳腊日饮祭之后，叟妪儿童为藏钩之戏。分为二曹（两队），以校胜负。……一钩藏在数手中，曹人当射（猜）知所在。"]又"分曹射覆"（古代的一种游戏。在巾盂等物下面覆盖着东西让人猜）。加上诗中还提到"听鼓"（唐代制度，五更二点，鼓自大内发出，诸街鼓承振，坊市门开启），表明这次浪漫的宴会一直持续到天明。笔者认为大概因为这是一种难以言说的隐情，所以李商隐在表达的时候，采取了时空交错的追叙方式，而相关的爱情场面也采用暗示遮掩的笔法，因而难详端绪。但这一段难以忘怀又不便公开的经历，是一场带给心灵强烈震撼的情感体验。诗歌将两颗心灵之间相亲相爱却不能相依相偎的无奈和痛楚，表现得淋漓尽致。因而，也是一首纯粹杰出的爱情诗。

全诗的内容，写作者在故事结束之后的今夕，来追忆昨夜的一段情味难言的爱情经历。

诗歌只交代了一个并不具体的时间和地点：昨天夜晚，繁星闪烁的天宇下，一片清幽朦胧的雾霭轻轻笼罩着山川大地、树木村庄，在精致玲珑的画楼与雕饰芬芳的桂堂之间的林荫深处，我们悄然相遇了。这是一份怎样的激动与惊喜！然而，今夕的相隔却只有无尽的憾恨：虽然我没有彩凤那样的双翅，能够飞越重重阻隔与你再相见，但我们彼此的心灵却像神异的犀牛角有一脉暗通。这千古爱情名句，写出了多少真心相爱却无法相依者心灵的状态：或因身份地位、贫富悬殊、年龄代沟，或因空间阻隔、时间错过、命运舛误，或因"恨不相逢未嫁时"，或因"一见钟情成永隔"。将《诗经·蒹葭》中追求"伊人"那种可望而不可及的"企慕情境"渲染到无限凄美且诚挚的境地。这种精神上的折磨，迫使他再次追忆昨夜跟心上人一起参与的那次热闹的宴会：酒席上酒暖灯红，觥筹交错，在隔座送钩、分曹射覆的瞬间，你美目流盼、暗送秋波，而我则心旌摇荡、心鼓喧阗。虽然你芳心暗许，但我们却不能大胆表白，只能在红烛摇曳的光芒里，在芬芳醉人的酒气中，在珠光宝气的氛围里，在情难自已的追慕中，默默感受你就在我身边的那份温馨，品赏你的温柔恬静、靓丽清纯，想象你的娴雅高贵、万种风情。这与其说是对追慕情景的再现，还不如说是对当时心境的袒露，将那种初恋中的儿女情态生动地表现出来。"暖""红"二字带有温馨浪漫的情调，也正好符合热恋的情境。但是，一切不过如一场幻梦，毕竟现实是如此的苍凉冰冷，拂晓的黎明已经来临，温馨的夜晚已经消逝。我不得不离开心爱的女神，因为要去秘书省官署上班了，沉沦下僚的命运就像那随风飞卷的蓬草不由自主，只剩下一声悲惋的叹息！追求爱情也如追求功名事业、追求仕宦前程一样，都是事与愿违，以失败告终。爱情、事业、前程犹如九天云霄绚丽夺目的海市蜃楼，那只不过是一片心造的幻影，是闪烁在苍穹中一点慰藉的孤光，是漂浮在碧蓝大海上一叶永远无法到达彼岸的白帆。

这首诗表现了一种难以圆满的悲剧性的爱情体验，在人类情感历程中具有普遍性，因而能够引起广泛的共鸣。尤其那精彩绝伦的颔联，不仅写出心虽相通身不能相接的苦闷，而且写出了间隔中的契合，寂寞中的慰藉，将对立感情的相互渗透与交融表现得深刻细致而又主次分明。意象运用上"彩凤"与"灵犀"对举，一者高贵，一者灵异，尽管都不是日常生活中能够见到之物，但却很好地装饰了人类爱情的华丽高贵、神奇美妙，音节也抑扬顿挫，流畅婉转，经得起咀嚼玩味。语言结构上，"身无"与"心有"形成虚实照应，而身无的"无"又是现实中不存在的彩凤，心有的"有"也只是传说中的灵犀，颇似《红楼梦》中所说的"假作真时真亦假，无为有处有还无"那样，虚虚实实，难辨真假，而这正好贴合恋爱中人们耽于幻想却缺乏理性的情感特点。

　　总之，这首无题诗，表现了一种凄艳纯美的爱情体验，至今犹如一杯陈年佳酿芬芳醉人，又像一泓清泉给人的心灵以滋润，激励人们执著追寻并无限神往天地之间属于自己的那份最美好的至高无上的爱情。

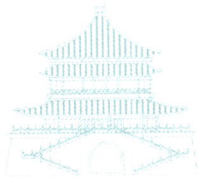

积雨辋川庄作

王维

积雨空林烟火迟，蒸藜炊黍饷东菑。
漠漠水田飞白鹭，阴阴夏木啭黄鹂。
山中习静观朝槿，松下清斋折露葵。
野老与人争席罢，海鸥何事更相疑。

　　终南山的蓝田辋川，奇秀幽静。这里山峰连绵，层峦叠翠，苍松茂密，凤尾萧萧；奇花异草遍布幽谷，瀑布溪流随处可见。因众多涧壑的溪流都汇入辋川，清泉潺湲，波纹旋转如辋轮，故名辋川。辋川不仅为"秦楚要冲，三辅屏障"，而且是达官贵人、文人骚客心醉神驰的胜地，有"终南之秀钟蓝田，茁其英者为辋川"之说。其中"辋川烟雨"为蓝田八景之冠。

　　王维在辋川购得初唐诗人宋之问的别业后，便过起了"晚年唯好静，万事不关心"的闲适生活。他依据辋川的地形植花木，垒奇石、筑亭榭，建起孟城坳、华子冈、竹里馆、鹿柴等二十处景观，把二十余里长的辋川山谷，改造成一个远离红尘喧嚣的世外桃源。

　　他在这里：清晨看日出云飞，黄昏赏彩岚夕照；他在这里：兴来徜徉松竹云海，夜晚望月弹琴长啸；他在这里：雨中观鸥鹭轻翊，暖日临清流赋诗；他在这里：林间与山叟谈笑，松下采鲜美山珍；他在这里：看花开花落，感悟禅境幽寂，阅春夏秋冬，享受田园温馨。

　　王维众多描写辋川生活的诗中，这首《积雨辋川庄作》颇有代表性。

　　此诗以新鲜明丽的色彩，描绘出夏日久雨初停后辋川山庄繁忙的田园景象，把自己幽淡清雅的禅寂生活与辋川恬静优美的田园风光结合起来，创造了一个物我相惬、情景交融的意境。全诗写景生动真切，生活气息浓厚，如同一幅淡雅的水墨画，清新明净，形象鲜明，表现了诗人隐居山林、脱离尘俗的闲情逸致。

首先，诗人用"积雨空林"来涂抹画幅的背景，因为下了较长时间的雨水，所以山林变得空静幽寂，不仅很少有人活动，连鸟儿也都安闲地卧歇在巢中，而田畴土膏渥润油亮，树叶青草滋碧繁茂，一切仿佛都在默默等待雨霁日出的到来。接着，展开初夏雨霁后农家忙碌的生活图景：家人一早就到东边农田里劳作去了，村妇们赶紧"蒸藜炊黍"烧饭送饭，由于久雨柴火潮湿，所以炊烟不像天晴时那般袅袅地欢快飞腾，而是变得很沉重，迟迟不能升起，只能横列飘浮在低空。与四面低垂的积雨云层连成一片，给四月的天空增添了一份潮润的凝重。尽管环境没有朝阳明媚晴空万里的鲜妍明净，但在辋川恬静安详的世界里，农家忙碌的身影中，自然包含一种喜悦。这种情绪也感染了诗人，他看到了漠漠无际的水田，像一面面明镜，倒映着青山白云的倩影，一群群白鹭翩翩翻飞于空中，双翅扇动着白色光圈，发出尖脆的鸣叫声，打破了四周的安静岑寂；而蓊郁森然的树林间，歌喉娇嫩婉转的黄莺，也不甘寂寞，甜美清亮的歌声，悦耳动听，与白鹭的飞鸣相互呼应，给四月的乡村带来无穷的韵味。既色彩鲜明，层次感强，又动静相映，视听交织，还处处照应久雨后阴沉的背景。可谓妙趣无穷的辋川田园的最美风景。

这两句诗引起后代广泛的评论，如中唐人李肇因见李嘉祐集中有"水田飞白鹭，夏木啭黄鹂"之句，便讥笑王维"好取人文章嘉句"（《国史补》卷上）；还是明人胡应麟眼光独到，他说："摩诘盛唐，嘉祐中唐，安得前人预偷来者？此正嘉祐用摩诘诗。"（《诗薮·内编》卷五）宋人叶梦得认为王维的两个叠词用得精彩。"漠漠"有广阔意，"阴阴"有幽深意，"漠漠水田""阴阴夏木"比之"水田"和"夏木"，画面就显得开阔而深邃，富有境界感，渲染了积雨天气空蒙迷茫的色调和气氛。可见达到了诗画交融的艺术高度。

在这种充满人间温情的田园中，诗人隐居生活又是怎样的情景呢？

平常的日子，王维都在焚香独坐，体味禅境的空静寂灭。佛家认为空静的心灵才能容纳万象缤纷的世界，才能体会到生命在静寂中一树花开的繁盛和最终归于空无的自然自在，而王维在体味禅境的时候，总是与身边的万物联系在一起，他从木槿花朝开暮落、短暂绽放便迅速凋谢的过程中，感受到大自然生生不息的禅意。如果将人放在漫漫历史长河中，何尝不像袅袅飞逝的一股轻烟呢？参透明白了人生的意义，过好当下的每一天，就是最好的选择，所以诗人长年过着清斋的生活，断绝荤腥，每天都到松树下采摘新鲜含露的葵菜，这可是"百菜之王"啊！食用这种纯天然的绿色蔬菜，不仅还原了人源于自然的本真状态，还可以清洁肠胃，益寿延年。从中可见王维晚年简单纯朴的生活状况，也可以看到他完全恬然自得的情态。

结尾两句"野老与人争席罢，海鸥何事更相疑。"王维表达内心的一些疑惑。他就像《庄子》寓言中的那位向老子学道的杨朱，一开始在旅店遇到客人，人们争先恐后给他让座，等到他得到自然之道，再回旅店时，人们就纷纷跟他抢座了，说明他与人们没有隔膜了。王维以"野老"自喻，觉得已完全归隐山林了，与村民们融为一体了；他又像《列子》中那位渔翁的儿子，自己完全没有凡心俗念了，为什么海鸥还不来与自己亲近呢？可见王维的隐居还没有真正融入他期待的生活之中。这一点可以与陶

渊明比较一下，陶渊明的隐居，是躬耕田园，他需要"晨
兴理荒秽，带月荷锄归"地辛苦劳作，所以他见到"平畴
交远风，良苗亦怀新"的丰收在望的景象，是发自内心的
欣悦与兴奋，而王维是在山水田园中参禅隐居，虽然也以
画家的眼光欣赏辋川宁静恬然的生活景象，但清斋折葵、
坐观朝槿的生活，毕竟与南亩耕作还是有区别的，所以难
以融入真正的田园就不难理解了。

当然，这首七律，形象鲜明，韵味隽永，表现诗人隐
居山林、脱离尘俗的闲情逸致，流露出对淳朴田园生活的
喜爱，是王维田园诗的一首代表作。有人推此诗为全唐七
律的压卷，固然是出于个人的偏嗜；而有人认为"全从真
景真趣摹写，灵机秀色，读之如在镜中游"（《唐诗选脉会
通评林》），指出其具有诗画交融的艺术特色，还是颇为
准确的评价。

西岳云台歌送丹丘子

李白

西岳峥嵘何壮哉！黄河如丝天际来。
黄河万里触山动，盘涡毂转秦地雷。
荣光休气纷五彩，千年一清圣人在。
巨灵咆哮擘两山，洪波喷箭射东海。
三峰却立如欲摧，翠崖丹谷高掌开。
白帝金精运元气，石作莲花云作台。
云台阁道连窈冥，中有不死丹丘生。
明星玉女备洒扫，麻姑搔背指爪轻。
我皇手把天地户，丹丘谈天与天语。
九重出入生光辉，东来蓬莱复西归。
玉浆倘惠故人饮，骑二茅龙上天飞。

赏析

　　西岳华山，古称"太华山"，著名的五岳之一，《水经注》说"其高五千仞，削成四方，远而望之，又若花状"。它位于大唐长安东部的京畿重地华阴县境内，南接秦岭，北瞰黄渭，自古就被称为"奇险天下第一山"。由于华山处于西京（长安）和东京（洛阳）之间，唐代独孤及《仙掌铭》中说"介二大都，亭亭高耸。霞艳烟喷，云抱花捧。百神依凭，万峰朝拱"，写出了华山巍峨雄峻、云蒸霞蔚的风采。

　　华山共有奇秀险峻的五座山峰：北峰四面悬绝，状若云台，又名云台峰，秀气充盈；西峰也称莲花峰、芙蓉峰，绝崖千丈，似刀削锯截，极目远眺，四周群山起伏，云霞纷披，恍若置身仙境；南峰被尊为华山元首，登上绝顶，顿感天近咫尺，星斗可摘，举目环视，群山苍莽绵延，黄河渭水如丝缕，漠漠平原似锦绣；东峰又称朝阳峰，朝阳台最高，玉女峰在峰西，石楼峰居东，宾主有序，各呈千秋；中峰居中央，林木葱茏，环境清幽，又称玉女峰。

　　华山乃道教全真派圣地，称为"第四洞天"，黄神谷的西岳庙里供奉着华山君神，因而也成为道家修身养性的福地洞天。唐代大诗人李白的道友元丹丘就隐居在这里。天宝三载（744）春天，怀着大济苍生、"海县清一"的宏伟理想来到长安任翰林供奉的李白，终于认清形势，在无所作为之后，被玄宗"赐金还山"了，他离开长安东去，要途经华山，故而写下《西岳云台歌送丹丘子》，既展现他雄浑壮健的笔力，描写了华山的雄姿壮采，又表达了隐居求仙的愿望。

李白的诗歌擅长想象与夸张，喜欢运用神话传说，又带有强烈的个性和主观抒情色彩，他的诗歌与名山大川可以说是"一等笔力，一等相称"。开篇就是一声巨大的惊叹：西岳华山气象峥嵘，是何等雄伟壮观啊！接着展开远望的视野景象：黄河像纤细的丝带一样，从遥远的天际蜿蜒迂曲地飘来；然后，当它来到近前则见气势豪迈，奔腾万里，汹涌澎湃，震荡山谷地挺进；那飞速翻卷的漩涡，犹如滚滚车轮；那撞击岩石发出的轰响，犹如关中大地上响起的惊雷；在灿烂阳光的照耀下，山谷里水雾蒸腾，五彩缤纷，仿佛是呈现一种祥瑞之气。

黄河自古浊浪排空泥沙俱下，只有等圣人出现，才会千年一清，如今盛世太平，黄河应该清澈了吧！你像神话中的巨灵一般，咆哮而下，用仙掌擘山开路，一往而前；激起惊天的波涛，溅起喷激的浪花，一路威猛地飞箭一般射入东海。在你坚毅雄强的气势面前，华山的落雁、莲花、朝阳三座险峰，不得不退却耸立，畏惧你摧毁一切的力量，担心陡峭的山岩会被摧折撕裂；请看那危峰兀立的翠崖，皴染成赤红色的绝壑峡谷，至今还留下河神开山辟路时的仙掌痕迹。

这是西方白帝的神力创造了华山的奇峰异景：用顽石刻成莲花峰，开放在云雾幽渺的云台之巅，通往云台的栈道，一直伸向神秘莫测的福地洞天，我的友人丹丘子就在那里修炼长生之道。天上的神仙玉女为他斟上玉液琼浆，每天在曦微的清晨殷勤洒扫；东海的麻姑仙子手似鸟爪，正好可以给人搔背挠痒。昆仑女神西王母掌控着天地的门户，丹丘子神情自若地面对苍天，高声谈论着宇宙间沧海桑田的故事。他修道精进，能够出入九重天宇，华山也因而倍增光辉；又东到蓬莱仙岛求取灵丹妙药，然后飘然西归到华山。那甘甜美妙的玉液琼浆，如果也能让我来畅饮，那么我们就可以骑上茅狗腾化为飞龙，升天成仙啊！

显然，李白笔下的华山修道带有奇幻色彩，他将丹丘子的修炼描写成可以与仙人游行，并可以在天地之间自由往返的逍遥乐事。这一方面表现了李白具有浓厚的道教信仰，另一方面也说明他强烈地想摆脱人寰的束缚，要去追求浪漫飘逸的游仙生活。从一个侧面表达出对现实黑暗污浊的不满。尽管诗中有"荣光休气纷五彩，千年一清圣人在"，却似赞实贬，因为如果真有圣人在位的话，黄河就应该清澈了，天下就应该太平了，自己的愿望就应该实现了。而今，自己被迫还山，不就证明这一切都虚幻不实吗？所以李白这首诗由送别演变成一首游仙诗。隐藏在诗中的这一层忧虑，只不过被华山和黄河的雄杰气象所覆盖罢了。

值得肯定的是，李白即使要抒发忧愁苦闷，也是强者的忧愁苦闷，他具有"笼天地于形内，挫万物于笔端"的能力，能以自己的生命意志征服自然，所以给人一种疾雷破山、颠风簸海、凌空飞越、横绝时空的巨大力量，始终给人以鼓舞，这就是一种盛世情怀，或者可以称为"盛唐气象"吧。

全诗运笔自由挥洒，"纵之则文漪落霞，舒卷绚烂"，收之则"万骑忽敛，寂然无声"（王世贞《艺苑卮言》）。明人称赞李白七古"想落天外，局自变生""有舒云流水之妙"（陆时雍《唐诗镜》），用来评价此诗非常切当。

行经华阴

崔颢

岧峣太华俯咸京，天外三峰削不成。
武帝祠前云欲散，仙人掌上雨初晴。
河山北枕秦关险，驿树西连汉畤平。
借问路傍名利客，无如此处学长生。

赏析

　　崔颢，汴州（今河南开封）人，开元十一年（723）登进士第，官终司勋员外郎。他以一首《黄鹤楼》诗享誉唐代诗坛，早期诗作多写闺情，诗风浮艳，后游历边塞，诗风大变，显得风骨凛然，慷慨豪迈，雄浑奔放。

　　天宝年间，他二次入京。在行经华阴时，见到西岳的雄伟峥嵘气象，联想到飘逸出尘的神仙生活，感叹自己仕途的坎坷辛酸，遂生归隐求仙之想。此诗就是这种心境中的产物，也是当时社会崇奉道教、神往游仙风气的体现。

　　崔颢写山水行旅、登临怀古诗，擅长将山水景色与神话古迹融合在一起，创造一个辽阔而悠远的时空境界。首联峭拔惊挺，气象峥嵘，"岧峣"摹写西岳华山高峻耸立、上摩苍穹的情状，一个"俯"字，突出其居高临下、俯瞰人寰的气势，遂将以华山为象征的仙界与以"咸京（长安）"为代表的人寰加以对照，以神仙岩穴的华山压倒王侯富贵的京师，令人回味；接着展现华山的芙蓉、玉女、明星三峰超脱尘世、鬼斧神工、浑然天成的形象，让人对神仙境界充满遐想。

　　颔联描写华山云遮雾绕、雨过天晴的情景。前一句中的"武帝祠"，即巨灵祠，相传是汉武帝登顶华山祭祀天地五帝时建造的，此时正被云雾缭绕，仿佛蒙上了神秘的面纱；后一句的"仙人掌"，是华山最陡峭的一个绝壁悬崖，相传华山阻挡黄河的去路，巨灵赑屃接受天帝的命令，挥动神掌，劈开华山，让河水滚滚穿过，在东峰的峭壁上留下其仙掌的痕迹。这是一个壮丽恢弘的神话，令人想起独孤及《仙掌铭》中描写的"耊如剖竹，骁若裂帛。

川开山破，天动地坼。黄河太华，自此而辟”惊天动地场景。此时，骤雨初停，悬崖正沐浴在清澈明丽的霞光之中。这两句是互文手法，将眼前实景与历史遗迹、神话传说融合起来，遂将华山的神奇壮丽烘托出来，令人心驰神往。

颈联写华山险要的地形及交通的便利。前一句的“秦关”，即著名的潼关，是控扼关中的险要关隘，华山北枕雄关，地势险要；而“驿路”，即官道，指交通要道，“汉畤”，指汉代帝王祭祀的祠宇，此句写官道两边的行道树向西紧连着君王祭祀的庙宇，呈现出一派苍莽的景象。这里的“驿路”就是诗人入京行走的官道，华阴不但河山壮险，而且是由河南一带西入长安的要道，行客络绎不绝。如果说“秦关”是关系国家安危的话，那么“驿路”则关乎个人的官宦仕途。以驿路的平通汉畤来衬托华山的高峻，同时也暗示求仙之道比名利之途更为坦荡。一“险”一“平”，对照中暗示了诗人心中遁隐出世高于追名逐利的情感倾向。

尾联劝告奔走在驿路旁的那些追名逐利的旅客，其实也是诗人自警自戒，说不如在华山绝顶隐居求仙学道，寻求长生不老的良方。劝人“学长生”，其实是自叹仕途奔波的艰辛，但不用直说，反向旁人劝戒，显得隐约曲折。结尾两句虽然是水到渠成的自然结穴，但气象明显偏弱，所以有人批评说：“此篇六句皆雅浑，独结语似中唐。”（顾璘《批点唐音》）确实颇有道理。

崔颢的七言诗大都格律严整，此诗却打破起承转合的传统模式，净炼之极，句挟清音，别具神韵。整体上看，此诗融神灵古迹与山河胜境于一炉，诗境雄浑壮阔而意蕴深远。

⊙北宋　李公麟　《丽人行》(局部)
　绢本，33.4 cm×112.63 cm，台北故宫博物院藏。

長安

春

贰

长安帝都的春天，花红柳碧，烟水明媚，美丽多姿，吸引诗人们称赏的目光，或赞赏早春的清新明净，如"草色遥看近却无"的初春诗家清景，"绝胜烟柳满皇都"的三春艳景；或者欣赏"春城无处不飞花""杜陵树边全是花"的三春盛景，因为"凤城烟雨歇，万象含佳气"，"上林花似锦"的艳阳春景当然也令人销魂；"三月三日天气新，长安水边多丽人"，既可以赏花看柳，追捧牡丹的国色天香，又可以观赏美若仙子的佳人，还能够参加昆明池的游宴，可以欣赏"天清丝管在高楼"的美妙乐曲；还可以来到郊墅，在"竹庄花院遍题名"，一边品尝美酒化解思乡的春愁，一边享受隐居终南紫阁的田园乐趣；当然，在安史之乱的特殊时期，也有杜甫"感时花溅泪，恨别鸟惊心"的悲苦情怀。总之，长安之春是激发诗人诗情的艺术触媒，美丽的春景为唐都为唐诗增添光彩。这一部分，选诗十三首，除了杜甫的《春望》写乱世景象，其他都展现和平安宁时代的帝都春天的风貌。

早春呈水部张十八员外

天街小雨润如酥，
草色遥看近却无。
最是一年春好处，
绝胜烟柳满皇都。

韩 愈

赏析

　　这是韩愈长庆三年（823）在京城任吏部侍郎时，赠给水部员外郎张籍的一首小诗。表达了他对皇城早春的观感，也流露出他的美学观念。

　　诗歌最出色的是描写春雨。俗话说"春雨贵如油"。一场春雨润湿了皇城的天街，当然也滋润了广袤的山川大地，草木万类。"天街"即京城的朱雀大街。据宋人张礼《游南城记》记载，这天街南北走向，穿过京城的明德门，连接宫城的承天门，直达皇城的朱雀门。朱雀大街是唯一进入长安内城的大道。每天，来自世界许多个国家的使臣和商人，都要经过明德门进入长安城。"天街"能引起人们美好的联想：巍峨壮丽的皇宫，碧瓦朱墙，参差错落于烟雨迷濛之中，极有气派，令人想起王维的诗句"云里帝城双凤阙，雨中春树万人家"所描绘的壮丽宏伟画面。而这雨呢，则如酥油一般，乳白光亮，柔润温馨。这个妙喻，既写出了春雨的色泽亮丽，也暗透出春雨的甜美甘醇，极富韵味。初春时节除了春雨之外，当然主角就是刚刚长出嫩芽的雨中小草。由于春雨细心的滋润，长安郊外的小草刚刚破土萌芽，远望才呈现出一片朦胧的绿意，近看却觅不见踪迹。春天是大自然四季运动变化中的起始阶段，从汉字构造的角度看，"春"字是由"萌生的小草"（屮屮）、太阳（⊙）和"屯"构成。"屯"是一个卦名，《易》曰："屯，刚柔始交而难生。"意指生命进程开始时困难重重、步履维艰的状态，因此，代表初春的小草，便成为生命的初始象征。正是这淡淡的一抹新绿，活现出早春生命的情韵，因为她透露出早春特有的刚健清新气息，体现了生命在艰难中奋进的精神。清人黄叔灿评说："写照甚工，正如画家设色，在有意无意之间。""写照甚工"说得不错，但并非"有意无意"，而是韩愈十分自觉的审美取向，他就是要赞美早春生命的"新绿精神"，所以他说："最是一年春好处，绝胜烟柳满皇都。"大唐长安，阳春三月，桃红柳绿，草长莺飞，烟花繁盛，游人如织的皇都景象不能说不美，但诗人更注重这早春的清新与刚劲。因为"物壮易老"（老子语），成熟虽美，但也预示着凋谢，意味着衰老。人们常有这样一种认识：尽管明知太阳必定要日薄西山，生命最终会走向死亡，但人们还是怀着满腔热忱，怀着不尽的希望，赞美那初升的朝日、新生的生命，因为那冉冉升起的红日、那呱呱坠地的生命，充满了一股蓬勃的朝气，拥有一种不可阻挡、不可羁勒的生命力量，蕴含一种即使艰难也不畏怯、即使挫折也要抗争的精神。或许人们正是从生命的开始才明白了生命的价值和意义。

当然，同一事物会引起人们不同的美感，因而会形成不同的美学追求。唐代大诗人杜甫曾写过一首《春夜喜雨》，歌颂了春雨的博大胸怀和创造精神，诗末尾写道："晓看红湿处，花重锦官城。"诗人于春雨茫茫的黑夜，满怀与天地同和的喜悦，憧憬着雨后百花争妍、春满锦城的繁荣景象，诗中洋溢的是对盛世的怀念和向往，在杜甫看来，早春的清新固然可爱，但繁花似锦、春色满园，才更灿烂辉煌，气象万千。可以想见什么是杜甫心中真正的春天。而宋代的苏轼在一首诗中却这样说："一年好景君须记，最是橙黄橘绿时。"显然，苏轼赞美的是一年中硕果累累、美好富足的秋收景象，因为硕果代表着成熟，成熟又意味着丰衣足食，意味着国泰民安。在苏轼看来，"春华"固然美丽，而"秋实"却更加美好，因而也更值得记忆。

如果将这三首诗作一个纵向排列，则正好呈现出生命由初生到繁盛到成熟的时间流程，而在这生命的流程中，三位大诗人各自做出了对生命意义的选择。韩愈选择了初春小草的新绿精神对生命作了热情的礼赞，杜甫憧憬着繁荣，苏轼追求的是成熟。这是因为杜甫扎根于盛唐，追求的是华丽壮伟、气象雄浑的美学境界；韩愈站在中唐破碎的土地上，面对百废待举的残局，呼唤重新开始，呼唤奋斗进取，追求一种刚劲活力的美；苏轼则歌唱盛世的富足和安康，追求的是生命的浑成老境。

值得指出的是，韩愈诗中经常性地描写生命不屈的斗争精神。如《晚春》中的杨花榆荚，明知自己没有才思，却要勇敢地挑战万紫千红，向将逝的春天奉献出自己生命的赤诚；《春雪》中写早春时节，还是天寒地冻刚见草芽的严峻时刻，那不甘寂寞的雪花，却要"故穿庭树作飞花"，为人间添造一片春色；《新竹》中初生的竹子"纵横乍依行，烂漫忽无次"，不择地而生，以自己的贞姿与春色争媚，等等，都是对生命力的歌颂。由此可见，韩愈追求的美学理想是人类生命的"早春"，是生命的"新绿精神"。

春望

杜甫

国破山河在，城春草木深。
感时花溅泪，恨别鸟惊心。
烽火连三月，家书抵万金。
白头搔更短，浑欲不胜簪。

赏析

  题目中的"春"指唐肃宗至德二载（757）春天，"望"则是因为杜甫不能到郊外去踏青，他被安史叛军囚禁起来了，只能越过高高的宫墙向外眺望都城长安的烂漫春景，写下了这篇情思浩茫、忧国念家的沉痛诗篇。

  首联描写安史之乱后国家满目凄凉的景象：煌煌都城乃至整个国家都是一片残破景象，而大好河山却依然存在；已经是烟花繁盛的阳春三月，长安城仿佛被繁茂的绿草淹没了，到处呈现出一派死寂的荒凉，街道上寂无人声。这一联是愤怒的呐喊，一个"破"字无限沉痛，却以一个"在"字轻轻托起，只要山河还在，希望就还在；而一个"深"字则写尽了繁花似锦的都城的荒芜和凄凉。正如司马光所说："'山河在'，明无余物也；'草木深'，明无人也。"（《温公续诗话》）是啊，最宝贵的东西——昔日的兴旺繁荣景象、蒸蒸日上的国运——统统不见了，已毁于一旦了，犹如盛大豪华的筵席，只剩下一片杯盘狼藉、遍地残羹的景象，令人心酸泪落。颔联即景抒情，借花鸟表达自己感时恨别的心境：感念时局的紧张，连那没有知觉的花草也不禁有泪如倾；想到家人的生离死别，连那些鸟雀也会感到心惊肉跳，连绵不绝的战火随时会结束百姓卑贱的生命。颈联展开联想，表现对家人阻隔的深深忧虑：整整三个月都是烽火连天，战云密布，道路尸横遍野，流血成河，家人逃散各地，消息阻隔，如果能够得到一封报平安的家书，那简直能抵得上千两黄金啊！作者是一个家国情怀深重的诗人，特别在自己身陷囹圄之时，更需要一点家人的温情来慰藉寂寞的孤怀。尾联通过自己的形象表达无奈的悲愤：因为愁绪烦乱，频繁地搔头，以致满头白发都纷纷脱落，连发簪都承受不住了。

这首五律无疑是杜诗沉郁顿挫风格的代表作。首先，杜甫对五律的格调进行了彻底改造，以前的五律多用于应制或交际中的相互酬赠唱和，风格雍容稳健，而这首诗中融入政治时事风云，国恨家愁兼容，悲愤与忧虑交织，变成了一首凝重深沉的史诗。其次，表达上运用对比映衬，跌宕起伏，包含欲言又止的悲愤，又多弦外之音，像颈联概括了战乱、灾难中亲人之间相互惦念安慰的珍贵情感，具有普遍意义，能引起人们的共鸣。第三，诗中塑造抒情主人公形象：他面对破碎的山河，念国想家，满目忧郁，愁怀深重，既沉郁悲怆，又无可奈何。这样，通过诗人自我形象的描绘，融苦难于一身，而这个苦难的灵魂更加深了时代的悲哀，并以这个苦魂的悲哀来真切反映时代的深重灾难。尽管同是写远望景象，但我们发现：二十年前，杜甫写的《望岳》，那一"望"引出的是盛世情怀和宏伟理想，展现的是雄浑壮阔的景象，表现的是充满信心的万丈豪情；而今的'望'则只有凝重悲凉的愁苦和忧郁难伸的襟怀，"望"引出无限的悲伤。

最后，这首诗格律精严，锤炼精纯，也值得称道。运用仄起仄落的正格，前三联对仗工整，映衬分明，跌宕起伏，引起沉郁悲凉的情感波动，后一联刻画形象，绾结全篇，起到画龙点睛的效果。炼字方面，做到了一字千钧，惊心动魄，如"破"字刚劲有力，而"在"字柔中带刚，绝望中顿生希望；"春"与"深"字则显得轻柔含蓄，情感深藏不露；"溅"与"惊"字表达出情感的强烈，给人以巨大的心灵震撼，有刻骨铭心之感；"连"与"抵"字则高度概括，凝练深邃，由诗人特定情境下的感受，上升到人类普遍的情感空间，具有巨大的艺术概括力，概括了战乱乃至灾难中所有亲人的感情，能够引起人们广泛的共鸣。

古人评说杜诗"大"而"深"，读此诗信然。

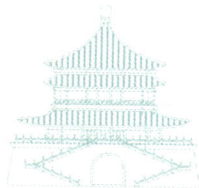

城东早春

诗家清景在新春，
绿柳才黄半未匀。
若待上林花似锦，
出门俱是看花人。

杨巨源

赏析

杨巨源（755—？），字景山，河中（今山西永济）人。贞元五年（789）进士。初为张弘靖从事，由秘书郎擢太常博士，迁虞部员外郎。出为凤翔少尹，复召回京任国子司业，长庆四年（824）致仕，执政请以为河中少尹，终身食其禄。

这首《城东早春》就是他在长安任职期间的作品。首句"诗家清景在新春"就体现出一种新的审美眼光，"新春"即初春，刚刚脱去冬天的重裘，一切生命仿佛从冬眠中苏醒过来，冰雪初融，碧草纤茸，嫩叶初舒，东风微拂，轻寒乍暖，到处呈现出一派欣欣向荣、清新明媚的景象，所以说是"清景"，而这未必是所有人都喜爱的景象，只能是"诗人"独特的感受，故称为"诗家清景"，而普通人大都只喜爱"花重锦官城"那种烟花三月的阳春艳景。

次句通过描写柳叶来具体展示初春的清新之美，柳叶初萌，犹如婴儿张开明亮的眼睛，那么清澈透明，那么新鲜迷人，虽然柔软纤弱，却充满新生的朝气，呈现出一种充满希望的图景，尽管鹅黄与嫩绿还未均匀，但朦胧的绿意中令人神往她"碧玉妆成"时的袅娜倩影，可以说初春之美就在于人们无限憧憬时的那份喜悦与期待。

三、四句用假设句强调盛春之美，当长安城东的上林苑里繁花似锦的时候，出门都是踏青赏花之人了。上林苑，是秦代的皇家园林，汉武帝时加以扩充，为汉宫苑。这里既有优美的自然景物，又随处可见精致华美的宫殿楼台，是可居可游的山水胜境，也是规模宏大的植物园林和动物乐园，更是秦汉时期建筑宫苑的典范。唐代，长安仕女来上林苑赏花成为一种风俗习惯。但用"若待"一转，用芳春的艳景来反衬早春的"清景"。上林苑的芳菲时节，繁花似锦，争奇斗艳，碧草芊绵，落英缤纷，莺歌燕舞，香风阵阵，游人如织，熙熙攘攘，摩肩接踵，喧如闹市，虽然这才是春天应该有的样子，但是诗人却不喜欢这样的嘈杂喧嚣，而更爱早春的清新幽静。

同时，诗中或许含有另外的寓意，同样是春天，初春可以比喻人生的初期，在艰难中刚劲奋发，充满期待憧憬，展现出一种昂扬向上的精神风貌，而阳春艳景则可以象喻人生的盛年，功成名就，满身光环，身边则满是赞誉之声和趋奉之人。因此，此诗的深层意旨是：为国求贤、发现人才，应在其地位卑微、功绩未显之际，犹如嫩柳初黄、色彩未浓之时，此时，若能精于鉴别、大胆扶持，他们定能成才，堪当大用；如果等其功成志得、誉满名高，犹如锦绣繁花、红映枝头，人们争趋共仰，就无须发现和帮助了。

全诗将清新、秾艳的春景加以对比，态度鲜明，声调婉转，色调明快；同时含蓄隽永，耐人寻味，确为不可多得的艺术珍品。

寒食

韩翃

春城无处不飞花，
寒食东风御柳斜。
日暮汉宫传蜡烛，
轻烟散入五侯家。

寒食，中国传统节日，在清明节前一二日。这一天，民间禁用烟火，只吃冷食。据说春秋时，晋公子重耳为躲避祸乱而流亡国外长达十九年，侍从介子推始终追随左右、不离不弃，甚至"割股啖君"，重耳历经磨难，励精图治，终成春秋霸主"晋文公"。他在封赏功臣时，竟然忘记了介子推，而介子推不求利禄，便与母亲归隐绵山，晋文公得知后非常后悔，为迫其出山相见竟下令放火烧山，然介子推志坚如磐，最终被烧死。晋文公感念其忠诚，将其葬于绵山，修祠立庙，并下令在介子推死难之日禁火寒食，以寄托哀思，于是有了"寒食节"。寒食节延续两千多年，历代有关寒食节的诗歌很多，但有一首很特别，竟然得到皇帝的激赏。这就是中唐诗人韩翃的《寒食》。

韩翃（生卒年不详），字君平，南阳（今河南）人，"大历十才子"之一。天宝十三载（754）进士及第，曾在节度使侯希逸幕府任从事，后闲居长安十年。建中初，任驾部郎中、知制诰，官至中书舍人。

据宋代计有功《唐诗纪事》记载，建中初年（780），一日深夜，闲居在家的韩翃，忽然听到一阵急促的敲门声，开门一看，是一位好朋友，前来道贺说："祝贺老兄荣升驾部郎中兼知制诰！"韩翃大为惊愕，以为肯定弄错了，朋友说刚刚看到了邸报。据传，当时有两个韩翃，另一个任江淮刺史，两个名字都呈进给了德宗皇帝，皇帝御批道："给诗人韩翃。"因为韩翃的《寒食》得到了皇帝的恩奖，因而获得这一重要职位，一时传为佳话。那么这首诗到底有何妙处呢？

首句"春城无处不飞花"就非常精彩，把长安称为"春城"，就足见暮春时节，长安处处皆浓郁的春意，长安除了壮丽辉煌的宫殿，除了精美绝伦的苑囿，还到处有嘉树芳草，奇葩异卉，加上春水微波，春云轻卷，暖风吹拂，真是"无处不飞花"的阳春烟景！这里的"花"既指千姿百态的鲜花，也特指在暮春季节飞舞的柳花，即柳絮。用一个独特的柳絮飞舞景象，就将长安清明节前的景象展现在读者面前，且富于动态美。次句点出寒食节前最具特色的柳树姿态，在东风温煦的慰抚下，御园的柳树舒展柔嫩的枝条，在风中微微倾斜，一个"斜"字，既写风力不大，又写柳枝迎风飘拂的姿态，宫廷柳树本来就修剪得形态优美动人，令人想起"万条垂下绿丝绦"的景象，想到宫中美人与柳枝交相掩映的画面，至此一幅动态的柳絮漫天飞舞、柳枝迎风飘拂的长安春景图画便完整地呈现出来，那份融融的春意，到处皆蓬勃的生气，便洋溢在字里行间。

为什么韩翃的诗句着意描写柳树呢？原来寒食节有宫廷钻榆柳取火的习俗。寒食不是禁火冷食吗？取火何为？火本来是平常之物，但在像寒食节这样独特的时刻，却成为一种特权的象征，民间虽然严禁烟火，但宫廷却是享受特权的法外之地。韩翃采取借汉喻唐的策略，不写当前的社会氛围，而将笔触伸进遥远的汉代宫廷，后两句说日暮时分，汉宫却传出红光闪烁的蜡烛，一阵轻烟飘散进入五侯的豪门。这五侯，据说是汉成帝时王皇后的五个兄弟王谭、王商、王立、王根、王逢时，都被封为侯爵，受到特别的恩宠，这里泛指皇帝宠幸的外戚与近臣。这就是所谓"只许州官放火，不许百姓点灯"的真切写照。虽然只是"点蜡烛"这一件极细微的小事，却小中见大，看出整个时代的氛围，即使在举国禁火的寒食节，皇帝及其近臣都要享受特权，由此推而广之，整个社会的状况就不言而喻了。中唐以后，好几位昏君都宠幸宦官，以致他们的权势很大，败坏朝政，排斥朝官，正直人士对此都极为愤慨。有人认为此诗正是讽刺这种现象。明人胡震亨《唐音癸签》说"韩员外（翃）诗匠，意近于史，兴致繁富，一篇一咏，朝士珍之"，点出诗中具有微言大义。清人吴乔《围炉诗话》更进一步说："唐之亡国，由于宦官握兵，实代宗授之以柄。此诗在德宗建中初，只'五侯'二字见意，唐诗之通于《春秋》者也。"

这首诗的妙处在于，还有另一种完全相反的解读，"日暮汉宫传蜡烛，轻烟散入五侯家"，这是描写宫中实景，并无讽意。据唐宫制度，清明日皇帝宣旨，取榆柳之火以赐近臣，以示恩宠。又寒食日天下一律禁火，唯宫中可以燃烛，而皇帝特许重臣"五侯"也可破例燃烛，并直接自宫中将燃烛向外传送。能得到这份殊荣者自然稀罕，所以由汉宫到五侯之家，沿途飘散的"轻烟"才会引起人们的特别关注。皇帝的恩赐也许还富于深意，藉此给近臣们以戒示，让他们学习介子推，勤政为民。不然就无法解释皇帝钟爱此诗的原因了。唐代诗人窦叔向有《寒食日恩赐火》诗："恩光及小臣，华烛忽惊春。电影随中使，星辉拂路人。幸因榆柳暖，一照草茅贫。"正可与韩翃这一首诗相互参照。总之，由于后两句旨在描写宫廷生活，并且写得轻盈灵动，所以历来获得普遍的赞誉。

这首诗构思缜密，结构严谨，用字凝练，精妙传神。

俞陛云《诗境浅说续编》说:"二十八字中,想见五剧春浓,八荒无事,宫廷之闲暇,贵族之沾恩,皆在诗境之内。以轻丽之笔,写出承平景象,宜其一时传诵也。"融合两种意见,颇为公允。

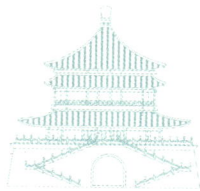

杨柳枝九首（选三）

刘禹锡

其一

凤阙轻遮翡翠帏，龙墀遥望麹尘丝。
御沟春水相辉映，狂杀长安少年儿。

其二

花萼楼前初种时，美人楼上斗腰肢。
如今抛掷长街里，露叶如啼欲恨谁？

其三

城外春风吹酒旗，行人挥袂日西时。
长安陌上无穷树，唯有垂杨绾别离。

赏析

　　《杨柳枝》本为隋曲，主要歌咏杨柳，可能与隋堤两岸种植柳树有关，到了唐代开元年间，遂变为唐教坊曲名。中唐时期，文人非常喜欢这种带有民歌风味、缠绵悠扬的小曲，后来经著名诗人白居易对此曲加以"翻旧曲为新歌"的改造，于是风靡一时，时人相继唱和，皆用七绝形式。刘禹锡的《杨柳枝九首》组诗，就是与白居易唱和之作。白居易《杨柳枝词八首》第一首云："六么水调家家唱，白雪梅花处处吹。古歌旧曲君休听，听取新翻杨柳枝。"刘禹锡、白居易都对民歌俗曲怀有浓厚兴趣，又具有通脱的文学观念，并能挣脱儒家"温柔敦厚"诗教的束缚，加上他们晚年大都在长安、洛阳两地任清闲官职或赋闲家居，有大量的时间品味那种清歌曼舞的雅致生活，因而大量尝试创作这种小词，为词体的形成作出了重要贡献。

　　《杨柳枝九首》都描写长安、洛阳风物，风格不似在湘沅、巴渝时期所作的《踏歌词》《竹枝词》那样具有浓郁的民歌风味，而是充满浓重的文人诗气息。这说明民歌经过文人的一番"改造"之后，渐渐走向"雅化"。清人王士祯在《师友诗传续录》中曾指出《竹枝词》与《杨柳枝》的区别："《竹枝》泛咏风土，《柳枝》专咏杨柳，此其异也。"即由普泛歌唱风土人情的民歌变为纯粹的咏物诗了。《竹枝词》取材广泛所咏非一，而《杨柳枝》则皆咏杨柳题材专一，又运用拟人或象征咏物，抒情言理多弦外之音。杨柳是北方风物，诗中明言长安宫阙、御沟、花萼楼及洛阳金谷园、铜驼陌、炀帝行宫等，应该是刘禹锡晚年在东西二京时所作。本书选录与长安有关的三首。

《杨柳枝九首》专咏杨柳，既描写杨柳的体态、风韵、情思，又巧妙融合杨柳相关的故事及习俗，且诗歌风情宛转，声韵和谐，辞藻雅丽，韵味隽永。首篇为序曲，劝人听唱改编的新曲，表明新曲中蕴含了新观念。首句提到汉乐府《梅花落》，次句讲楚辞《招隐士》。《梅花落》原出塞北，歌咏梅花，《招隐士》出自淮南小山之手，咏及桂树，它们与《杨柳枝》（咏柳）都以树木为歌咏对象，内容上有相通之处，故将它们与《杨柳枝》相比。接着指出《梅花落》《招隐士》都是前朝旧曲的陈词滥调，还是欣赏改旧翻新的《杨柳枝》吧。《折杨柳》也是乐府旧曲，乐府横吹曲有《折杨柳》，鼓角横吹曲有《折杨柳歌辞》《折杨柳枝词》，相和歌辞有《折杨柳行》，清商曲辞有《月节折杨柳歌》，其歌辞大抵汉魏六朝作品，都用五古体。唐代文人的《杨柳枝》，从白居易、刘禹锡以至晚唐李商隐、温庭筠、薛能等，都用七绝，形式确是翻新了。唐人常用绝句配乐演唱，七绝尤多。《乐府诗集》都编入近代曲辞，表明它们是隋唐时代的新曲调。

第一首（原来顺序第三）咏长安宫阙的柳树。这首诗实际上隐含杨柳与宫女的对比，第一句描写初春时节，杨柳吐出嫩绿鹅黄的细叶，像一面朦胧薄纱的翡翠帷帘，轻轻遮掩着宫殿的宫门，宫中美人站在宫殿的白玉台阶上遥望御河边碧绿的杨柳丝绦，而站在御河边遥望宫中的行人视野中，却出现杨柳与美人相互辉映的画面，正所谓你在宫中无心赏柳，而赏柳的人却在宫外有心望你，虽然只隔着一道并不宽阔的御沟和一层薄薄的柳丝帷幕，但宫里宫外却是可望而不可即的两个世界，宫女如花似玉却被闭锁于寂寞无伴的深宫，只有望柳时才能一露花容月貌，而那些风姿翩翩的长安少年，正处于寻欢作乐、追求爱情的年龄，遇到这种遥不可及的情景，他们内心欲望难以得到满足，饥渴难耐、似乎发狂的心态可以理解。诗歌表面是在咏柳，其实在写人，一股怨旷的春情弥漫其中，不言宫怨，实抒怨情。

第二首（原顺序第五）写花萼楼前的杨柳。花萼楼，即唐玄宗在其龙兴之地兴庆宫西南建造的花萼相辉之楼，可以算作盛唐的一个标志。遥想当年柳树初种时候，楼中住着多少正富于青春韶华的美人啊，她们享受着皇帝的恩泽，沐浴着盛世的雨露阳光；她们身姿袅娜，腰肢纤细，舞姿蹁跹，竞相与依依杨柳争奇斗美；如今时世沧桑，花萼楼前，萧条冷落，一派衰飒气象，美人们要么玉碎香消，要么人老珠黄，或被闭锁深宫，或被抛弃流落人间，就像已经合抱的古柳枝条，遭人随意攀折蹂躏，被丢弃在空寂的长街上，枝叶上的露珠犹如宫女哭泣的眼泪，这种先荣后悴的悲剧命运，还能怨恨谁呢？一种世事苍茫、变幻莫测的况味弥漫诗中，令人感慨。

第三首（原来顺序第八）写长安城外的柳树。长安是唐代最繁盛的游乐聚会之处，也是离别感伤最多的都市，尽管每天都有无数人为了各种目的而聚集长安，也有很多人因为各自原因而不得不离开眷恋的帝都。长安城外，灞水桥边，客栈门前，春风吹拂着飘扬的酒旗，又到了夕阳西下、行人即将临歧分手的时刻，尽管长安道上嘉树林立，难以胜数，但它们大多漠然淡然，只有依依杨柳殷殷多情，寄托着人间相思别离的真情。运用写意笔法勾勒出一幅"折柳送别"的唯美画面，围绕"惜别"主题，创造出恬静、淡远而饱含深情的意境。

这组《杨柳枝》富于民歌情调，既保持了民歌原有的纯正风味，又融入了文人诗的比兴象征、韵外之致等特点，因而提高了民歌的艺术水平，既有较深厚的思想内涵，又音律和谐，更于传唱，雅俗共赏，相得益彰，取得了较高的艺术成就。据《旧唐书·刘禹锡传》云："禹锡在朗州十年，唯以文章吟咏，陶冶性情。蛮俗好巫，每淫辞鼓舞，必歌俚辞。禹锡或从事于其间，乃依骚人之作，为新辞以教巫祝。故武陵溪洞间夷歌，率多禹锡之辞也。"说明刘禹锡自觉继承楚骚传统，通过改造民歌，使其雅化，达到移风易俗的目的。正因为他的创作扎根于民歌的深厚土壤，才使他在中唐诗坛因《竹枝词》《杨柳枝》等新民歌获得普遍赞誉，也成为他诗歌别具一格的独特标志。

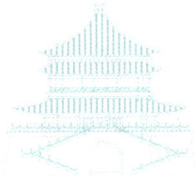

曲江春望

刘禹锡

凤城烟雨歇，万象含佳气。
酒后人倒狂，花时天似醉。
三春车马客，一代繁华地。
何事独伤怀，少年曾得意。

　　唐文宗大和二年（828）春，刘禹锡终于结束了长达二十三年的贬谪生涯，调回长安任集贤殿学士，时年五十七岁。此时，他经常与白居易、裴度等人一起参加游宴并相互唱和，但游览归来，总会产生强烈的今昔之感。这首《曲江春望》就是典型的作品。

　　曲江，是唐代最具有标志性的游乐之地，这里既有专供皇帝与妃嫔们游览的芙蓉园，也有对长安士女及市民开放的处所。这里到处是奇花异树，如茵芳草，一到春天，这里花红柳碧，莺歌燕舞，春水演漾，呈现出一派烟水明媚的景象。所以，年年春天都会吸引大量的游客前来踏青观赏。对于经历过人间宦海波涛的刘禹锡来说，在劫后余生的垂垂暮年，春游曲江，自然比别人多了一份时世沧桑的感慨。

　　首联是远望曲江的总体感受：一场春雨停歇之后，烟云消散，蓝天如洗，唐都长安的曲江边呈现出一派万象缤纷、欣欣向荣的祥瑞气象。春雨初霁的清新感和喜悦心情都包含在"佳气"一词中，"万象"即万物，包括烟水云天、亭台楼阁、佳木芳草、蜂飞蝶舞、鸟语花香等春天的景物，都一齐向游人展现出春天的美丽，自然引起人们踏青游览的佳兴。颔联，描写人们"酒后"春游曲江如痴如狂的激情，这里的"狂"指一种及时行乐的精神状态，人们陶醉在春天的怀抱，既是曲江之春魅力的体现，也是一种时代的象征，人们追逐奢华游乐，有一种醉生梦死的末世情结。似乎为了配合人们的癫狂，那些五彩缤纷的鲜花散发出迷人的芳香，芬芳四溢，直冲云霄，连蓝天也似乎迷醉了，迷蒙渺茫，混沌一片。这两句互文见义，将长安城的曲江游春景象呈现出来。这里自秦汉以来，就是歌舞繁华之地，开天盛世的荒淫游乐招致安史之乱，烽烟战血曾经让曲江变得非常荒凉衰败，但伤痛之后，人们并没有吸取教训，依然在这里狂歌劲舞。故颈联说："三春车马客，一代繁华地。"看似对曲江春景的赞美，实际上是包含对历史的深沉感慨。"三春"对"一代"其中含有深意，"三春"写实，年年都会有"三春"烟景，江山亘古不变，而人生则是短暂的，三十年就会诞生"一代"新人，这里的繁华只能是"一代"的繁华，言外之意，一代之后呢？也许就会变成另一种模样吧。令人联想到诗人此前不久刚写的《再游玄都观》序言：

> 余贞元二十一年（805）为屯田员外郎，时，此观未有花。是岁，出牧连州，寻贬朗州司马。居十年，召至京师，人人皆言，有道士手植仙桃，满观，如红霞。遂有前篇（即《游玄都观》："紫陌红尘拂面来，无人不道看花回。玄都观里桃千树，尽是刘郎去后栽。"），以志一时之事。旋又出牧。今十有四年，复为主客郎中，重游玄都观，荡然无复一树，惟兔葵、燕麦动摇于春风耳。因再题二十八字（即《再游玄都观》："百亩庭中半是苔，桃花净尽菜花开。种桃道士归何处，前度刘郎今又来。"），以俟后游。时大和二年三月。

这篇诗序可以与此诗相互参证，或者可以当作对此诗的注脚。正是诗中包蕴的这种沧桑感慨，才逼出尾联来，为什么诗人面对曲江的三春烟景却独自伤怀呢？因为，他当年也像眼前的人们那样春风得意，也曾经诗酒风流，迷醉在曲江的花前树下，真是伤心人别有怀抱啊！遥想当年，诗人曾参加轰轰烈烈的"永贞革新"，与一班同道战友意气风发，豪气干云，谁知风云突变，革新失败，战友们纷纷外贬，长期蛰居南国荒江，至今已经凋零殆尽，世事如白云苍狗，变幻莫测，重游曲江，面对三春烟景，怎能不触目伤怀呢？

此诗虽然运用律诗的形式，对仗也很工整，但押仄声韵，又颇像五古，总体上呈现出一种逼仄压抑的情绪，与诗歌的音韵比较切合，不妨称为仄韵律诗。诗中的苍茫感慨与万象佳气形成对照，令人沉思。体现了刘禹锡诗歌豪迈气象中含有深沉慨叹的特色，也是一份对长安曲江独特历史影像的真实记录。

丽人行

杜甫

三月三日天气新，长安水边多丽人。

态浓意远淑且真，肌理细腻骨肉匀。

绣罗衣裳照暮春，蹙金孔雀银麒麟。

头上何所有？翠微盍叶垂鬓唇。

背后何所见？珠压腰衱稳称身。

就中云幕椒房亲，赐名大国虢与秦。

紫驼之峰出翠釜，水精之盘行素鳞。

犀箸厌饫久未下，鸾刀缕切空纷纶。

黄门飞鞚不动尘，御厨络绎送八珍。

箫鼓哀吟感鬼神，宾从杂遝实要津。

后来鞍马何逡巡，当轩下马入锦茵。

杨花雪落覆白苹，青鸟飞去衔红巾。

炙手可热势绝伦，慎莫近前丞相嗔！

　　《丽人行》，原属乐府诗中的"杂曲歌辞"，据刘向《别录》，言古时有一位丽人擅长雅歌，故为曲名。唐崔国辅《丽人曲》："红颜称绝代，欲并真无侣。独有镜中人，由来自相许。"用五绝形式，描写绝代佳人独守空房、孤芳自赏的情状，可以说是对曲名本意的敷演。而杜甫的《丽人行》只借助"丽人"一词，加以拓展，由泛写丽人变成指向明确的"即事名篇"的新乐府辞。

　　此诗作于杜甫困守长安的天宝十二载（753），已到了唐玄宗统治的末期，杨贵妃得宠达到高潮，三姐妹皆封国夫人（嫁崔氏的大姨封韩国夫人，裴氏的三姨封虢国夫人，柳氏的八姨封秦国夫人），其堂弟杨国忠任右丞相兼吏部尚书，势倾天下，专权乱国，政治腐败到了极点，唐王朝已到岌岌可危的程度。唐代自武后以来，外戚擅权已成为一种普遍现象，形成特殊的奢华嗜利集团，成为社会的赘瘤，引起广大人民的愤怒，最终酿成安史之乱。据《旧唐书·杨贵妃传》载："玄宗每年十月，幸华清宫，国忠姊妹五家扈从。每家为一队，着一色衣；五家合队，照映如百花之焕发。而遗钿坠舃，瑟瑟珠翠，璀璀芳馥于路。而国忠私于虢国，而不避雄狐之刺；每入朝，或联镳方驾，不施帷幔。每三朝庆贺，五鼓待漏，靓妆盈巷，蜡炬如昼。"此诗对杨氏姐妹春游曲江的奢华、国忠兄妹的淫乱及其炙手可热的权势，进行了辛辣的讽刺，也曲折地反映了君王的昏聩和政治阴暗的一个侧面，记录了当时真实的历史面貌。

　　首二句总写长安三月三上巳日游春踏青的风俗：此日

天朗气清，春光明媚，曲江水边到处都是聚集游玩的美人佳丽。接下来八句就展开对这些丽人身段、衣着、装饰的描写：她们都生得姿态浓艳，情意高雅，贤淑端庄，天真烂漫，而且肌肤丰满，细腻柔滑，骨肉匀称，肥瘦适宜，真的个个赛天仙，人人超嫦娥，美丽妖娆，楚楚迷人；她们穿着锦绣绮罗的春衣，衣上绣着金光闪闪的孔雀，银色耀眼的麒麟等祥瑞之物，这些精美图像栩栩如生，光彩焕发，五彩缤纷，与暮春的芳草鲜花交相辉映；如果再走近些，就可以看到她们乌云似的头发上插着翡翠的盍彩叶首饰，轻摇细摆的吊坠一直垂到鬓角旁边，腰间佩戴着珠宝，微微压着华丽的裙裾，衬托出她们优美的身段，真是满身珠光宝气，芳香袭人，成为曲江边一道靓丽的风景，也是太平盛世的一个鲜明的标志。

接着两句，诗人用似羡实刺的口吻特意强调说：这些缤纷云聚的丽人中，最光鲜亮丽的就是皇亲国戚的女眷，她们既住在奢华的豪宅，还享有皇帝恩赐的封号，真的令人艳羡、光耀门楣啊。她们是谁呢？原来就是杨氏家族的虢国夫人、秦国夫人及韩国夫人们啊！到此，犹如电影镜头一般，从广镜头的曲江暮春远景，逐渐推进到一群丽人的近景，再特写她们头上身上的配饰，然后推出字幕：大唐天宝时代的杨氏美人！

完成人物介绍之后，诗人转写她们的极尽奢侈的江边宴会情景：筵席上摆满山珍海味，翠绿色的锅中盛出红中泛紫的驼峰肉，晶莹剔透的水晶盘里摆放着银白色的鲜鱼，鱼肉绽开，嫩如白玉，不仅色泽鲜润，而且浓香馥郁；然而，这些锦衣玉食惯了的娇贵丽人，面对丰盛昂贵的美食，却没有食欲，她们举起犀牛角制成的筷子，好久还未下箸，这些精心烹制的佳肴真是白白地堆满餐桌；尽管如此，皇帝的恩赐还是络绎不绝送来，黄门太监骑着快马飞驰，从皇帝的御厨中传送着各种精美的菜肴；筵席旁边，歌舞开演，箫鼓齐鸣，靓装舞姬，舞姿蹁跹，梨园弟子，歌声婉转，哀感缠绵，在四周的上空悠扬远播，不仅使人陶醉，还能感动鬼神，随行陪伴的宾客及大小官员，前呼后拥，缤纷错杂，几乎将交通要道堵塞得水泄不通。好一派众星拱月的景象！

其实，这还不是最高潮的部分，就在清歌曼舞、热闹非凡的时刻，"公务繁忙，日理万机"的丞相，终于出场了。最后六句专写其荒淫糜烂的生活：他骑着千金宝马姗姗来迟，稍微犹豫了一下，就直接下马进入贵妇宴游休息的楼阁，只见在这景物鲜妍的春天里，杨花如雪纷纷飘落，轻轻覆盖在水面的白苹之上，又见那仿佛是当年给西王母传送消息的青鸟，在空中衔着红色的纱巾飞去飞来。这其中的奥秘尽管能够猜测却难以言说，但你千万不要靠近探寻，因为惹丞相发怒，就是自找苦吃，丞相可是掌握死生大权、炙手可热的大人物啊！

这首诗运用富丽的辞藻，客观真实地刻画杨氏一门贵妇的形象，生动地展示她们娇美的身姿、华丽的穿戴、奢华的生活及兄妹之间不避嫌疑的骄纵荒淫，曲折地反映了君王的昏聩和时政的窳败。成功的文学作品，应该描写典型环境中的典型人物，它的倾向性应当从场面和情节中自然地流露出来，而不应当特别点明，作者的见解愈隐蔽，对艺术作品来说就愈好。《丽人行》就是这样的一篇杰作。明人钟惺说："本是讽刺，而诗中直叙富丽，若深羡不容口者，妙！如此富丽，一片清明之气行其中，标出以见富丽之不足为诗累。"(《唐诗归》)指出此诗的构思技巧，颇为恰当。而清人浦起龙则说："隐语秀绝，妙不伤雅无一刺讥语，描摹处语语刺讥；无一慨叹声，点逗处声声慨叹。"(《读杜心解》)指出此诗高超的讽刺艺术，更为精妙。

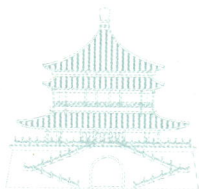

奉和晦日幸昆明池应制

宋之问

春豫灵池会，沧波帐殿开。
舟凌石鲸度，槎拂斗牛回。
节晦蓂全落，春迟柳暗催。
象溟看浴景，烧劫辨沉灰。
镐饮周文乐，汾歌汉武才。
不愁明月尽，自有夜珠来。

赏析

　　宋之问（656？—712？），字延清，虢州弘农（今河南灵宝）人。高宗上元二年（675）登进士第，武则天时，先后任洛阳参军、尚书监丞、左奉宸内供奉。中宗时，逃归洛阳，以告密有功，擢鸿胪主簿，迁考功员外郎。睿宗时，因依附太平公主，被流放钦州，玄宗先天元年（712）八月，赐死于贬所。虽然他的人品为人所不齿，然在初唐诗坛享有盛名，与沈佺期并称"沈宋"。其诗多应制之作，擅长五律，属对精工，声韵谐美，清通圆美。

　　这首诗是中宗时期所写的应制唱和诗，晦日，农历每月的最后一天。据唐礼，以正月晦日、上巳和重阳为三大节，在这三天，公私休假，官吏和市民都郊游宴乐。有一年正月晦日中宗率领群臣去长安昆明池游宴，在这样的场合，一般都要举行赛诗会，这一次是由皇帝首唱，群臣酬答。此诗是一首六韵的五排。

　　首联叙事，说自己有幸侍奉皇帝来到昆明池参加灵池游宴，湖边搭建专供宴饮的帐殿，帐门敞开，面对浩渺沧波，眼前到处呈现出一派早春清新画面，四周洋溢着热烈欢乐的气氛。次联写乘船游览景象，画舫从昆明池中雕刻的石鲸边划过，又穿越东西相向的牵牛织女雕像，仿佛是在天上银河中游览，从北斗和牵牛星之间来回穿梭。这一联想奇丽，可与杜诗"织女机丝虚夜月，石鲸鳞甲动秋风"相媲美，只不过杜诗虚实结合，境界飞动，而宋诗强调游览者的动态，颇有仙境的灵妙色彩。三联转回到晦日情景，正月的晦日，尚未立春，春气还在地底潜回酝酿之中，只见蓂荚已经全部落尽，据说唐尧时，阶下生了一株草，每月一日开始长出一片荚来，到月半共长了十五荚，以后每日落去一荚，月大则荚都落尽，月小则留一荚，焦而不落；而岸边的杨柳正在暗自萌发新芽。这一联描写早春物候特征，非常准确切合季节特点，可以与韩愈"草色遥看近却无"相提并论，韩诗中的小草已经萌发嫩芽，而宋诗则写欲萌未萌时的状态，表现对早春的敏感，体现出诗人特有的灵敏嗅觉。四联紧扣昆明池，说像北海一般茫无涯涘的水中，可以远眺欣赏壮观的落日景象，暗示已经到了傍晚时分；而低头近观则看到池底淤积的厚厚黑泥，便想到这是劫火烧残留下的灰烬。两句皆用昆明池的典故，当年汉武帝开凿此池，取象北海，在池底掘得黑灰，东方朔说，天地大劫将尽，就会发生大火，把一切都烧光，叫做劫火，这便是劫火后遗留的残灰。这一联在遥想历史发思古之幽情，也暗含沧海桑田的况味。五联转写皇帝，周文王（实为武王）在这里创建镐京，与群臣宴饮，举行历史上首次君臣宴会；后来汉武帝与大臣们乘船泛游汾水，并创作《秋风辞》，这是历史上首次君臣游乐唱和。诗人将周文、汉武用来比拟唐中宗，巧妙地表达出应制颂圣的意图，这样的诗歌，当然会受到皇帝的赞赏。尾联收束，诗人又用一个汉武帝的典故，据说武帝曾救过一条大鱼，后来大鱼来报恩，在昆明池进献一对夜光珠。诗人说：不怕三十夜没有月亮，自然会有报恩的夜光珠呈上，体现歌颂皇恩浩荡、敬祝皇帝万寿无疆的祥瑞意蕴。

从全诗来看，雍容端庄，辞藻华美，对仗工整，结构绵密，用典精巧，想象丰富，具有了宫廷唱和诗的典型特征。既有游宴的全程描写，又有对仙境的想象对历史的沉思，虚实结合，颇为精彩。据宋人计有功《唐诗纪事》（卷三）记载，中宗让上官婉儿对这次游宴诗歌进行评价，上官婉儿是一位精于评点的诗论家，在最后一轮与沈佺期的诗歌较量中，宋之问胜出，上官婉儿说："沈宋二诗功力悉敌，沈诗落句云'微臣雕朽质，羞睹豫章材'，盖词气已竭。宋诗云'不愁明月尽，自有夜珠来'，犹陟健举。"从文气的角度看，宋诗结尾依然具有向外延伸的态势，充满一种意犹未尽的期待与展望，达到了言有尽而意无穷的境界。

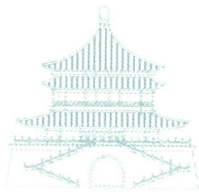

白牡丹

裴潾

长安年少惜春残，
争认慈恩紫牡丹。
别有玉盘乘露冷，
无人起就月中看。

赏析

　　裴潾（生卒年不详），字士淹，河东（今山西运城）人。唐宪宗元和年间，他曾上书极谏反对皇帝宠信方士柳泌研制丹剂，不被采纳，后宪宗因食丹药而性情暴躁，为宦官所杀。开成元年（836），李德裕分司东都，居平泉别墅，裴潾述其素志，赋四言诗十四章，兼述山泉之美。又曾经搜集古今辞章续《文选》，号《太和通典》，然眼光狭隘，当代只选与他交游者的作品，所以虽进献朝廷，但影响不大。后裴潾自兵部侍郎调任河南尹，大约不久即去世。

　　裴潾，在中唐时期可以算是一个怀才不遇的人，所以他的诗中含有一股不平之气。据《唐诗纪事》（卷五十二）载：有一天，裴潾到长安城内的太平院赏花，在墙壁上题写了《白牡丹》一诗。太和中，唐文宗"驾幸此寺，吟玩久之，因令宫嫔讽念。及暮归，则此诗满六宫矣"。由此可见，这是一首为白牡丹鸣不平的名作，曾因文宗李昂的赏识而风靡皇宫。这首诗有什么独特之处呢？

　　前两句描写长安豪贵们的欣赏品味，他们担心春光流逝，争先恐后奔赴慈恩寺去赏玩率先开放的紫色牡丹。唐人以富态丰满为美，牡丹端庄艳丽、雍容华贵，正迎合了时尚的审美情趣，尤其那些大红大紫的牡丹，更被视为花中之王，尊为"天香国色"，备受追捧。白居易《买花》诗云："一丛深色花，十户中人赋。"可见人们为了追求牡丹的极品，是如何一掷千金，不惜代价！因而，唐诗中咏紫、红牡丹者甚多。而白牡丹朴素优雅，色调单纯明净，被视为贫寒的象征，不被人们欣赏，因而咏白牡丹者寥寥无几。

　　裴潾一反时俗，后两句专为白牡丹遭受冷遇而发，说白牡丹就像冰清玉洁的白玉盘，在月光下含着晶莹的露珠，并微微带着冷意，仿佛只可远观不可亵玩的幽独佳人，一个"冷"字，既写出白牡丹遭受冷落的际遇，也突出其凄寒冷落的心态，与紫牡丹的"热"捧形成鲜明的对照，除了诗人自己，并无人愿意欣赏月光下的白牡丹，这里隐然将自己当作白牡丹的知音，就有一分惺惺相惜的意味，诗人通过赞美白牡丹的风姿雅韵，曲折地为品行高洁却遭受冷遇者鸣不平，表达了对现实社会不平等的无声抗议。构思独出心裁，不落俗套。在审美观照时，由"体物得神"，进而"影中取影"，驰骋艺术想象，通过观赏紫牡丹的盛况，进而联想到谄媚趋势者得宠、高洁之士受抑的社会真实情状，含蕴深刻，隽永有味。

　　此诗善于运用对比手法，首先是两种牡丹风采的对比：写紫牡丹，只点其名，不写色香；写白牡丹，则摄神略貌，先以"玉盘"作喻，展现白花盛绽之状，美化其沾满晶莹露珠的神采，再以皎洁月光来陪衬，烘托她高洁优雅的风姿，借助用笔的轻重、取舍，隐含了诗人褒贬抑扬的情感倾向。其次是遭遇对比：紫牡丹赢得了身份高贵的"长安少年"的"争赏"，热闹非凡，声名鹊起；而白牡丹盛开之后，竟无人问津，清冷寂寞，孤独悲凉；两种牡丹的荣悴穷遇，判若天壤，与色香对比相辅相成，自然激起读者的愤懑不平。第三是两种花开时间的对比：紫牡丹独占芳春，率先开放，而白牡丹则在春残时节才盛开；"先开"便可以赢得豪贵们的"争赏"，而"春残"则寂寂无闻，可见开花的早晚是能否得宠的条件；紫牡丹有迎合时势的天赋，白牡丹却朴素本真，不趋炎附势。最后是赏花动机的对比："惜春残"透露了长安豪贵争相观赏紫牡丹的原因，暮春时节，百花凋零，紫牡丹"先开"，能够满足人们的精神需求；"月中看"则需要高雅的审美情趣，只有与白牡丹品性相同的高雅脱俗者，才能彼此欣赏。诗人哀叹"无人"赏玩白牡丹的高雅，实则暗讽"长安年少"争赏紫牡丹的卑俗。

总之，全诗虽笔笔叙事写物，却能不即不离，曲折见意；虽未着一字褒贬和议论，却能发人深思，引起共鸣。

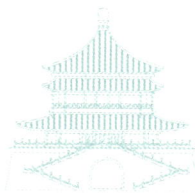

宿蒲关东店忆杜陵别业

关门锁归路，一夜梦还家。
月落河上晓，遥闻秦树鸦。
长安二月归正好，杜陵树边纯是花。

岑　参

赏析

　　天宝五载（746），岑参北游晋州（今山西临汾）、绛州（今山西新绛），此诗可能是南归长安道途所作，表达对故园的强烈思念。蒲关，即蒲津关，在河中府（今山西永济市），是秦、晋之间黄河的重要渡口。杜陵，本名杜原，又名乐游原，汉宣帝在此筑陵，改名杜陵。岑参杜陵别业就是高冠草堂。

　　岑参刚刚被授予微官后的这次北游，可能是寻找出路，但由于某种原因未果，所以急切想回到家中。旅途思家是人之常情，但这首诗却比较独特。开篇两句叙事，说一个春日的傍晚，来到蒲津关前，见关门已锁，只好寄宿在关东的旅店，一夜之间辗转反侧，好容易睡着，竟然在梦中回到了故乡。由此可见归心似箭的心情，也可以看到诗人旅途劳顿的情景。路途虽被雄关"锁"断，但思念却能借助"梦"境飞翔，一夜劳顿，满天星月，滚滚涛声，皆不关心，唯榻上一梦，楚楚关情，虽然梦境缤纷，诸事繁杂，但唯有"还家"一事，最觉温馨，可见诗人的忆念何等深切。

　　接着描写梦醒后所见情景，也补充前两句忽略的内容：残月西斜，疏星点缀夜空，东边就是滔滔黄河，天刚破晓，黄河上空已经呈现出一圈红晕，从远处的树林间传来一阵早鸦的啼鸣，它们是在争抢暖树还是结伴返回巢穴呢？正是这熟悉的鸟声，似乎把诗人带回了关中。这两句将黄河边的清晨变化写得细致入微，把春日万物苏醒的景象写得生动传神。异地的春晨风光，更加触发了诗人对故园的怀念。于是，诗人张开想象的翅膀，意念中便展现出故乡此时的图景："长安二月归正好，杜陵树边纯是花"。一个"好"字，写出了长安早春二月的美丽，二月春光妙在何处？是"草色遥看近却无"的清新俊逸吗？还是"春城无处不飞花"的喧闹繁华呢？诗人不写绿草也不写飞花，只特别突出杜陵草堂的树边全是盛开的野花，那满树鲜花、遍地碧草，处处鸟声的景象，自然可以想见。诗人以烂漫的春花，烘托出盎然的春意，表现对杜陵别业的深情怀念，对长安故园的无比眷恋，从而使题中"忆"的内涵更为突出。可以说达到了以简单包蕴丰富的艺术高度。

诗人在《高冠谷口招郑鄠》诗中用"涧花燃暮雨，潭树暖春云"来写春光，山涧中盛开的红花经过一场暮雨的滋润，似乎变成了燃烧的火焰；碧水潭中倒映着婆娑的树影，树影中又夹杂着春云的倩影，相互交融，呈现出温暖旖旎的春意。与"杜陵树边纯是花"相比，前者精巧工致，是眼前实景：而后者则像印象派的油画，是想象的幻景。皆能体现诗人描绘自然景物的艺术腕力。

全诗错落有致，自然浑成。形式短小，五、七言兼用，灵活自如。语言平易，意味隽永。

长安春游

杨巨源

凤城春报曲江头，上客年年是胜游。
日暖云山当广陌，天清丝管在高楼。
茏葱树色分仙阁，缥缈花香泛御沟。
桂壁朱门新邸第，汉家恩泽问鄷侯。

赏析

　　杨巨源生于天宝末年，青壮年时期的贞元至元和年间，在长安由秘书郎擢太常博士、礼部员外郎，后出为凤翔少尹，晚年复回长安任国子司业，直到七十岁致仕。他长期在京城生活任职，与白居易、元稹、刘禹锡、王建等人交游密切，以人品清高颇受时人尊重，他耽于吟咏，其诗格律工致，风调流美，尤注重颔、颈二联，时见佳句。这首《长安春游》就是代表作之一。

　　首联概写其悠游岁月的安闲生活状况。"凤城"即长安城，当春天的朝讯最早传到曲江边的时候，就是寄居京城的旅客每年游春览胜的季节，风景年年如旧，人们的生活也循环往复如斯，体现出一种"一曲新词酒一杯，去年天气旧亭台"的悠然节奏，这种生活安详闲适，正是杨巨源这类（上客）官员的普遍心态，给人一种气定神闲的超逸感。

　　接下来的两联皆描写游春所见所闻：温煦的阳光铺洒在四通八达的街道和纵横交错的田间阡陌上，穿上青绿色春衣的山峰缭绕着舒卷的白云，游人穿梭如织，车马川流不息，到处一派热闹繁华的景象；天清气朗的佳节，曲江边鳞次栉比的楼台亭阁中，传出一阵阵悠扬婉转的乐曲，可以想见其间笙歌燕舞的场景；葱茏芳翠的树林，掩映着雕梁画栋的缤纷色彩，芬芳诱人的花香缥缈幽微，在御沟的春水上空轻轻浮动，那缓缓流淌的碧水，荡漾着柔美的波纹，仿佛能勾人魂魄，整个身心都沉醉在这美妙的春光之中。这四句对仗工整，音律和谐，将春日、云山、广陌、高楼、仙阁、御沟、丝管、花香、树色等繁密的意象

组合成一个奇妙的长安春境，色彩缤纷，芬芳馥郁，歌管参差，绿树掩映，美不胜收。鲜明体现出杨巨源诗歌"奇丽不减六朝"的特色，颇有"绮错婉媚"的上官体风味。

尾联忽然推出一个特写镜头：曲江边的那栋朱门楼阁，墙壁都用芳桂装饰，精致华美，是一座新修的府邸，楼主原来是新封为"酂侯"的达官贵人。酂侯是汉高祖刘邦赐给萧何的封号，平定天下后，论功行赏，分封诸侯，萧何因在"镇国家、抚百姓、供军需、给粮饷"方面功绩卓著，被定为首功，封为酂侯。这里所指的"酂侯"，肯定没有萧何当年的功勋，不过是外戚或宦官之类的新宠而已。因而尾联在有案无断中，似乎投上一瞥轻蔑的目光，略微表达讽刺之意。

总体上看，这首诗能够表现出中唐时期长安春天的景象及闲适清逸的生活情调，具有一定的认识价值。诗歌格律谨严，对仗工整，八句皆景，声调婉转，颇具韵味。

郊墅

韦曲樊川雨半晴，竹庄花院遍题名。
画成烟景垂杨色，滴破春愁压酒声。
满野红尘谁得路，连天紫阁独关情。
渼陂水色澄于镜，何必沧浪始濯缨。

郑谷

赏析

郑谷（851？—910？），字守愚，江西宜春人，唐末诗人。僖宗时进士，官都官郎中，人称"郑都官"。又以《鹧鸪诗》（诗中有"雨昏青草湖边过，花落黄陵庙里啼"名联）得名，人称"郑鹧鸪"。他的诗歌善写景咏物，表现士大夫的闲情逸致，声律和谐婉转，风格清新脱俗。曾与许棠、张乔等唱和往还，号"芳林十哲"。

这首诗题《郊墅》，应该是郑谷当年在长安东南的住处，类似于岑参的高冠草堂，从诗中可以看到是一处适合隐居的地方。这首诗描写春天的郊野景象，流露出隐居山林的意趣。

首联的"韦曲樊川"是长安城南的名胜之地，韦曲，因唐代高贵的韦氏家族聚居于此而得名，在长安城东南五里的少陵原上；樊川，在长安城南少陵原与神禾原之间，是西汉开国勋臣樊哙的封地，由此得名，其西北起于韦曲，东南直到终南山北麓，是一片平川，潏水纵贯其间，这里土肥水美，风景秀丽。"雨半晴"则是一个独特的时间，刚刚下了一场饱透的春雨，虽然放晴了，但天空依然积聚着云层，正是雨后清新明媚的最好时刻，当然是赏春踏青的好时光，所以诗人兴致勃勃到处游赏，在绿竹纷披的庄园和开满鲜花的院落，挥笔题诗，一展豪情。

颔联继续写景，说垂柳的碧玉丝绦低垂轻拂，呈现微微的绿意，像画图中渲染出一派朦胧缥缈的烟景，真的惹人喜爱；忽然之间，不知何处传来压榨取酒的声音，连同那浓郁的酒香一起，顿时勾起人们饮酒消愁的愿望。"滴破春愁"四字最值得关注，春愁何来？因为长期沉沦漂泊，没有出路，又不能回家，所以愁怀深重，而"滴"写泻酒的声音，却可以"破"除乡愁，可见买酒消愁的愿望非常强烈。

颈联交代"春愁"浓重的原因：满野都是滚滚红尘，但永远只有那些幸运儿才能得到飞黄腾达的机遇，而自己则落魄漂寓，只好对紫阁峰的美景多加关情了。终南山的紫阁峰，又名佛掌峰，晚春早秋之时，在晴日朗照下，山顶缭绕紫气，氤氲升腾，蔚为壮观，紫阁峰雄奇险峻，两侧皆千仞绝壁，风景绝美，自古就有"紫阁青冥"之称。言外之意即是说，自己找不到晋升之阶，只好隐居山林了。

尾联顺势将这一愿望表达出来，说渼陂的湖水清澄明澈，宛如一面明镜，杜甫《渼陂行》云："沈竿续蔓深莫测，菱叶荷花静如拭。宛在中流渤澥清，下归无极终南黑。半陂以南纯浸山，动影袅窕冲融间。船舷暝戛云际寺，水面月出蓝田关。"可见渼陂的风景何等奇丽！这里隐居就是最佳处所了，诗人说何必非要去追找沧浪之水，用来洗涤自己的冠缨呢？即是说，就在这里挂冠归隐，才是明智的选择。

这首诗，虽然有很多地名，但连贯起来丝毫不觉得累赘，而是显得抑扬顿挫，音韵优美，以郊墅的景色，引发春愁，又借酒泻愁，然后在紫阁峰美景中找到心灵的栖息地，表达挂冠归隐的愿望。全诗构思严密，对仗工整，韵律和谐，精于锤炼，风格清新婉丽，情趣高雅。

长安春望

卢纶

东风吹雨过青山，却望千门草色闲。
家在梦中何日到，春生江上几人还。
川原缭绕浮云外，宫阙参差落照间。
谁念为儒逢世难，独将衰鬓客秦关。

卢纶（739—799），字允言，河中（今山西永济）人，祖籍范阳涿县（今河北涿州），为大历十才子之一。玄宗天宝末年举进士，遇乱不第，代宗朝屡试不第。大历六年，经宰相元载举荐，授阌乡尉；后宰相王缙荐为集贤学士，秘书省校书郎，升监察御史。出为陕州户曹、河南密县令。德宗朝，复为昭应县令，出任河中浑瑊元帅府判官，官至检校户部郎中，不久去世。有《卢户部诗集》。

这首《长安春望》当作于安史之乱后的大历年间，屡试不第滞留长安之时。

首联点题并隐含思乡之情。"东风吹雨"写春天的风雨，说是东风吹来的，因为诗人家乡蒲州在长安之东，所以这风这雨肯定来自故乡，自然引出思乡情怀；春雨滋润过的青山，此刻正是绿草纷披的季节，诗人在眺望长安的千门万户时，看见春草悠悠，呈现出一派闲适恬然的情态，"闲"字用得巧，春草的悠闲正好与诗人内心的愁苦形成反衬，在春风春雨春草的景色中，蕴含着复杂感情。

颔联紧承而下，说"家在梦中何日到，春生江上几人还"，写春望时产生的联想，自己滞留长安，进退失据，有家难回，故乡只能出现在梦境之中，看到别人能够返回故乡与家人团聚，而自己却辜负了江上的春风，因而内心非常惭愧感伤。"大历十才子"擅长描写细微的心理状态，他们伤时感乱的情绪，常通过"醉"和"梦"表现出来，像"我有惆怅词，待君醉时说"（李端《九日赠司空文明》），"别后依依寒梦里，共君携手在东田"（《送冷朝阳还上元》）等。他们写醉，是因为杯中乾坤大，逃入醉乡才能忘却现实的痛苦与无奈；写"梦"，是因为世事变幻莫测，动乱频仍，生命脆弱短促，只有坠入梦乡才能体味片刻的温馨慰藉，在梦中或许能够重现已经消失的美好事物，这是由盛世突入衰世的人们最常见的心理状态。

颈联"川原缭绕浮云外，宫阙参差落照间"，写得气象宏大，境界开阔。"川原"指家乡，说极目远望，远山被浮云缭绕，故乡更被遮挡在浮云之外，迷蒙渺茫，远不可及；"宫阙"指长安，写眼前只见金碧辉煌的宫殿，参差错落，呈现在一片如血的夕阳之中。与"西风残照，汉家陵阙"的雄浑悲壮及"夕阳无限好，只是近黄昏"的落寞凄凉相比，这一联显得婉丽而伤感。表面上看，写景很壮观，其实隐含着一种衰飒颓然的意味。

故尾联无限伤怀地说："谁念为儒逢世难，独将衰鬓客秦关。"自己一个文弱的儒生，虽满腹经纶，但遭遇动乱，孤苦伶仃，滞留长安，又有谁来怜悯我呢？"衰鬓"，并非指衰老，诗人此时四十岁左右，这显然是表现一种衰颓感伤的精神状态。如果与李商隐的诗句"为问孤鸿向何处，不知身世自悠悠"相比，其迷茫悲苦的程度则要轻微一些，但已经呈现出衰败难以挽回的趋势了。

卢纶以《塞下曲》等雄浑苍凉的边塞诗享誉诗坛，而此诗感时伤怀，抒发诗人在乱离中的思乡情怀，寓情于景，情景交融，音韵和谐，温婉绮丽，体现了其诗"阴柔美"的另一面。也是大难之后，留居长安的卢纶生命中的一段珍贵记忆。

⊙唐 张萱 《捣练图》（局部）
　绢本，37 cm×145.3 cm，美国波士顿博物馆藏。

長い夜

叁

秋

长安之秋，萧瑟苍茫，与春天的流光溢彩完全不同，别有一番滋味，长安满城秋月的明净境界里，秋风中传来万户捣衣的雄浑之声，包含了对边关游子的一片深情，表现了人们希望结束战争、追求和平安宁生活的向往；在"秋风吹渭水，落叶满长安"的深秋时节，也有对江上友人深情的追忆与思念；在安史之乱后，杜甫漂流西南寄寓夔府孤城，在浩荡的秋风中，面对眼前的萧条衰飒景象，却在追忆的世界里，展现出当年长安盛世的秋天景象，表现对故园的思念，对已经消逝的盛世的向往，心思浩茫，感慨深沉；而农民起义领袖黄巢在应举落第后，强烈地质疑现存的制度秩序，通过咏菊表达"冲天香阵透长安，满城尽带黄金甲"的美好憧憬，推翻旧世界，建立新秩序，成为他宏伟的理想。这一部分选诗十一首，最突出的是杜甫雄浑苍茫的四首七律，体现出一种盛唐气象。

子夜吴歌·秋歌

长安一片月，万户捣衣声。
秋风吹不尽，总是玉关情。
何日平胡虏，良人罢远征。

李白

赏析

　　《子夜吴歌》是乐府的吴声歌曲，据唐吴兢《乐府古题要解》（卷上）记载："《子夜》，旧史云：晋有女子曰子夜所作，声至哀。"李白的《子夜吴歌》共有春、夏、秋、冬四首，据专家考证非作于同时同地，本书所选的秋歌，可能作于李白初入长安的开元十九年（731）或者天宝元年（742）秋在长安时。全诗写妻子秋夜怀思远戍边疆的丈夫，盼望早日结束战争，夫妻团聚。虽然没有直接描写爱情，但字字蕴含着挚爱真情；虽然没有描写社会状况，却洋溢着一种盛世氛围。完全改变了原来的凄楚哀伤格调，在唱叹有神的民歌情调中，包含着浓浓的边塞风韵。

　　"长安一片月，万户捣衣声。""一片"与"万户"的对照中，展现出秋夜长安宁静和谐的景象：繁华的京城上空，到处流淌一片银色的月光，明亮皎洁，而从千家万户中却传来捣衣的砧杵声，响声连成一片，在这静静的秋夜非常惹耳。捣衣，是缝制衣服之前，将丝麻织成的布放在砧石上反复舂捣，使其柔软，然后再缝成衣服，秋天是妇女准备寒衣寄远的季节，"万户"捣衣的雄浑气势，生动传递出要给守边亲人寄送寒衣的急切心情。接下两句点明题旨，原来浩荡强劲的秋风里，吹不尽的永远是思念边关的一片深情。"玉关"即玉门关，是大唐西域的重要关口，那里黄沙漫天，霜风凄苦，"春风不度玉门关"，可见其环境荒凉冷寂，即使在和平年代，那里也常年驻扎大量的军队。所以"玉关"一词，在唐人心目中都包含着一份特殊的情感，其中母亲思念儿子、妻子思念丈夫，最为深切。尽管"万户捣衣"有些夸张，但说明征戍边塞非常普遍并且人员规模庞大。最后两句表达妻子的强烈愿望：什么时候能够讨平侵犯边境的胡虏，使丈夫能够结束远征，回家团聚呢？这既是闺妇的殷切期盼，也何尝不是征人内心的真诚渴望呢？

前四句情景交融，浑成自然，被王夫之誉为"天壤间生成好句"（《唐诗评选》）。深秋夜晚，月色如银，砧声阵阵，凉风习习，真是一幅充满秋意的绝妙图景。然而，"一切景语皆情语"，前三句分写秋月、秋声和秋风，从视觉到听觉，再到触觉，都在为第四句的"玉关情"作铺垫：月光是引发相思的触媒；捣衣声从虚处传达出赶制寒衣的急切，包含着深厚的关切与思念；而秋风则最易引发人们愁绪。对长期饱受离别之苦的人来说，这三者有一于此，便难以忍受了，何况全都聚集在一起呢？更何况在月白风清的秋夜，整个长安城都响彻着"万户"捣衣之声！此时此刻，用"总是玉关情"一语作结，便弥漫着一股亘古不变的思念之情，真的是力透纸背、掷地作金声啊！

诗中虽然没有写明具体年代，也没有点明某次战争，但透过诗中对长安秋夜、明月砧杵的描写，透过全诗开阔明朗的意境，却让人感受到一种整体上和平安详、充满期待的时代氛围。尽管有战争、离别和思念，但并没有沉重的叹息与悲伤，情思虽然缠绵悠长，但并不低沉黯淡，整个意境是空阔辽远的，对未来生活也满怀憧憬。一个衰颓的时代不可能出现这种境界与情调。因此，这首乐府小诗，体现了大唐盛世的气象，包含着深情远思的盛唐气象。

不第后赋菊

黄巢

待到秋来九月八，
我花开后百花杀。
冲天香阵透长安，
满城尽带黄金甲。

　　黄巢（820—884），曹州冤句（今山东菏泽）人，唐末农民起义领袖。他出身盐商家庭，善于骑射，粗通笔墨，少有诗才，五岁时便可对诗，但成年后却屡试不第。王仙芝起义前一年，关东发生大旱，官吏强迫百姓缴租税，服差役，百姓走投无路，聚集黄巢周围，与唐廷官吏进行过多次武装冲突。十二月十三日，兵进长安，于含元殿即皇帝位，国号"大齐"，建元金统，大赦天下。中和四年（884），黄巢败死狼虎谷。

　　今存黄巢的诗共三首，其中，两首是描写菊花的咏物诗。《题菊花》写道："飒飒西风满院栽，蕊寒香冷蝶难来。他年我若为青帝，报与桃花一处开。"表现了他雄强的魄力和一统天下的气概。这首《不第后赋菊》的境界比《题菊花》更雄浑豪迈，诗中运用"黄金甲"的奇喻，赋予菊花以凛冽的杀气和英雄的品格。

　　首句中的"待到"，意即在春天想象秋天，他落榜应在百花盛开的春天，由于他内心愤懑不平，对当下混乱的秩序和黑暗的现实充满反抗情绪，意欲建立"桃花"与"菊花"一同开放的新世界的理想完全破灭，所以就产生了推翻旧秩序的强烈愿望。尽管重阳佳节还很遥远，而诗人却赋诗憧憬未来。"待到"二字突兀惊挺，声如裂帛，气势凌厉，神情激越，充满志在必得的坚定。"九月八"是重阳节的前一天，既是为了押韵，也透露出一种迫不及待地重建新秩序的愿望。

　　次句中的"我花"即菊花，将菊花说成是"我花"，除了表达亲密情感之外，还特别强调其独有的威严凌厉，因为菊花开时万花谢，"百花杀"，字面看很残忍，实际上这是不可抗拒的自然规律，将金菊傲霜盛开与百花遇霜凋零进行对比，既显示出菊花生机盎然的顽强生命力，也暗示了摧枯拉朽的革命风暴一旦来临，腐败黑暗的唐王朝就像霜凋百花一样，立刻变成枯枝败叶。

"冲天香阵透长安，满城尽带黄金甲"，这是唐人赋菊花最有特色的诗句，具有气势雄强、义薄云天的豪迈，表现对菊花完胜的远景充满激越的期待。前句从味觉写菊花的香气，这香，不是幽微的冷香，更不是淡雅的清香，而是像浩荡雄兵一样的"冲天香阵"，"冲天"二字，写出了菊花香气馥郁、直冲云天的雄伟气势；"香阵"二字，则说明金菊犹如十万雄兵，具有无坚不摧的力量；一个"透"字，既显示菊花沁人心脾、芬芳满城的特点，也表现出透贯长安、扫荡一切的精神意志。后句从视觉写菊花的颜色，"满"与"尽"二字强调菊花生命力顽强，无处不在，遍满京都，并且全都披上了灿灿闪烁的黄金铠甲。用兵战意象"黄金甲"来比喻菊花，带着黄巢率领农民起义军的威武霸气，这一千古奇喻，描摹出菊花夺魁天下的奇观：重阳佳节，菊花盛开，浓香扑鼻，整个长安成了菊花的海洋，充分展示出即将爆发的革命风暴除旧布新、改天换地的宏伟远景。

菊花，在陶渊明的笔下，成为隐士的象征，而在黄巢的诗中，却具有革命的意志。这首诗托物言志，借咏菊以抒抱负，境界瑰丽，气魄雄豪，笔力刚劲，成功塑造了诗人身披铠甲、高擎利剑、气冲霄汉的英雄形象，气势凌厉，震铄古今。

忆江上吴处士

贾 岛

闽国扬帆去，蟾蜍亏复圆。
秋风吹渭水，落叶满长安。
此地豪会夕，当时雷雨寒。
兰桡殊未返，消息海云端。

赏析

　　贾岛（779—843），字浪仙，幽州范阳（今河北涿州）人。早年出家为僧，号无本。元和六年（811）春天，在长安受知于韩愈，后还俗并参加科举，但累举不第。唐文宗时遭到排挤，贬为遂州长江县（今遂宁大英县）主簿，故称贾长江。他一生穷愁，苦吟作诗，其诗多写荒寒枯寂之境，长于五律，精于词句锤炼，与孟郊齐名，苏轼评为"郊寒岛瘦"。著有《长江集》。

　　这首诗的题目先要解释一下，"忆"是贾岛在长安追忆已经离开长安的友人。吴处士，名不详，应当是闽越人，德才兼备却隐居不仕，是贾岛的好友，因何来长安不清楚，但贾岛却对他的离去念念不忘。《忆吴处士》云："半夜长安雨，灯前越客吟。孤舟行一月，万水与千岑。岛屿夏云起，汀洲芳草深。何当折松叶，拂石剡溪阴。"则这位吴处士不但会吟诗，还隐居在剡溪。这首《忆江上吴处士》可能作于同时，是想象他还在江上舟行的情景。

　　首联叙事，说友人扬帆前往闽越，已经一个月了，却依然没有一点他的消息。蟾蜍，指代月亮，月亏复盈正好一月时间。次联"秋风吹渭水，落叶满长安"，描写身边的景象：自己所在的长安已到深秋时节，浩荡肃杀的秋风从渭水北边吹来，整个长安城，便成了落叶的海洋，处处呈现出一派萧瑟凄凉的景象。这里"渭水""长安"具有特殊的意义，因为，唐人离京南下都在渭水南岸的灞桥边折柳送别，当时当是夏天，转眼间就是秋风劲吹落叶缤纷的季节了，自然想起分别多时的朋友了。"吹"与"满"前后承接，如流水一般自然，又显出一种浩大的声势，明人谢榛认为这两句"气象雄浑，大类盛唐"[《四溟诗话》（卷二）]，很有道理。

颈联转而回忆友人离别前的景象："此地聚会夕，当时雷雨寒"，回想那时，在长安与吴处士促膝谈心，又灯前吟诗，真是相见恨晚，忽然，窗外大雨倾盆，雷电交加，震耳欲聋，雨丝随着呼啸的狂风扑入门窗，让人感到一阵凛凛的寒意。这情景仿佛还历历在目，一转眼就已是落叶遍地的深秋了。此联亦锤炼精纯，有一种回环往复之美，耐人咀嚼。友人离去后的情景在前一首诗中已有悬想，因此，这首诗尾联就展开想象的翅膀，期待未来再次相逢："兰桡殊未返，消息海云端"，友人坐的航船还没有回来，更无从知道他的音讯，只好遥望南天尽处的海云，希望从云端得到一些他的消息了。由此可见思念之情多么深切诚挚！

此诗"秋风吹渭水，落叶满长安"，是贾岛的名句，常为后人引用，如宋代周邦彦《齐天乐》的"渭水西风，长安乱叶，空忆诗情宛转"，元代白朴《梧桐雨》杂剧的"伤心故园，西风渭水，落日长安"，都化用这两句，可见其流传广泛，影响深远。

秋兴八首（选四）

杜甫

其一

蓬莱宫阙对南山，承露金茎霄汉间。
西望瑶池降王母，东来紫气满函关。
云移雉尾开宫扇，日绕龙鳞识圣颜。
一卧沧江惊岁晚，几回青琐点朝班。

其二

瞿塘峡口曲江头，万里风烟接素秋。

花萼夹城通御气，芙蓉小苑入边愁。

珠帘绣柱围黄鹄，锦缆牙樯起白鸥。

回首可怜歌舞地，秦中自古帝王州。

其三

昆明池水汉时功，武帝旌旗在眼中。

织女机丝虚夜月，石鲸鳞甲动秋风。

波漂菰米沉云黑，露冷莲房坠粉红。

关塞极天惟鸟道，江湖满地一渔翁。

其四

昆吾御宿自逶迤，紫阁峰阴入渼陂。

香稻啄馀鹦鹉粒，碧梧栖老凤凰枝。

佳人拾翠春相问，仙侣同舟晚更移。

彩笔昔曾干气象，白头吟望苦低垂。

赏析

"秋兴"，即因秋感兴。中国古代文人，自宋玉开始，就有浓重的悲秋情结。秋风萧瑟，万物萧条，落叶纷飞，到处呈现出一派悲凉衰飒的氛围，就像人生进入老境的萧瑟一般，最容易引起对自然人生的深沉感慨。杜甫的七律《秋兴八首》就是一组以遥想长安为中心、心思浩茫、感慨宏深的杰构。作于杜甫寓居夔州的大历元年（766）。

第一首是序曲，通过形象描绘巫山、巫峡的秋声秋色，烘托出阴沉萧瑟、动荡不安的环境气氛，抒发忧国情及孤独感；第二首写漂寓孤城，深夜独坐，翘首北望，长夜难眠，表现出诗人对长安强烈的思念之情；第三首写夔府晨曦，天朗气清，江流平静，而诗人却忧心如焚，抒发怀才不遇的喟叹；第四首作过渡，从夔府孤城转而遥想长安，感叹当年时局动乱、人事变化及边境的不宁；第五首描绘长安宫殿的巍峨壮丽，早朝场面的庄严肃穆，和诗人曾侍奉圣颜的令人欣慰的记忆；第六首怀想昔日帝王歌舞游宴的曲江盛况，在无限惋惜之中，隐含斥责之意；第七首忆念长安西南的昆明池，展示唐朝当年国力昌盛、景物壮丽和物产富饶的盛景；第八首回忆与朋友共游昆吾、御宿、渼陂等名胜的诗意豪情。八首形成一个前后蝉联、结构严密的艺术整体，以忧念国家兴衰为主题，以夔府秋日萧瑟，诗人暮年多病、身世飘零，特别是关切国家安危的深重情怀为基调，其间穿插点缀一些轻快欢乐的抒情。每一首都以独特手法，从不同角度表现诗人的浩茫心绪。全诗感物伤怀，借深秋衰飒凄清之景抒写人生暮年知交零落、漂泊无依、抱负成空的悲凉心境，表达了深切的身世之悲、离乱之苦和故园之思，悲壮苍凉，意境深邃。本书选取与长安最相关的后四首，以杜甫漂寓者的视角，留下对长安的一份真切记忆。杜甫自乾元二年（759）弃官入蜀，至此已漂泊七年，国家依旧烽烟四起，诗人流离颠沛，居无定所，在秋风萧瑟之时，不免触景生情。安史之乱虽然被平息，而吐蕃、回纥乘虚而入，藩镇割据，拥兵作乱，王朝中兴望绝。此时，严武去世，杜甫在成都难以立足，遂沿江东下，滞留夔州。诗人晚年多病，知交零落，壮志难酬，在非常寂寞抑郁的心境下创作了这组诗。

第一首（原来顺序第五）描绘长安宫殿的巍峨壮丽，早朝场面的庄严肃穆。"精骛八极，心游万仞"，在诗人神游的想象中，呈现出大唐的背影：蓬莱宫高耸的楼阁辉煌壮丽，遥遥与苍翠巍峨的终南山比势争雄，而汉武帝时修建的建章宫前，那举起仙掌承接仙露的铜人，则直插云霄，气概非凡；从蓬莱西望，仿佛可以看到西王母正从昆仑瑶池徐徐降临，向东望，则似乎可以感受到老子出关时的紫气，渐渐自东方飘来，弥漫遮盖了整个函谷关。忽然之间，好像云雾消散，宫门敞开，装饰雉尾宫扇的仪仗队，气势雄壮，一轮红日照射到皇帝的衮龙袍上，飞舞的龙鳞，金光闪闪，辉煌壮观，而我有幸亲逢盛世，忝陪末席，可以仰望皇帝的尊颜。这是多么灿烂的煌煌盛世，多么令人欣慰的回忆啊！只可惜，我自从漂寓夔府孤城，卧病沧江，恍如隔世，仿佛忽然就到了寒意萧萧的岁晚，只能在幻梦中追忆当年曾经满怀豪情地迈入雕花的宫门、点名唱卯的上朝情景。诗人此时虽被任命为工部员外郎，却远离朝廷，而今，盛世不再，皇帝也登遐升天了，怎不令人感慨万千！

　　第二首（原来顺序第六）追忆昔日帝王游宴曲江的繁华景象。从眼前的夔州东门的瞿塘峡口到长安东南的曲江之滨，万里风烟与弥漫秋气连成混茫的一片，在这混乱苍茫、无序悲伤的时刻，意念之间又浮现出曲江宴游的场景：花萼相辉的高楼直通曲江芙蓉园的夹城复道上，皇帝携带嫔妃们游乐的气氛正酣畅淋漓，可惜芙蓉园里的欢歌笑语，竟引来边关烽烟战火的无边忧愁；曲江周围宫殿楼阁林立，珠帘绣柱、雕梁画栋形成围墙一般，黄鹤飞翔像被包围，曲江池中，到处都是画舫游船，彩丝的缆绳牵引着船只，装饰精美的桅杆宛若森林，白鸥皆从桅杆中飞起。回首长安这个游宴歌舞的胜地，自古以来就是帝王佚乐的都城！正是毫无节制的逸游荒宴，才引来这无穷的"边愁"，清歌曼舞，断送了大唐的帝王功业，诗人既怀念盛世的光景，也在无限惋惜之中，隐含对荒淫游乐的嘲讽。

　　第三首（原来顺序第七）追忆长安的昆明池景象。想当年，汉武帝为了征伐滇国与南越，仿照滇池的规模穿凿昆明池，训练水兵，那是多么辉煌的功绩啊，而今却只成为帝王的游乐之地，汉武帝水军的旗帜仿佛还在眼前飘扬；昆明池边东西相望的织女雕像依然静静伫立，她的织布机上空无一物，白白辜负了夜晚清亮的月光，只有池中石雕鲸鱼的鳞甲仿佛还在秋风中跃跃欲飞；水波上漂着结实累累的菰蒲，黑压压的好似天上的乌云沉落水中，寒露沾湿了莲房，荷花凋零，粉红色的花瓣在水面漂浮。想当年唐朝国力昌盛的时代，这曲江池里景物多么壮丽、物产何其富饶，而今却是一派冷落苍凉的景象，怎不令人叹惋哀伤！可惜呀，四周关山极天，路途阻塞，唯有鸟道可以飞越，而我则只能像一个浪迹江湖的渔翁，在天涯漂泊。

第四首（原来顺序第八）回忆当年在昆吾、御宿、渼陂郊游的诗意豪情。长安不仅是帝王的游乐之地，也留下杜甫一类士子的游览足迹，所以最后一首诗，追寻那些难忘的美好印象：沿着昆吾上林苑和樊川御宿苑那些蜿蜒曲折的道路，我曾与岑参兄弟一起去畅游渼陂湖，湖中倒映着终南山紫阁峰的倩影；那里既有鹦鹉啄剩的香稻，还有凤凰经常栖息的梧桐；阳光明媚的春日，游春踏青的佳人采摘鲜花、捡拾翠羽作为相赠的信物，夜晚降临，繁星满天，而恩爱的神仙伴侣们还游兴浓郁地在湖上荡舟游览夜景。想当年我也曾挥舞彩笔写出气势恢弘的诗章，描写山川胜境，抒发万丈豪情，可而今却只能漂寓天涯，苍颜白发地低头苦吟，只能无奈地仰望苍穹，遥望北方发出一声悲切的长叹！

杜甫《秋兴八首》，通过今昔对比在夔府与长安之间架构情感的桥梁。运用循环往复的方式抒情，情景交融，并以丽景写哀心，把客蜀望京、追怀往昔、忧虑家国、苦吟感伤等种种复杂感情交织成一个雄壮浑厚的艺术境界。诗中还塑造了"彩笔昔曾干气象，白头吟望苦低垂"的自我形象，表现诗人在国家残破、暮年漂泊时的沉郁胸怀，表现诗人"无力正乾坤"的深深痛苦。此外，这组诗格律谨严，句锤语炼，达到了炉火纯青的艺术极境。明人陈继儒评说："云霞满空，回翔万状，天风吹海，怒涛飞涌。可喻老杜《秋兴》诸篇。"（周珽《唐诗选脉会通评林》）确实可以概括这组富于雄浑气象、沉郁风格的诗篇。

杜陵绝句

李白

南登杜陵上，
北望五陵间。
秋水明落日，
流光灭远山。

天宝元年（742）秋天，李白奉召入京，在长安任翰林供奉，但那不是具体的官职，只不过陪侍皇帝游宴，写作应制诗或为乐府撰写新词而已。他闲暇之时不是醉眠酒家，就是游山玩水。天宝二年（743）秋，竟遭到朝中权臣的谗毁与排挤，心境不乐，便产生了退隐山林的愿望。这首《杜陵绝句》就是那时所作。

前两句以游览者的视角，写"南登""北望"的空间顺序，如果以长安为中心，则"杜陵"与"五陵"正处于隔渭水南北相对的两极。据《后汉书·班固传》"南望杜灞，北眺五陵"的李贤注："杜、灞谓杜陵、灞陵，在城南，故南望也。王陵在渭北，故北眺也。"杜陵，是汉宣帝刘询的陵墓，位于渭水南岸的鸿固原上，浐水、灞水流贯其间，汉代以来，这里一直是文人游宴聚会、登高览胜的地方。五陵，指汉高祖的长陵，惠帝的安陵，景帝的阳陵，武帝的茂陵，昭帝的平陵，均在渭水北岸的咸阳附近，五陵曾是豪门贵族聚居之地，也指豪门贵族。两句一南一北，相互映衬，不仅交代了诗人的位置，给人一种游览的现场感，还构造了一个广阔的抒情空间，为下两句所写的景象做了铺垫。诗人登上杜陵原，远眺渭河北面巍峨雄浑的五陵原，呈现在视野中的美景，不仅有波澜壮阔的渭河，还有连绵起伏的苍翠群山。

第三句"秋水明落日"，点明登临的季节和时间，秋水本有明净爽洁的特点，这里还有闲静悠然的意味；落日在唐诗里可是一个蕴涵丰富的意象，既有晚霞满天的壮丽，也有日薄西山的萧瑟，既可以激发"更上一层楼"的展望豪情，也可以产生"日落黄昏"的无限忧伤。李白用一个"明"字，写出了渭河在夕阳中明亮闪烁的情状，秋水夕照就是一幅绝美的图画。大概这渭水上闪烁的流光富于跃动的魅力，所以凝聚了诗人久久关注的目光，直到它渐渐熄灭在苍茫的远山之间。这里含有一个很长的时间过程，表面看是为落日美景所陶醉，实则寓含"夕阳无限好，只是近黄昏"的感慨，那个"灭"字便带有一种幻灭的哀感。因为，此时的李白心境比较消沉，他沉醉长安酒肆，以酒自秽，不能仅仅看作他豪放嗜酒的浪漫潇洒，实际上是内心苦闷抑郁的发泄，一个怀着"大济苍生"宏大志向来到长安的人，被迫无所作为，可以想见他内心的苦痛。而此时的李白也朦胧感觉到在盛世光环的笼罩下潜藏某种隐忧，所以借落日情景，表现他对时局的观感。由于当时还处在盛世，所以他的感受不像晚唐李商隐那样迷惘悲凉。

这首诗善于捕捉景物特点，时空交融，寓情于景，语言简洁，平易自然。

⊙ 南宋　赵伯驹　《辋川别墅图》(局部)
　绢本，39.1 cm×592.5 cm，美国弗利尔美术馆藏。

终南

望

肆

终南山，雄峙于长安城南，是帝都巍峨雄峻的天然屏障，素有"仙都"的美称。这里涧水清流，山谷幽深，绿竹苍翠，松柏繁茂，由于地处长安近郊，达官贵人喜欢在终南山修建别墅，在奇山秀水中潇洒风流，在松竹云海间盘桓逍遥，玩赏明月，笑傲烟霞；或者退朝归来，焚香独坐，参禅礼佛，过着"亦官亦隐"的清闲生活；或者来到终南山隐居读书，积累声名，寻找通往官途的"终南捷径"。终南山，早已不仅是一个地名，而是一个唐代的标志，是一个唐诗的意象。诗人们可以在考场上写《终南望余雪》的科举答卷；可以来山中观赏"南山塞天地，日月石上生""长风驱松柏，声拂万壑清"的雄奇景象；也可以漫游山中，"行到水穷处，坐看云起时"，体味生生不息的大自然中包含的禅趣；有时还可能遇到"风卷微尘上，霆将暴雨来"的暴风骤雨，或者登上顶峰观赏"分野中峰变，阴晴众壑殊"的雄浑画面，或者登上高阁，远眺"晴开万井树，愁看五陵烟。槛外低秦岭，窗中小渭川"的壮阔境界。这一部分，选诗六首，有的境界雄奇阔大，有的境界幽静恬然，展现出终南山的立体面貌和不同风采。终南山，是大唐长安的一张永恒的独特名片。

终南望余雪

祖咏

终南阴岭秀，
积雪浮云端。
林表明霁色，
城中增暮寒。

赏析

宋人严羽将唐诗超越宋诗的原因归结为"以诗取士"制度带来了关于诗歌的专门之学,实际上这个结论带有片面性,因为科举考场上至少曾经诞生了应试诗歌16万首以上(据有关资料统计,唐代289年中,有近十六万人次参加了考试),但真正流传下来的举场诗在现存的五万余首唐诗中仅占极小的一部分。而其中优秀的诗篇更是凤毛麟角。这篇《望终南余雪》就是一首流传千年的科举名作。

祖咏,洛阳(今属河南)人,是王维的好朋友,其诗多写隐逸生活,擅长描摹景物。这首诗当作于他开元十二年(724)中进士之前。据《唐诗纪事》载,祖咏到长安应考,那年文题是"终南望余雪",必须写出一首六韵的五言长律。他思考了一会,写出四句感到尽意就搁笔了,若按照要求写成十二句,则是画蛇添足。考官让他重写,他还是坚持了自己的看法,考官很不高兴,结果祖咏未被录取。

这也许不是一个真实的故事,但可以看出科举与唐诗之间的关系。诗题颇有新意,终南山距离长安仅百里之遥,是长安古城之南的天然屏障,天色晴明的时候,在长安城里就可以望见终南山的主峰,王维"太乙近天都"的诗句,就描写了终南山与长安之间亲近密切的关系。作为唐代最重要的进士科考试,竟然以终南山为诗题,显然具有创新意义。唐代进士考试一般在新春举行,所以当时正值春寒料峭的时节,终南山的主峰之北(山北为阴)尚有残雪,既符合时令,又颇能激发考生的想象空间。祖咏这首诗虽然只有四句，不符合应试诗的规格，但艺术上却很完整。前两句点题，既写所望见的终南山是其阴的北坡，用一个"秀"字描写终南山的美丽多姿，然后以积雪浮于云端来点明初春时节的特点，还用"横云断峰"法衬托终南山的巍峨雄峻。后两句突出一个"望"字，由于是雨雪初晴，所以树林的顶端露出一片苍翠的"霁色"，这便是积雪返照阳光给人以明亮洁净之感。而那晶亮的雪光和苍翠的碧色一起，仿佛相互融合了，直逼长安古城而来，给人日暮增寒的感觉。这是从感觉上写出远望终南山积雪的体验，具有一种漫天铺张的涵盖力量，能够引起人们的联想。其写法颇似孟浩然描写浙江潮扑来时"惊涛来似雪，一座凛生寒"的感受。将视觉形象与心理感受相结合，有一种意余象外、余音袅袅的韵味。终南山遂以另一种清凛秀美的姿态，从科举考场的一份残卷上进入人们的审美视野。这首诗广为专诵是因为颇有艺术性，清人王士祯在《渔洋诗话》（卷二）中将此篇与陶渊明的"倾耳无希声，在目皓已洁"，王维的"洒空深巷静，积素广庭宽"等相并列，认为是古今咏雪诗中的最佳作品之一。

近人俞陛云《诗境浅说续编》说："咏高山积雪，若从正面着笔，不过言山之高，雪之色，及空翠与皓素相映发耳。此诗从侧面着想，言遥望雪后南山，如开霁色，而长安万户，便觉生寒，则终南之高寒可想。用流水对句，弥见诗心灵活。且以霁色为喻，确是积雪，而非飞雪，取譬殊工。"分析最为恰当。

游终南山

孟郊

南山塞天地，日月石上生。
高峰夜留景，深谷昼未明。
山中人自正，路险心亦平。
长风驱松柏，声拂万壑清。
到此悔读书，朝朝近浮名。

古代雍州（秦川）与梁州（汉中）之间，横亘着一条巍峨雄峻的山脉——秦岭，它是中国南北地理气候的分界线。山脉中段的主峰就是著名的终南山。《诗经·小雅·斯干》名句"秩秩斯干，幽幽南山。如竹苞矣，如松茂矣"，最早描绘了它涧水清流、山谷幽深、绿竹苍翠、松柏繁茂的景象。由于它东起蓝田，西到盩厔，绵延二百余里，雄峙于古城长安之南，因而成为长安高大坚实的温馨依托、雄伟壮丽的天然屏障，素有"仙都""洞天之冠"和"天下第一福地"的美称。据说李白初入长安在金銮殿上赋诗，向玄宗祝寿时说"小臣拜献南山寿，陛下万古垂鸿名"，因而人们常用"寿比南山"来祝福。由于这里距离长安很近，许多达官贵人喜欢在终南山修建别墅，在奇山秀水中诗酒风流，盘桓逍遥于松竹云海之间，玩赏明月，笑傲烟霞。像初唐显贵韦嗣立就在鹦鹉谷建有别墅，人送雅号"逍遥公"；又如盛唐大诗人王维在蓝田辋川得到宋之问留下的别业，退朝归来，常常焚香独坐，参禅礼佛，过着"亦官亦隐"的清静闲适生活，都是典型的例子。因而终南山又成为长安隐逸文化的栖息地。而唐代读书人中举之前也喜欢来到终南山隐居读书，积累声名，然后接受朝廷征召入仕，遂又有"终南捷径"之说。

唐人歌咏南山的诗歌非常丰富，孟郊《游终南山》就是其中之一。他于贞元八年至十二年之间，三次来到长安应举，此诗当作于此时。孟郊对于长安来说，只是一个匆匆过客，却给气象恢弘的长安文化，留下抓铁有痕的深深印记——风味独特怪异的诗歌。

这首诗写他游终南山的见闻与感受，在唐代众多的南山诗中格调超异，它不重游踪的交代，也不是概貌的勾勒，而重在对景物境象的内心体验，与王维《终南山》以画入诗、追求对称均衡之美异趣。首先写在山中感受到的总体印象：终南山巍峨雄峻，怪石嶙峋，塞满天地，仿佛日月都是从石丛中升起。接着以高山深谷的特异景观来印证终南山的高大雄奇。然后由景入理，取其象征意义，也自示心迹。再转入苍茫阔大，描写终南山长风出谷，万壑涛声的清峻壮阔意境。最后写自己为山景山境所陶染，借游山兴感，悔悟自己不该读书求虚名，应该归隐这深山灵境。

孟郊抓住终南山的一些突出特征，如"高峰夜留景，深谷昼未明"，写山峰高耸入云，已经入夜了，顶峰还留着夕阳的余辉；山谷深邃，即使白昼也还是昏暗不明。实际上同时也写了"高峰昼愈明，深谷夜更昏"的情况。又如"山中人自正，路险心亦平"，山与人并举，山不偏不倚，立于晴天之表，是正人君子的象征，人向山看齐，自然也厚重中正，刚毅肃穆；而路险狭窄，崎岖难行，给人带来的本来应是恐惧，然人因无所欲求，心境反而平静祥和。还有"南山塞天地，日月石上生"，"塞"字写出了终南山千峰丛簇仿佛充满天地之间的景象，包围厚重无掉转余地，给人以窒息之感，而日月则好像是从嶙峋怪石中生长升空。与张若虚"海上明月共潮生"那样的壮阔明丽和杜甫"四更山吐月"那样的清幽明媚相比，孟诗则显得棱角锋利，瘦硬刚劲。最后如"长风驱松柏，声拂万壑清"，前句以虚声入实景，长风无形因松柏俯仰而显示它的浩荡坚劲，山风的雄健豪迈在"驱"字中表现出奇伟的力量；

后句因涛声而悟虚境，松涛如海，汹涌澎湃，万壑轰鸣，奔腾天际，人沉浸在这万顷松涛之中，心境超然，感到一切红尘杂念都被淘洗干净，进入到一种辽阔渺远的清虚灵境。

如果我们比较三维《终南山》与孟郊《游终南山》，就会发现：王维诗追求诗画结合，追求对称均衡的自然美，特点是诗中有画。孟诗不追求诗中有画，而注重突出自己独特的心理体验，用语新奇瘦硬，富有力度感，缺乏色彩的描绘，也看不出时间过程，甚至将日夜写在一联里，多数句子无法入画，但诗人的主体性情却非常鲜明，可以说是"诗中有人"。

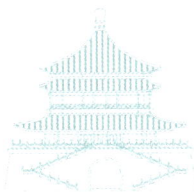

终南别业

王维

中岁颇好道，晚家南山陲。
兴来每独往，胜事空自知。
行到水穷处，坐看云起时。
偶然值林叟，谈笑无还期。

赏析

　　终南山幽深秀丽的沟壑溪涧，犹如大地宽阔温暖的怀抱，尽情容纳来这里隐居田园、悠游岁月、礼佛参禅的人们，形成与汉江名城襄阳相媲美的长安圈的隐逸文化氛围。盛唐文宗王维便是其中杰出的代表。大约开元末年，由于李林甫专权乱政，开元最后一位贤相张九龄被挤出朝廷，盛唐前期朝气蓬勃、开明清澈的政治氛围消散了，朝廷渐渐呈现出乌烟瘴气的昏暗窳败气象。王维虽然天资聪颖，也怀有儒家积极进取、建功立业的梦想，但个性懦弱，在大势已去、无力回天的情况下，他既不愿与之抗争，又不愿与其同流合污，于是采取和光同尘、不置可否的态度，在终南山的蓝田辋川购置初唐名臣诗人宋之问遗留下来的别墅之后，退朝归来，过着亦官亦隐、半官半隐的生活。这样既远离了人世凡俗的繁杂喧嚣，又避免遭受政治上的迫害，还能保持内心那一份任性逍遥、禅悦林泉的清静闲适。这就是"中岁颇好道，晚家南山陲"两句诗所描写的现实背景。

　　王维的"好道"，指隐居奉佛。大约从三十岁起，妻子去世后便不再续弦，随母亲崔氏夫人师事大照禅师，达三十年之久。王维退居辋川，既是人生归宿和思想皈依的必然选择，又是厌恶世俗并逃避现实泥淖的最佳途径，也是对自己晚景生活方式的一种绝妙构想。

　　王维的隐居最重一个"兴"字。"兴来每独往，胜事空自知。"这里"胜事"就是山林间四季韵味独绝的风物。山林的生活自在无比，兴致来临之际，每每独往山中信步闲游，那快意自适的感受只有自己才能心领神会。他曾在

肆

终南望

《山中与裴秀才迪书》中说：

> 近腊月下，景气和畅，故山殊可过。……北涉玄灞，清月映郭。夜登华子冈，辋水沦涟，与月上下。寒山远火，明灭林外。深巷寒犬，吠声如豹。村墟夜舂，复与疏钟相间。此时独坐，僮仆静默，多思曩昔，携手赋诗，步仄径，临清流也。当待春中，草木蔓发，春山可望，轻鲦出水，白鸥矫翼，露湿青皋，麦陇朝雊，斯之不远，傥能从我游乎？……

这就是王维眼中的终南山辋川山水胜境，与红尘俗世的污浊官场形成鲜明的对照。但是，在大多数的情况下，王维是独自享受山中的这些胜事美景的。"每"，表明"兴来独往"非常频繁，不是偶然为之。"独"指诗人兴致一来就等不及邀人同往，一个兴致满怀、陶醉山林、萧散洒脱的隐者形象便展现在读者面前。

王维所言的"胜事"，不只欣赏山间四季和朝暮变化的景物，更展现出一份通脱自在的野性情怀，那是久经世俗染缸污濯扭曲的人性回归生命的本真状态，就像禁锢樊笼的鸟儿回到久违的广袤森林，又像困居池塘的鱼儿回到辽阔的江河湖海。王维是"行到水穷处，坐看云起时"。在山间信步闲走，不设目标，也无须乎辨别方向，看见溪水潺湲，便缘溪而上，不知不觉中，已到了溪水尽头，似乎再无路可走，但仍兴致勃勃，索性坐下，观赏空阔无垠的蓝天上，白云变幻相互驰逐，一切都是那样的自然自在，山间流水、蓝天白云，无不引发诗人无尽的兴致，足见其悠游闲逸。与老杜晚年体味的"水流心不竞，意与云俱迟"有异曲同工之妙。但王维的诗中多了一份禅趣，

"行到水穷处"，体味到"应尽便须尽"的坦荡；"坐看云起时"，在体味最悠闲、最自在境界的同时，又能领略到灵虚妙境无穷的活泼！云，有形无迹，飘忽不定，变化无穷，给人以无心、自在和闲散的印象，陶潜说"云无心以出岫"（《归去来兮辞》），而在佛家眼里，云又象征"无常心""无住心"。因此，"坐看云起时"，还蕴藏着一种"应无所住而生其心"的禅机。这就是"空"，如果人能够去掉执着，像云般无心，就可以摆脱烦恼，得到解脱，获得自由，诗人在一坐、一看之际已经顿悟。再看这流水、白云，已是相互融化，达到了物我一体的境界。

王维诗歌的禅境，并非追求摒尽人寰凡尘的绝对空寂，他的悠游山林，也绝不是像庄子那样要超越人世作纯粹的精神遨游，他的诗歌往往在凡尘与圣境之间找到临界点，即他的诗歌既有佛陀世界空寂的禅悦，又有人世间纯淡隽永的韵味。所以，当他在山间偶然碰到了"林叟"，总会无拘无束地相与尽情谈笑，以致忘了时间，诗人淡逸的天性和超然物外的风采跃然纸上，与前面独赏山水时的洒脱自在浑然一体，使全诗形成了一个完整的意境。"偶然"二字，贯穿前后，却行迹全无，其实，"兴来独往""行到水穷""坐看云起"等，也是"无心的偶然"。因为处处"偶然"，更显现出心中的悠闲自在。"谈笑无还期"的自然，还暗藏哲理，诗人体悟到物我两忘、物我一体之境，从而忘记了那流逝无常的世俗世界，这是真正的"空"境。

虽然这首诗没有描绘终南山的具体的景物，而重在表现诗人隐居山间时悠闲自得的心境，但是，从整体上却展现出终南山深厚的文化底蕴。既是描写自然空静的山水胜境，又有天然真朴的隐逸生活图景。诗人如同不食人间烟火的世外高人，他不问世事，视山间为乐土。不刻意探幽寻胜，而能随时随处领略大自然的美妙。既体现出王维诗歌"绚烂之极归于平淡"的无穷魅力，也展现出终南山永恒的桃源仙境之美。

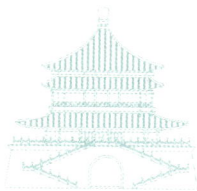

终南山

王维

太乙近天都，连山接海隅。
白云回望合，青霭入看无。
分野中峰变，阴晴众壑殊。
欲投人处宿，隔水问樵夫。

赏析

　　王维是盛唐时代全能的天才诗人，不仅擅长各体诗歌，又精通音乐与绘画，还精熟佛学，一生热衷隐逸于山林泉壤，喜欢徜徉于乡村田园。他被尊为盛唐的"一代文宗"，也成为长安文化渊深朴茂的杰出代表。他的诗歌不仅全方位展现大唐时代繁荣昌盛、蒸蒸日上的氛围，还描绘了终南山辋川境内幽静和乐、简朴淳厚的山水田园生活图景，成为大唐盛世永久的标记。如果说前一首诗是展现他的隐居之乐，那么这首诗则表现他的游山之趣。

　　雄峻巍峨、涧壑幽深、竹苞松茂的终南山，在王维的笔下，又是另一番迥异于孟郊所描绘的景象。王维不仅从总体上落笔，泼墨皴染终南山的恢弘气势，又处处以画家的眼光精细描摹终南山的云岚溪涧。

　　在王维的眼中，终南山有一种端坐雄踞天地之间、庄严肃穆的存在感，一方面她亲密地依偎在大唐皇城（天子之都）身边，另一方面她那雄伟的峰峦，又直逼上帝居住的天都，然后向东西自由伸展她庞大的身躯。从纵横两个方向描写终南山巍峨阔大、高耸绵延的雄姿，运用绘画中十字构图的技巧，以太一峰为主体，向东西延伸，画面清晰而简洁，尽管含有一定的想象与夸张，但还是让人感到一股墨气淋漓的雄浑苍莽气象。

　　既然是游山，就要进入山中登览，王维这样描述在山腰所见景象：回首脚下白云飘荡，前瞻密林青霭迷人，而走近一看，烟岚却不见踪影。这是相当真切的感受，同时也写出了终南山的高峻和幽深，既符合绘画的对称原则，又有鲜明的色彩，青、白搭配和谐贴切。诗人用"回望"

与"入看"提示游览的线索，却将主体隐藏起来，只见白云飘飘、青霭迷人、满纸云烟的景象，这是绘画中"横云断峰"法的应用。难怪北宋文豪苏轼在观赏王维《辋川烟雨图》之后说："观摩诘之画，画中有诗；味摩诘之诗，诗中有画。"

古人认为把握客观事物，既要"超以象外"，又要"得其环中"。正如苏轼对庐山的观感是"横看成岭侧成峰，远近高低各不同"。终南山更是如此。当王维登上太一峰之巅，四望空阔，万峰无不下伏，展现在他眼前的是无边辽阔的大地和深邃无垠的苍穹。如何表现这宇宙间的奇观呢？王维想到了涵融天地的一个词语——"分野"。指天上星宿与大地对应的区域，融合天文与地理，终南山南北为不同的区域，山南为"梁州（汉中）"，山北为"雍州（秦川）"，终南山的巨大身躯犹如一条地理区域和阴阳明暗的分界线，那些纵横的峰壑，向阳背阴各不相同，参差错落有致，很客观地描述了山顶俯视所见的景象，写出了山之高耸和景之壮观，可以感受到王维运用浓墨淡彩皴染和细笔勾勒的组合艺术。

登上顶峰，饱览河山秀色，精神上得到满足之后，自然就要下山了。王维通过问路投宿，暗写山谷幽邃，两个小小的人物在山脚下的溪涧，隔水问答，符合中国画画法"经营位置"的要求，将人物置于画面两边角落或中下部位置，有烘托山高水深之用，突出山谷溪涧的层深感，既符合真实情境，又有画理蕴藏其中。给人平淡幽深、宁静空灵的审美感受。

王维诗歌擅长运用中国画的散点透视原理，表现为流动的观照。德国美学家莱辛认为绘画、雕塑不宜于叙述（表现）动作过程，诗歌不宜于描写静物。山水诗是以山水为审美对象的，而山水千年不动存在于大自然的怀抱里，整体上是静态的，即使如水的奔流飞溅，形成于画面也是呈现静态。按照莱辛的观点，在基本属于静物的山水形象面前，诗歌是缺乏表现力的，而王维突破了莱辛理论的弱点，他巧妙地将静与动、时间与空间统一起来。王维运用与西方绘画以"一定时间""一定空间"的单向透视不同的散点透视方法，不限于一个立足点一个固定的视点来观察描绘物象，而是用假定的或流动的视点来表现更丰富或连续的内容，像在高空看盆一样。如敦煌壁画中辉煌的宫观楼阁，既可以观看全貌，也可以看到房间里的细部，唯远近高低的比例与西方的透视原则不合。当然，散点透视突破了单向透视的时间空间限制，形成了我们的民族特色，它可以有多种角度、多个立足点，对景物进行选择和构造，造成一种流动感。散点透视并不是王维的独创，但王维的诗里体现为一种圆润的流动观照，并不机械地交代观照角度，显得比前人高明。像《终南山》这首诗就是描写全景山水，是以流动观照摄取和组织起来的。诗人经历了一个由远眺而入山，穿白云、出青霭、登中峰、观众壑、寻宿处、问樵夫的时间过程。诗中不断展示自然景象的不同空间位置和风光景致（即不断把时间过程空间化），但把观照的角度全部隐蔽起来，不直接说出行走路线，所以只觉得一幅幅画面连续展现，并没有感到导游式的解说。这种直接展示境界变换而不加说明的方式，好像蒙太奇的镜头组接，王维的诗，连续发展的时间经历，通过散点透视、流动观照，蕴藏在空间转换过程中。这样诗与画就浑然不觉地结合起来了。

王维这种如淡墨轻烟般的如实细腻描绘，往往更富于绘画意味，在唐代诗歌史和艺术史上具有别人无法替代的艺术价值。

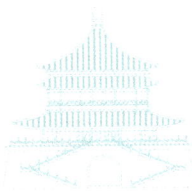

夏日樊川别业即事

无事称无才，柴门亦罕开。
脱巾吟永日，著屐步荒台。
风卷微尘上，霆将暴雨来。
终南云渐合，咫尺失崔嵬。

刘得仁

终南山的景色，变幻多端，美不胜收。祖咏在初春时节眺望北坡峰顶的积雪，感受到雨雪初霁后林表峰峦的秀丽和漫天铺展的嫩寒清气；孟郊游览终南山时，观赏到峰顶乱石堆积塞满天地而日月在石丛中升起的奇丽景象，欣赏到"长风驱松柏，声拂万壑清"那雄浑浩荡的松涛之声，感受到终南山阔大恢弘的气象；而王维则不仅在终南山的辋川胜境中"行到水穷处，坐看云起时"，体味终南山的空静禅悦，还欣赏终南山"分野中峰变，阴晴众壑殊"的壮阔景象。可以说他们从不同的角度展现出终南山的不同季节之美和文化意蕴。然而，夏季狂风暴雨中的终南山又是怎样的一番景象呢？刘得仁的《夏日樊川别业即事》为我们一展巍峨雄峻的终南山在暴雨中的风采。

刘得仁，字号及生卒年都不详，大约生活在中唐后期到晚唐前期。相传他出身于高贵的血统，是大唐某位公主之子，但他的命运却很不幸。虽然他颇有才华，在长庆年间（821—824）就颇有诗名，那时大约三十几岁，奇怪的是他的几个兄弟都因为皇家贵戚身份的关系而置身通显，唯独他出入举场三十年，竟一无所成，大约唐文宗开成（836—840）前后去世，享年五十岁左右。今《全唐诗》仅存诗一卷。

这首诗是描写夏天在自家的樊川别墅所见的景象。樊川，是西安城南少陵原与神禾原之间的一片平川。汉高祖刘邦立国后封赏功臣，曾将这条川道封给武将樊哙作为他的食邑，樊川由此得名。大唐时期的樊川不仅是长安城南郊著名风景区，有著名的樊哙花园，还有众多寺院，名居荟萃。它西北起于韦曲镇塔坡，东南止于终南山北麓王莽乡的江村，这里一马平川，潏河纵贯其中，土肥水美，交通方便，物产富饶，达官贵人喜欢在此建筑别墅，也引来诸如杜甫、杜牧等著名诗人在此长期居住或盘桓流连。其间文物古迹丰富多姿，是长安文化又一闪光的名片。

刘得仁家有别业在樊川，说明他祖上是显赫的贵族。大约由于安史之乱后，家道中落，到得仁这一辈的时候，已经今非昔比了。曾经华丽精美的大门已经破败圮毁，只好以简陋的"柴门"替代。柴门，是用树枝编扎的木门，一般为贫困农夫或隐居者所用。即使如此简陋的柴门，还是常常处于关闭状态，因为很少有人前来拜访，可见其家境贫困窘迫之状。刘得仁自嘲地说这是由于自己没有才能，所以与无所事事非常相称，言外之意便是功名难就一事无成的万般辛酸。想想他数十年困于科举，确实令人感叹唏嘘。但是，儒家君子固穷、安贫乐道的观念，又激励他永不放弃心中的梦想，他要学习颜回虽处穷巷陋室，箪瓢屡空，却曲肱而枕之那样的自得其乐，所以，他依然每天脱掉读书人扎起头发的巾布条，像屈原一样披头散发，整天咏诵经书，或穿着木屐在残垣断壁的亭台楼阁、荒坟古墓之间吟诗作赋，永不放弃自己心中宏伟的梦想，体现出中晚唐时代士人的一种不屈不挠的精神，应该说这种精神也是大唐长安文化深厚积淀的一种表现。

刘得仁正在沉醉于吟诵的时候，眼前的一幕景象，让他非常惊奇：突然之间，狂风大作，飞沙走石，地上的灰尘被卷到高空，天空中堆积着层层叠叠的乌云，四周顿时昏暗下来。啊，原来夏季的暴雨要降临了！紧接着，从天边传来滚滚的雷声，震荡山谷，这雷声仿佛就是进军的号令，倾盆大雨遮天盖地扑面而来，整个终南山的峰峦溪涧都笼罩在密密的雨帘之中，远远望去，只见从终南山腰升起的乌云很快就会合在一起了，眼前那雄峻巍峨的山峰顿时就消失在云雾之中。天地之间一片苍茫，四周只有狂风呼啸、暴雨倾盆的轰鸣声，这是何等壮观的景象啊！刘得仁将即目所见的景象通过朴实写真的诗句表现出来，与"雨急山溪涨，云迷岭树低"（戴叔伦《宿灵岩寺》）、"暴雨逐惊雷，从风忽骤来"（薛逢《大水》）、"涧底松摇千尺雨，庭中竹撼一窗秋"（杜荀鹤《夏日留题张山人林亭》）、"天外黑风吹海立，浙东飞雨过江来"（苏轼《有美堂暴雨》）、"风如拔山怒，雨如决河倾"（陆游《大风雨中作》）等描写暴雨的诗句相比，毫不逊色。

终南山暴风骤雨中神秘的姿容在刘得仁的诗中得到生动的表现。

登总持阁

岑参

高阁逼诸天，登临近日边。
晴开万井树，愁看五陵烟。
槛外低秦岭，窗中小渭川。
早知清净理，常愿奉金仙。

　　苏轼曾说："不识庐山真面目，只缘身在此山中。"确实道出了游览庐山的独特感受。不独庐山，终南山何尝不是如此呢。前面几首描写终南山景象的诗歌，尽管都写出了终南山的绝美景色，但大多是从宏观概貌上来写，无论祖咏的遥望、王维的俯视、孟郊的近观、刘得仁的亲历，都显得视角有点游移模糊，如果以某一个具体的建筑物为观察视点，终南山将又是一番怎样的景象呢？盛唐大诗人岑参的这首《登总持阁》为我们展现出终南山的另一种雄浑峻秀的姿态。

　　据查阅相关资料，这总持阁，在长安城永阳坊、和平坊西半部的大总持寺。显然与诗歌的内容不符。又考察隋唐时期佛教最繁盛之地在樊川，那里僧侣云集，有兴教寺、华严寺、兴国寺、牛头寺、云栖寺、禅经寺、洪福、观音寺"樊川八大寺"，而其中却没有"总持阁"。考察诗人岑参曾经隐居终南山翠微峰，笔者推测总持阁应该在终南山翠微峰之上。这是一个佛教的寺庙，应该建筑在巍峨险峻山峰的悬崖峭壁上，四周视野开阔，不仅可以遥望古城长安的全貌，还可以环视终南山的山谷溪涧。这里既是修行参禅的最佳之地，也是读书习业的理想处所。岑参当年隐居终南山，既有读书习业等待时机的目的，也有笃信佛教参悟禅理的意图。

　　岑参（715？—770），南阳人，太宗时功臣岑文本重孙，后徙居江陵。他早岁孤贫，从兄就读，遍览史籍。唐玄宗天宝三载（744）进士，初为率府兵曹参军。后两次从军边塞，先在安西节度使高仙芝幕府掌书记；天宝末年，封常清任安西北庭节度使时，为其幕府判官。代宗时，曾官嘉州刺史（今四川乐山），世称"岑嘉州"。大历五年（770）卒于成都。他是盛唐著名的边塞诗人，年轻时隐居终南山，也写出了很多优美的山水诗。这首诗就是代表作之一。

岑参个性好奇，作诗擅长夸饰与想象。此诗按照登临寺阁的顺序来写，遥望总持阁，觉得那高耸的塔尖要直逼佛教二十四诸天中最高一级的梵天，与王维所说的"太乙近天都"意思相近，夸张地说寺阁高耸云霄，但由于运用佛家的典故，故给人庄严肃穆之感。接着说人们缘梯登临而上，仿佛是在走近旭日升起的地方，颇有李白"半壁见海日"那种无比空阔的飘逸感。产生一种新鲜好奇的别样情怀，同时点明这是一个晴空万里、旭日东升的好天气，所以视野开阔，无尘埃云雾的阻挡。展现在眼前的是"晴开万井树，愁看五陵烟"的景象：人烟繁盛的长安城，皇城金碧辉煌的宫殿和千百家居民的房屋掩映于绿树丛中，而长安南郊的五陵原上的长陵、安陵、阳陵、茂陵、平陵等气势雄壮的皇帝陵寝则笼罩于一片朦胧的烟雾之中。面对如此壮观的景象，诗人为什么会有一丝淡淡的忧愁呢？因为时光流逝，即使像汉代那些功业勋绩卓著的皇帝，也都如过眼云烟，生前辉煌显赫，死后也只能长眠地下，生命似乎永远在时光的河流中迁转，真是"人事有代谢，往来成古今。江山留胜迹，我辈复登临"（孟浩然《与诸子登岘山》）啊，人生短暂，宇宙永恒，因而产生无限的惆怅。这种对生命的感叹，正是人们相信"一切皆空"的心理基础，也是人们崇信佛教的理由。站在寺阁的顶上，仿佛门槛都要高过巍峨的秦岭，而从窗户中眺望滔滔渭川，觉得它变成了一条细小狭窄的河流，这里的"低秦岭""小渭川"带有夸张的成分，但也有对比，拿这样的秦岭渭川来突出总持阁之高峻。令人想起孟浩然"户外一峰秀，阶前众壑深"和杜甫"会当凌绝顶，一览众山小"的诗句，展现出一种豪迈的气势和壮丽的景象。亲临此境，谁都会被佛门的清静空寂境界所陶染，都会参悟到佛理的精深和玄奥，甚至想从比永远侍奉佛祖的金像，皈依佛门了。当然，岑参在这里只是抒发一时的感慨，他并没有真正皈依佛教，没有实践王维那种焚香独坐、礼佛参禅的愿望，而是转向儒家积极进取、建功立业的仕途。但岑参的诗句很好地描写出总持阁的环境清雅和视野宏阔。

全诗颇有李白式的浪漫，也擅长李白式的夸张与想象。通过对比烘托，淋漓尽致地展现总持阁高峻雄伟的气势，突出其"空故纳万象"的胸襟气度，也体现出岑参诗歌"语奇体峻，意亦造奇"的艺术特色。

⊙ 明　仇英　《浔阳送别图》（局部）
　绢本，33.7 cm×400.7 cm，美国纳尔逊·艾金斯艺术博物馆藏。

伍

あ

ら

情

帝都长安，不仅孕育五彩缤纷的梦想，也催生激发出丰富复杂的情感，既有缠绵悱恻的情人之间的相思，也有思君恋阙、怀念故乡的情感，还有朋友之间送别的离情别绪。唐人重情重义，每一种感情的抒发，都显得真挚纯粹，千载之后读之，还令人动容。像白居易醉归盉屋，崔护题诗城南庄园，都是为了一份美好的爱情；而白居易写梨园弟子及勤政楼的老柳，则寄托着一份沧桑的感慨；王翰的凉州词则写出了戍边将士醉卧沙场时对长安的思念；岑参初次授官时对隐居草堂深怀眷恋；李白醉卧长安之后，即使身在江湖，依然心存魏阙，他登上金陵的凤凰台，遇赦东归在黄鹤楼闻笛，都会想起长安；杜甫身陷危城时，望月思家，潜行曲江时，悲悼乱后衰败苍凉，泪洒衣襟，即使漂寓夔州，依然深情追忆开天盛世；白居易贬官江州，溢亭望月之时，也心向长安；许浑登楼远眺，为"山雨欲来风满楼"的景象深深忧虑；还有唐昭宗的一曲《菩萨蛮》，描写"登楼遥望秦宫殿，茫茫只见双飞燕"的景象，抒发无可奈何、无力回天的哀叹等等，都是人生况味的真情坦露。"长安情"部分，选诗十六首。

长相思三首（其一）

李白

长相思，在长安。

络纬秋啼金井阑，微霜凄凄簟色寒。

孤灯不明思欲绝，卷帷望月空长叹。

美人如花隔云端。

上有青冥之高天，下有渌水之波澜。

天长路远魂飞苦，梦魂不到关山难。

长相思，摧心肝。

赏析

　　长安，除了孕育五彩缤纷的梦想，还承载着各种复杂的情感。既有功成名就的飞扬激越，也有理想破灭的悲惨绝望；既有朋友之间的相知相爱，也有客中送客的离别感伤。李白的这首《长相思》就是抒发情人之间阻隔之苦的代表作，表达了相爱的人不能相伴的苦痛衷肠。其中也许含着由于悬隔"君门九重"因而无法实现君臣际遇理想的深重情怀。

　　诗题"长相思"收入汉乐府《杂曲歌辞》。传统题材都歌咏男女离别相思之情，由于这首诗创作于天宝三载李白被"赐金还山"之后，所以还包含了深层的政治寓意。

　　这首诗的抒情视角是独特的，首句"长相思，在长安"，显然是站在长安之外的视角回顾，呈现追忆的形态，一个"在"字点明所思念的对象就在长安。由于心上人还在帝都，所以飘荡天涯的游子不管身在何处，其内心的情感永远牵系于长安。考察李白的人生经历，他在长安并没有家室也没有情人，这里思念的对象很虚泛，因而可能是一种象征。接下来四句是描写此刻的境遇与情状：尽管独居在华美精致的楼阁，在落叶飘零的金秋季节，秋风携带着微冷的霜花，带来清冽的寒意，水井旁边的玉石栏杆下，莎鸡纺织娘在台阶石缝里悲切地啼鸣，我孤独寂寞地躺在竹席上，也感觉阵阵浸透肌肤的寒凉，那被霜花包围的油灯更是昏暗不明，微弱的光芒既不能驱散冷意，更难以驱逐寂寞，因而只得展开思念的翅膀，一番徘徊彷徨之后，拉开窗帘望着遥远深邃的夜空，月光如流水，清辉遍地，四周都是琉璃一般的皎洁世界，但是心爱的人又在哪里呢？怅然若失之余，只能对天发出一声长叹。

接着写出"美人如花隔云端"这一惊人之句，既是对前面四句的一个总结，也是对下面描写的一个过渡，一个"隔"字将虚幻的境界拉回到现实的世界中，心上人像娇美的花朵一样被悬隔在虚无缥缈的云端，让人可望而不可即。这便是《诗经·蒹葭》的企慕情境再现，即使心上人变幻莫测，但我对她的追慕不会改变。于是，诗歌由对所处境界的展现，转到对自己心境情状的描述，这是一种类似于屈原"求女"式的热烈追求：诗人在浪漫的幻想中，仿佛梦魂飞扬在天地之间，奋力追寻心上人的踪迹，但上有迥远幽渺的高天，下有波澜动荡的渌水，还有重重关山的阻拦，尽管不懈追求，还是"两处茫茫皆不见"。真是天长路远，魂魄飞行得异常艰苦，连魂梦也难以逾越奇险的关山。可谓辞清意婉，绵邈深情。由于追求以失败告终，于是诗歌以沉重的悲叹作结："长相思，摧心肝。""长相思"三字回应篇首，而"摧心肝"则是"思欲绝"在情绪上进一步的发展，竟到了肝肠寸断的境地。首尾形成一个抒情的闭环，而相思——阻隔——追寻——失落的情感历程，又具有一股强劲的穿透力，尽管以悲剧结尾，而诗中却表现出一股倔强的坚韧与执着，诗情虽悲恸欲绝，但绝无萎靡落寞之态。

此诗形式匀称，"美人如花隔云端"这个独立句把全诗分为篇幅均衡的两部分，像一个纺锤的形式结构，与情感的闭合与穿透相结合，产生一种对称均衡的美感，韵律感极强。诗中反复抒写的情愫，表面上看只是纯粹的男女相思，并把这种相思苦情表现得淋漓尽致，但"美人如花隔云端"明显芟有比兴寄托意味。因为中国古典诗歌有以

"美人"喻君王或理想的传统，如《诗经·国风·卫风》说"云谁之思，西方美人"，《楚辞》中也说"恐美人之迟暮"，而"长安"这一特定地点更是一种政治符号的象征，表明此诗意旨是抒写诗人追求政治理想不能实现的苦闷。清人王夫之《唐诗评选》曰："题中偏不欲显，象外偏令有余。一以为风度，一以为淋漓。呜呼，观止矣。"指出李白诗歌含蓄蕴藉中展现出酣畅淋漓的美感。

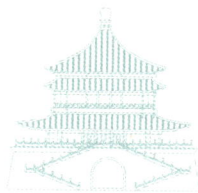

与史郎中钦听黄鹤楼上吹笛

李白

一为迁客去长沙，
西望长安不见家。
黄鹤楼中吹玉笛，
江城五月落梅花。

赏析

李白一生四海为家，他出生在西域，少长于江汉，中年就婚安陆，又移家南陵，忽奉召入京，赐金还山后，再婚梁宋，又寓居东鲁，后四处干谒漫游，晚年流落宣城并卒于当涂。实际上他没有一个真正固定的家，但是，由于在长安做过翰林供奉，也算是天子的近臣，是他最接近实现宏伟理想的一段经历，所以，他心灵上的"家"就在长安。即使流贬夜郎遇赦返回逗留江夏的时候，他思念家乡的诗歌中，长安也永远是不变的坐标。

这首《与史郎中钦听黄鹤楼上吹笛》题中的史钦，生平不详。李白在另一首《江夏使君叔席上赠史郎中》说"昔放三湘去，今还万死余"，应为同一人，可知这两首当作于同时。大概酒席上相识之后，史郎中同情李白的遭遇，并热情陪同李白游览黄鹤楼。黄鹤楼留给李白的记忆太多了，开元年间曾在这里目送故人孟浩然的孤帆远去；前往贬所途经郎官湖时，曾在这里"四座醉清光"；前不久又在这里巧遇故友韦冰，还有江夏太守韦良宰……每次游览黄鹤楼，李白都有"回首长安"的举动，因为那里寄寓着他的政治理想——"长安梦"。

前两句既不描写黄鹤楼，也不描写闻笛，而是追叙自己被贬以来很长一段时间的思想情感，他将自己喻为当年从长安贬往长沙的贾谊，暗寓才而见弃、忠而获罪的愤懑，而此刻虽然遇赦东归，但心绪茫然，怅惘失落，西望长安，云遮雾罩，哪里才是安顿我心灵的家园呢？显然，李白遇赦之后，心中依然残存着一个重返长安的幻梦。另外，长期流寓飘荡的人，思念家乡渴望亲情也是人的正常情感。这两句诗包含了复杂的情感和一段漫长的经历，成为全诗深厚的背景，也是作某种铺垫。

三、四句点题，说忽然听到黄鹤楼中有人在吹奏玉笛，正是那传统名曲——《梅花落》。这笛声如怨如诉，凄清而缠绵，嘹亮而婉转，自然成为游客关注的焦点，音乐的境界正好与诗人此刻的思乡情怀暗合，因而产生奇妙的联想：仿佛在清亮悠扬的玉笛声中，有缤纷如雪的梅花飘落在这五月初夏的江城！梅花在初春冰雪中盛开，冰清玉洁，热烈芬芳，但笼罩四周的却是凝寒难耐的氛围，李白将歌曲的名称倒置，让乐声幻化成可见可感的形象，是运用通感的艺术手法来表达情感。江城五月，正当初夏，自然没有梅花绽放，但由于《梅花落》笛曲吹得非常动听，使诗人眼前仿佛展现出梅花漫天飞舞的景象。梅花是寒冬开放的，景象虽美，却给人以凛然生寒的感觉，正是诗人劫后余生凄寒冷落心情的写照，也许还使诗人联想到邹衍下狱、六月飞霜的传说。诗人从笛声联想到梅花，由听觉诉诸视觉，通感交织，将热闹的景象与冷落的心境相互映衬，烘托出去国怀乡的悲苦情怀。清人沈德潜说："七言绝句以语近情遥、含吐不露为贵，只眼前景、口头语，而有弦外音，使人神远，太白有焉。"（《唐诗别裁》卷二十）以"语近情遥、含吐不露"评价这首绝句正合适，因为读者从"吹玉笛""落梅花"这些眼前景、口头语，听到了诗人内心深处的弦外之音。明人谢榛认为这首诗是用"堂上语"来表达一种"昂扬气象"，体现出李白潇洒不羁、个性豪迈的特点。

此外，这首诗艺术结构比较独特。诗写听笛之感，却没按闻笛生情的顺序写，而是先有情而后闻笛。前半部分抓住"西望"的典型动作加以描写，传神地表达出怀念帝都之情和"望"而"不见"的愁苦；后半部分点出闻笛，从笛声化出"江城五月落梅花"的壮阔景象，借景抒情，使前后情景相生，妙合无垠。尽管与《春夜洛城闻笛》都写思乡之情，但结构正好相反，后者先写笛声如何在夜晚暗自从某家楼阁飞出，然后伴随春风飘散在洛阳的每一个角落，突然一转，点明笛声正是伤离惜别的思乡曲——《折杨柳》，因而顺理成章地点出"何人不起故园情"，抒发了客中思乡的情怀。那时还是开元盛世，诗人的"故园情"虽强烈而悠长，但诗歌的情调并不低沉凄苦，反而带着一种潇洒飘逸的韵致和自然流畅的美感，与这首诗在深层包含着凄苦苍凉的意绪还是有区别的，毕竟安史之乱后，国家气象衰飒，自己也老境沧桑，虽然遇赦东归，但心态已经很难再回到从前了。

金乡送韦八之西京

客自长安来，还归长安去。

狂风吹我心，西挂咸阳树。

此情不可道，此别何时遇。

望望不见君，连山起烟雾。

李　白

赏析

　　李白被"赐金还山"之后，沿黄河东下，在梁宋再婚宗氏，不久即移家东鲁，可能住在沙丘，离鲁郡尧祠不远。在山东寓居的几年中，有很多送别诗，流露出"身在江湖，心存魏阙"的强烈情感，他一再宣称是由于奸佞当道，玄宗受到迷惑，才导致自己遭遇谗毁被迫离开朝廷，因此，只要遇到送人回京的场合，他都要表达返回长安的愿望。如《单父东楼秋夜送族弟沈之秦》中说"遥望长安日，不见长安人。长安宫阙九天上，此地曾经为近臣。一朝复一朝，发白心不改"；又如《鲁中送二从弟赴举之西京》中说"鲁客向西笑，君门若梦中。霜凋逐臣发，日忆明光宫"；再如《鲁郡尧祠送窦明府薄华还西京》中说"尔向西秦我东越，暂向瀛洲访金阙。蓝田太白若可期，为余扫洒石上月"。皆表达对玄宗的迷恋，对朝廷的衷心不变，既痛惜玄宗闭目塞听，不纳忠言，又希望他亲贤远佞，并期待朝政清明之日，自己能够再次返回京城。有时候，这样的情绪还非常激烈，像这首作于天宝五载的《金乡送韦八之西京》便是如此。

　　金乡即今山东金乡县。《元和郡县志·河南道·兖州》载："后汉于今兖州任城县西南七十五里置金乡县。"韦八，是李白的友人，生平不详，大约从长安来到金乡为官，任职期满又要返回长安，这样的际遇，对李白来说，具有强烈的刺激性，因为自己也是从长安来的，但却没有重返长安的机会，因而内心产生难以抑制的情感波涛。"狂风吹我心，西挂咸阳树。"多么惊人的想象与夸张！"狂风"一作"秋风"，也许送行的时候正遇秋风强劲、黄叶纷飞的景象，想象韦八即将返京的旅程，李白的内心汹涌着滚滚的波涛，强烈的进取心和对理想的追求，与现实的困境搅合在一起，一种欲有所作为却被迫一无作为的无助感与窘迫感，在这秋风中突然标举兴会，以致要随风吹到长安，高挂在咸阳（即长安）的树梢上，这是一颗鲜红的忠臣之心，是永不改变的忠诚之心，李白希望玄宗能看到、理解并接受这颗心，更希望朋友能将这颗心带到长安。在送别诗中，本应该多写行者的情况，李白在这里反客为主，以雄劲浪漫的笔调，借送行的契机，抒发自己的情怀，实际上是借他人的酒杯浇自己心中的块垒。这两句峭拔惊悚，想象奇特，形象鲜明，真是神来之笔，而且带有浪漫飘逸的想象，把思念长安的心情表现得神异、别致、新颖、奇特，表现出送别时澎湃的郁怒心潮。

接下来两句，语气转为舒缓，也许烈酒助兴之后，李白也陷入了沉思，只是叹了一口气说："唉，这样的心情难以言说——也不知我们何时能够再次相遇啊！"这两句句型相似，有反复的意味，而诗意则有转折，从自己遭遇的难言之隐，转向对未来相遇的不可预期，既表现了对朋友离别的难舍深情，又表现出对自己前途难测的忧伤。顺着这样的意绪，诗的结尾转入混茫的境界，说我望着你西去的身影渐渐变小慢慢消失，遮挡视线的连绵群山随即淹没在弥漫的烟雾之中！与"孤帆远影碧空尽，唯见长江天际流"同一机杼，同样深情，不同的是开元年间的那种飘逸浪漫、充满自信的无限神往之情，变成了今天百感苍茫、前途迷惘的痛苦感伤。

前人多欣赏此诗的"奇逸"，其实此诗除了三、四句之外，还是非常平实朴素的，清人刘熙载认为"平中见奇"，颇为恰当。

八月十五日夜湓亭望月

昔年八月十五夜，曲江池畔杏园边。
今年八月十五夜，湓浦沙头水馆前。
西北望乡何处是，东南见月几回圆。
昨风一吹无人会，今夜清光似往年。

白居易

长安——浔阳，白居易人生中两个重要驿站。

元和元年（806），年仅三十五岁的白居易在长安应制举成功，以第七名的成绩被任命为盩厔县尉。元和四年调选入朝任左拾遗，直到元和六年（811），这是他大量创作新乐府讽喻诗的黄金时期。因母丧守制，到元和九年才改任太子洗马，元和十年（815）因为宰相武元衡和裴度被刺，他首先上书要求捉拿刺客，竟被认为是越职言事，最终贬为江州司马。在江州浔阳，白居易开始反思人生，心态由此前的积极进取急转为明哲保身的消极闲适，即由"达则兼济天下"变为"穷则独善其身"。他开始了大量闲适诗的创作，这首《八月十五夜湓亭望月》就是其中比较有名的一首七律。

这首诗描写在"今年"与"昔年"的相同时间，"长安"与"浔阳"两地的不同空间，同样在中秋赏月时所产生的不同情绪，不同的生活画面与截然相反的心境共同构成一个跨越时空的抒情结构，抒发了由于人生际遇发生变化所带来的深沉感慨。

首联与颔联形成扇面对，即一、三句对仗，二、四句对仗，一、三句仅"今""昔"两字不同，相同的都是"八月十五夜"，突出强调这个举家团圆的中秋节日，由于"每逢佳节倍思亲"是中国人永恒不变的情感，因而时间里蕴涵着文化意义。二、四句是两组地名的排列，"曲江池畔杏园边"指长安，曲江池即秦代的宜春苑，汉唐时代被扩建为"花卉周环、烟水明媚"的皇家园林，也是长安士女的游览胜地，杏园是毗邻曲江的专门为新科进士举行游宴的处所。考察白居易曾在这里考中进士又制举登第，当然参加过杏园宴，而在任左拾遗及太子洗马的长达四年多的时间里，公务闲暇之时，中秋佳节之夜，在曲江池畔及杏园边游览赏月，应当是经常的事情。那时长安还是一片繁荣昌盛的中兴气象，诗人也满怀积极进取之心，手捧谏书，并以诗歌为媒介，为皇帝建言献策，甚至为了匡正朝廷缺失而直谏廷争。因而中秋之夜赏月，当然是兴味超然、情意绵长，望月思乡之中带着一种甜蜜的憧憬与眷恋。而今，"湓浦沙头水馆前"的荒凉落寞则与长安的繁华昌盛形成鲜明对比，湓水沙洲，地低潮湿，"黄芦苦竹绕宅生。其间且暮闻何物？杜鹃啼血猿哀鸣。春江花朝秋月夜，往往取酒还独倾"（《琵琶行》），孤独寂寞、自斟自酌地在水馆前赏月，面对浩渺烟水，仰视长空的一轮明月，绵绵的思乡之情中满含无可奈何的慨叹。颈联便点明这种情感，说遥望西北，关山万重，哪里是我的故乡呢？而怅望东南的天幕，只见一轮中秋圆月又升上了夜空，从元和十年到写作此诗的元和十三年，已经度过了四个秋天，欣赏过四次中秋之月了，长期滞留南国荒江的孤苦寂寞难以消解，且不说返回朝廷之愿成虚，而归家团聚之望亦绝，这是多么难耐的中秋之夜啊！尾联转入再度写景，将今昔联系在一起，说昨晚的秋风吹了一夜，我心里的孤寂有谁能够领会呢？今夜月光还是和去年一样无限凄凉啊！年复一年的孤独寂寞堆积起来，就会形成一种压迫性的令人窒息的氛围，加重了悲苦的程度。

这首诗沿续了《琵琶行》的凄凉基调。全诗通俗流畅，圆润婉转，以对比的手法，抒发了物是人非、今昔殊异的慨叹和长期谪居生活的苦闷。

凉州词二首

王翰

一

葡萄美酒夜光杯，欲饮琵琶马上催。
醉卧沙场君莫笑，古来征战几人回。

二

秦中花鸟已应阑，塞外风沙犹自寒。
夜听胡笳折杨柳，教人意气忆长安。

赏析

　　王翰（687？—726？），字子羽，晋阳（今太原）人，属并州豪族，发言立意，自比王侯。唐睿宗景云二年（711）卢逸榜进士，唐玄宗时曾任驾部员外郎，后贬道州司马，卒于途中。据《唐才子传》记载，他性格豪荡，喜纵酒游乐，"枥多名马，家蓄妓乐""日聚英杰，纵禽击鼓为欢"，还擅长歌词，并自歌自舞。其边塞诗多写沙场战士、玲珑女子及欢歌饮宴等，表达人生短暂的强烈感叹和及时行乐的旷达情怀。语言绮丽，音韵铿锵。《全唐诗》存诗一卷十四首。

　　这是两首著名的边塞诗。《凉州词》属唐代乐府"近代曲辞"，据《乐苑》记载，其曲调是西凉都督郭知运所进，成为唐代的流行曲，王翰的这两首歌词，典型地表达出这一曲调包蕴的边塞军旅生活内涵。

　　第一首展现边塞征战将士的宴饮场面。"葡萄美酒夜光杯"发唱惊挺，辞藻绚丽，以特写镜头展现出筵席的丰盛精美。据钱易《南部新书》载，这种以西域的马乳葡萄酿造的美酒，呈墨绿色，"芳香酷烈，味兼醍醐"，极其珍贵；而盛酒的杯子是"夜光杯"，这种酒杯用白玉精制而成，光可照夜，异常精致。这一句既能体现西域的风采，也能展现大唐的气度。如果与李贺描写鸿门宴的诗句"方花古础排九楹，刺豹淋血盛银罍"（银制的酒杯中盛满豹血一样的红酒）相比，则可见盛唐诗歌的富丽堂皇，与中唐时代的奇诡艰涩形成鲜明的对照。面对席上的美酒，自然引起欢饮的豪情，次句再来一个铺垫，引出"琵琶马上催"的音乐场面，让人想起岑参诗歌中描写"胡琴琵琶与羌笛"的燕乐场景，这里的"琵琶马上"是"马上琵琶"的倒置语，晋傅玄《琵琶赋》云："汉遣乌孙公主嫁昆弥，念其行道思慕，故使写人裁筝筑，为马上之乐。欲从方俗语，故名曰琵琶。"琵琶是从西域传入的俗乐器，流行于长安的宫廷豪门和市井的勾栏瓦肆，这种乐器因繁复快速的节奏和易于表演弹奏而普遍受到欢迎。这里的"催"并非催促出征的意思，因为沙场出征的军乐是用战鼓，这里的"催"只能解释为乐妓们弹起节奏欢快的琵琶曲以助酒兴。也许是"大弦嘈嘈如急雨，小弦切切如私语。嘈嘈切切错杂弹，大珠小珠落玉盘"（《琵琶行》）那样的演奏吧，尽管没有写饮酒的过程，但琵琶演奏助兴下，一定是一番豪饮！三、四句，以一个醉者的动作和语言，表达战士们的心声与豪情。"醉卧沙场"让人想到一幅广袤的沙漠里卧着一位手持酒杯、脸膛红紫、目光迷离的战士形象，犹如浮雕一般，带着那个时代独有的特色，他们偶尔饮酒一醉方休，看似及时行乐的颓废，其实是看透"古来征战几人回"结局的通脱豪迈，因为"秦时明月汉时关，万里长征人未还"，边塞征战几千年都是如此，埋骨黄沙或马革裹尸是战争的结局，关键在于明知有去无回，却依然坚毅前行，这就是所谓的盛唐气象，体现出一种慷慨激越、奔赴沙场、保家卫国的豪迈精神，也是一种崇高的爱国主义精神。表现出战士的胸襟气度，有一种男子汉大丈夫的情怀。

如果说，第一首表现战士钢肠烈火的豪情的话，那么第二首则写出了战士们内心深处的柔情蜜意。无情未必真豪杰！一个在战场上威猛搏杀、视死如归的战士，在思念家乡亲人的时候，则是另一副温柔旖旎的情状。战士们长年征战疆场，戍守边关，面对的是漫漫黄沙、凛凛风雪，经历的是血雨腥风、刀光剑影，在征战的间隙，在宁静的夜晚，也一定会勾起对故乡和亲人的思念，特别是在有乐曲演奏的触动下，这种感情会更加强烈。第二首诗前两句运用悬想的秦中（即长安）景象与眼前的塞外风景加以对比，遥想故乡此时应该是春事已经阑珊的初夏，盛开的百花已经凋零，新生的绿叶已经盖满枝头，百鸟的欢歌也趋于沉寂，因为新生的雏鸟已经羽毛丰满，在芳树丛林和蓝天白云里自由飞翔，由此前的繁花似锦变成了生机勃勃的景象；然而边塞仍然是一派萧条肃杀的氛围，整日大风凛冽、沙尘漫天，真是"春风不度玉门关"，草枯树秃，犹如还处在冷酷严寒的冬季。这两句是写实，也是铺垫。边塞的苦寒与家乡的甜美形成对照，已经包含了丰富的思念情怀了。尽管战士们不一定都是"秦中"人，但这里显然是以"秦中"指代帝京，也指代故乡，因为古人的家国是统一的概念，思念长安，也就是思念故乡。第三句以歌中听歌的写法，转换境界，说夜里静静地听着胡笳吹奏出《折杨柳》的曲调，胡笳是流行于塞北和西域的一种类似笛子的管乐器，其声苍凉凄切，《折杨柳》是乐府横吹曲，悲凉婉转，如泣如诉，既含有悲苦的伤春意绪，也包含离别的缠绵情思。乐曲触动了战士们心中最柔软的部分，但毕竟都是充满阳刚之气的战士，因此逼出最后一句："教人意气忆长安。""意气"一作"气尽"，不妥，与战士的形象不合。"意气"既指情意，也含有一种豪迈情怀，战士对故乡的美好回忆是充满一种自豪感的，因为自己戍守征战疆场，也是在尽保家卫国的义务，是一种慷慨赴国的英雄壮举，祖国和故乡的和平安定，都依赖于此。所以凄婉忧伤的思念中，其实满含一种英勇献身的豪迈之情。这才是战士的胸襟和气象。

这两首诗，前后相继，既有对边塞宴饮场面的描写，又有对战士形象和心理的刻画，立体浮雕式地反映边塞军旅生活，诗风苍凉悲壮，而格调并不低沉，既有醉卧疆场、视死如归的豪逸，也有情意绵绵的侠骨柔肠，体现出充满豪荡奋进也不乏温馨旖旎的盛唐气象。明代王世贞称为"无瑕之璧"，清代宋顾乐赞曰"气格俱胜，盛唐绝作"。确实堪当此评。

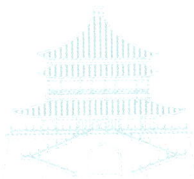

登金陵凤凰台

李白

凤凰台上凤凰游，凤去台空江自流。
吴宫花草埋幽径，晋代衣冠成古丘。
三山半落青天外，二水中分白鹭洲。
总为浮云能蔽日，长安不见使人愁。

六朝故都金陵，既有虎踞龙盘的形胜之地，又有天堑长江的自然屏障，所以在偏安一隅的年代，这里曾经是烟花繁盛之处，雕梁画栋，笙歌燕舞，脂粉飘香，芳泽横溢，文恬武嬉，逸荡风流，一派灯红酒绿、醉生梦死的氛围，统治者的骄奢淫逸必然导致朝政腐败、社会黑暗，因而朝代更替如走马灯一般变换着，所以六朝的兴亡，成为唐人诗歌感兴趣的话题，思考历史，其实也是对现实提供借鉴。"以史为鉴，可以知兴替"，与初唐时期的诗人们关注帝都长安及洛阳的兴衰不同，盛唐之后，大批诗人游宦或旅居金陵，因此，很多诗歌关注六朝兴亡，李白是较早涉及此类题材的重要诗人。他的《登金陵凤凰台》就是其中杰出的篇章。

凤凰台，据《江南通志》载："在江宁府城内之西南隅，犹有陂陀，尚可登览。宋元嘉十六年（439），有三鸟翔集山间，文彩五色，状如孔雀，音声谐和，众鸟群附，时人谓之凤凰。起台于山，谓之凤凰山，里曰凤凰里。""凤凰"在古代是盛世瑞丽祥和的象征，从文献考据中，可见历史上金陵的繁华昌盛景象。但"三百年间同晓梦，钟山何处有龙盘"？如今，江山依旧而六朝风流却烟消云散，不免让人感慨苍茫。

此诗作于天宝六载（747），李白南游金陵之时。他登上凤凰台，面对亘古不变的壮丽江山，却遥想六朝的文物风流，迸发思古之幽情，抒发对现实的感慨。首联气象宏大，有一种苍茫深邃的宇宙意识。这里曾经是凤凰飞舞栖息之处，这里曾经是一片烟花繁盛的景象，但凤凰飞走了，只剩下一座空荡荡的高台，在台上俯瞰金陵古都，历史的繁华已经消歇，只剩下波澜壮阔的长江依然在滚滚东流。短暂的人生、短命的朝代，在历史的长河中，在永恒的江山面前，都不过是过眼烟云，转瞬电灭。一个"空"字，一个"自"字，既显示历史时空的苍茫悠远，也表现出历史前进的脚步是何等坚毅，绝对不以人们的意志为转移，即使再繁荣的盛景或功业，再辉煌的人物，都会在时间之流中被吞噬销蚀。颔联用历史来印证这样的宇宙定律，不是吗？请看："吴宫花草埋幽径，晋代衣冠成古丘。""吴宫花草"指代六朝以来的烟花繁盛景象，"晋代衣冠"指代六朝的人物风流。从东吴建都金陵以来，到东晋南渡，再到宋齐梁陈的沧桑变化，尽管战乱频仍、硝烟弥漫，但在血雨腥风中重新崛起的新朝，都没有吸取历史的教训，依然歌舞繁华，奢靡相继，从高耸入云的壮丽宫殿，到锦绣缤纷的嘉树芳草，无不显示出一派纸醉金迷的颓靡气象。而以清谈玄虚、逍遥放逸为旨趣的公子王孙及风流文士，他们或纵酒豪乐，或放诞任性，或悠游山林，或笑傲烟霞，或清谈玄理，他们渴望超脱尘世，崇尚自然，追求精神上的逍遥自由，却对现实世界和民生疾苦缺少人文关怀。最终结局如何呢？请看吧，宫殿倾颓在残阳夕照中，断壁残垣长满青苔，而那些奇花异草都零落殆尽，消失在偏僻的小巷幽径，曾经煊赫鼎盛的家族，风流倜傥的人物，也都只剩下一抔抔黄土，留下一堆堆荒芜的丘墓，坟前杂乱丛生的荆棘野草在秋风中萧瑟地悲鸣摇曳。

凭吊古迹，遥思往昔，一股苍凉悲怆之气涌上心头，不免让人哽咽难语，而眼前的景象却可以给人以心灵的慰藉。颈联遂用五彩的画笔描绘眼前的壮丽河山：并峙耸立在大江南岸的三座山峰，若隐若现掩映于云雾之中，仿佛一半遗落在青天之外；而横贯江心的白鹭洲，将浩浩荡荡的长江分割成二水奔流的奇观。这种境界开阔色彩绚烂的景象，对患有泉石膏肓之疾的李白来说，既是激发诗情的触媒，也是慰藉灵魂的良药偏方。但是，让李白最难忍受的是云雾的遮掩笼罩，因为难以看清江山圣境的真容。所以尾联借景生情，展开更深一层的联想，说就是因为浮云遮蔽了太阳的光辉，让我不能西望长安而郁闷忧愁。明明是俯瞰金陵，却非要遥望长安，这里显然是隐喻和象征。"浮云蔽日"比喻谗臣当道，障蔽贤良，浮云，既是西望长安所见实景，又比喻皇帝身边拨弄是非、蒙蔽皇帝的奸邪小人；"日"则象喻皇帝，由于奸佞的蒙蔽，皇帝变得昏聩，国家将会遭遇重大危机。诗歌境界顿时升华到家国情怀的高度，离开长安之后，李白才能以冷静客观的态度重新审视长安那掩盖着深重危机的虚幻繁华，他是有宏伟抱负的诗人，也曾经是"天子的近臣"，建功立业与忧国忧民是支撑他精神世界的两极，身处江湖却心存魏阙，他虽不能处身于朝廷，但也决不能置身于世外。这就是真正的完全的李白！

这是李白的一首七律杰作。相传李白很欣赏崔颢《黄鹤楼》诗，想要一较高下，于是创作了《登金陵凤凰台》。《苕溪渔隐丛话》《唐诗纪事》都有类似记载。这虽属传闻，倒也符合李白的性格。两首诗工力悉敌，方回《瀛奎律髓》说："格律气势，未易甲乙。"在用韵上，二诗神韵超然，绝去斧凿；语言流畅自然，不事雕饰，浑融隽永。作为登临吊古之作，李诗似乎更胜一筹，把历史典故、眼前景物和诗人自己的感受融会在一起，不仅写游子的思乡之情，还抒发了忧国伤时的怀抱，意旨尤为深远。清代乾隆《唐宋诗醇》说："崔诗直举胸情，气体高浑，白诗寓目山河，别有怀抱，其言皆从心而发，即景而成，意象偶同，胜境各擅，论者不举其高情远意，而沾沾吹索于字句之间，固已蔽矣。"论述较为切当公允。

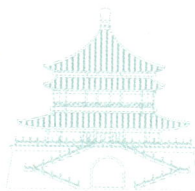

梨园弟子

白居易

白头垂泪话梨园，
五十年前雨露恩。
莫问华清今日事，
满山红叶锁宫门。

赏析

　　唐玄宗是大唐开元盛世的缔造者，不仅体貌丰伟，富于雄才大略，而且还酷爱法曲歌舞。他既精通音律，又能创作乐谱，还会演奏乐器，是当时顶尖的羯鼓高手。为了培养音乐人才，他从太常乐府中精心挑选了三百名年少乐人，安置在长安城内光化门北的梨园中，听政之闲暇亲临教导，组织排练规模宏大的《霓裳羽衣舞》等法曲。这些乐工被称作"皇帝梨园弟子"。后来，他又从宫女中精选擅长音乐歌舞者，让她们住在豪华的宜春北院，也称"梨园弟子"。还细分立部、坐部不同的门类，隶属专门的音乐机关"教坊"，实际上是专门为皇帝服务的皇家乐队，"梨园"与"教坊"遂成为大唐舞乐文化的代名词，也成为盛世的标志。遥想那个云蒸霞蔚、辉煌灿烂的年代，能成为皇帝的"梨园弟子"是多少人宏伟的梦想啊！

　　然而，统治者的奢华享乐都是建立在无数不幸者的悲剧之上，梨园弟子虽然过着锦衣玉食、歌恬舞嬉的生活，在世人眼里光彩照人、尊贵高雅、欢悦无限，但这些乐人自己又是怎样的感受呢？中唐时期伟大的现实主义诗人白居易的《梨园弟子》揭开了这些乐人的神秘面纱并写出了他们的悲剧命运。

　　前两句倒叙开篇，写一位白发苍苍的梨园老乐人，在度过了半个世纪的历史沧桑之后，泪流满面地回忆五十年前的梨园往事。"雨露恩"即皇帝的恩泽，这位老乐人认为能成为皇帝梨园弟子是一种莫大的荣耀，因为那时毕竟还是辉煌灿烂的盛世，不像眼前时世如此的衰飒颓败，她也是从历史的兴衰角度怀念盛世并感恩皇帝的恩泽。但她并没有认识到，正是那个所谓的盛世和所谓的遍施恩泽的皇帝毁了她的一生。当年，她们常在骊山华清宫里的长生殿或集灵台表演歌舞，只要能让皇帝和贵妃粲然一笑，就会得到丰厚的奖赏，但一场天荒地变的"安史之乱"毁灭了一切，皇帝和贵妃早已登遐升天了，他们一手缔造的盛世也随即灰飞烟灭，所以"莫问华清今日事，满山红叶锁宫门"，今日的华清宫早已衰败荒凉，深秋季节，漫山红叶灿若火焰幻若云霞，曾经煊赫喧阗的歌舞欢笑，被一把冷冰冰的铁锁锁进了历史烟云的深处，没有留下一丝一缕的痕迹，只剩下梨园老乐人一张充满褶皱的脸庞和永远流不尽的眼泪。白居易通过老梨园弟子的遭际与感受，既写出了时世的沧桑，也写出了她们的悲剧命运。梨园弟子原本也是宫人，是唐玄宗的采花使从各地挑选出来的，都是绝色佳人，她与《上阳白发人》中的那位宫女命运相似，这位上阳宫女，十六岁入宫，如今已经六十岁了，由于遭遇贵妃的"侧目"遥妒，便被打入冷宫，尽管她也"脸似芙蓉胸似玉"，但还未来得及见皇帝一面，就被"妒令潜配上阳宫，一生遂向空房宿"，这是一种怎样的际遇呢？"宿空房，秋夜长，夜长无寐天不明。耿耿残灯背壁影，萧萧暗雨打窗声。春日迟，日迟独坐天难暮。宫莺百啭愁厌闻，梁燕双栖老休妒。莺归燕去长悄然，春往秋来不记年。唯向深宫望明月，东西四五百回圆"。想想一个曾经也是父母面前娇姿百态的乖乖女，如今莫名其妙地就被关在深宫禁闭五十年之久！更可笑的是"今日宫中年最老，大家遥赐尚书号。小头鞵履窄衣裳，青黛点眉眉细长。外人不见见应笑，天宝末年时世妆"。唯一的爱好就是精心化妆，留下天宝末年的时代记忆。如果说《上阳白发人》

伍
长安情
239

是细致入微地刻画宫女被幽禁一生的悲剧命运的话，那么《梨园弟子》就是以浓缩的笔墨概述了一代乐人的典型遭际，也写出了时代的悲剧。白居易还有一首《江南遇天宝乐叟》的诗歌，描写的是男性老乐人流寓江南的遭遇，可以与此诗相互对照。原诗如下：

> 白头病叟泣且言，禄山未乱入梨园。能弹琵琶和法曲，多在华清随至尊。是时天下太平久，年年十月坐朝元。千官起居环珮合，万国会同车马奔。金钿照耀石瓮寺，兰麝熏煮温汤源。贵妃宛转侍君侧，体弱不胜珠翠繁。冬雪飘飘锦袍暖，春风荡漾霓裳翻。欢娱未足燕寇至，弓劲马肥胡语喧。豳土人迁避夷狄，鼎湖龙去哭轩辕。从此漂沦落南土，万人死尽一身存。秋风江上浪无限，暮雨舟中酒一尊。涸鱼久失风波势，枯草曾沾雨露恩。我自秦来君莫问，骊山渭水如荒村。新丰树老笼明月，长生殿暗锁春云。红叶纷纷盖欹瓦，绿苔重重封坏垣。唯有中官作宫使，每年寒食一开门。

诗中所写的也许就是《梨园弟子》中女乐人同样的遭遇，不同的是那位老叟逃难流落江南，而老女乐人，则依然孤寂地守在荒凉残破的宫殿里。

白居易的《梨园弟子》与元稹的《行宫》（"寥落古行宫，宫花寂寞红。白头宫女在，闲坐说玄宗"）可以相提并论，都是一代史诗，以悲悯的人道主义情怀，关注并同情一代乐人和宫人的命运，揭示被盛世繁华掩盖的真实的历史悲剧，虽然悲怆凄恻，却也可以让人们从多方面思考盛世，对今天更具有一定的借鉴劝诫意义。

题都城南庄

崔护

去年今日此门中，
人面桃花相映红。
人面不知何处去，
桃花依旧笑春风。

赏析

有时候，一次美丽的邂逅，将成为永远的记忆；而一次轻率的错过，则成为终生的憾恨。

唐诗中也记录着这样的故事。故事发生在大唐某年的春天，地点在长安城南的某个幽静灵秀的小村庄。这长安的地形是西北低而东南高，皇城位于地势低而宽阔的关中西北平原，而东南是与终南山衔接的塿塏高地，也是风景荟萃之处，幽深曲折的山谷溪涧，纵横的沟壑与高爽的原野错落有致，既是礼佛参禅的理想场地，也是登高览胜的最佳处所。这里古塔高耸，寺庙众多，森林蓊郁，流水潺湲，随处可见达官贵人的庄园别墅，田间山脚点缀着静谧闲适的农家村落。每年春天，这里碧草丰茂，鲜花盛开，香风阵阵，飞鸟成群，车马驰逐，游人如织。正是长安士女、公子王孙、游侠少年、新科进士们游赏踏青的时节。

其中，参加进士考试的士子，在杏花盛开的时候，无论高中与否，都会来城南踏青游春，或舒畅胸怀，或散发忧郁，或饮酒赋诗，或寻春觅艳。形成独特的长安城南浪漫飘逸的文化氛围。

据晚唐孟棨《本事诗·情感》记载，容貌英俊、才华出众的博陵青年崔护，因为应举落第，心情郁闷，便来城南游春散心。正值清明时节，他在都城南郊，遇到一个芳树环绕的庄园，房舍整洁优雅，园内桃花盛开，粉色如霞，四处飘荡着甜润的芬芳，仿佛静若无人。由于"日高人渴漫思茶"，崔护便上前叩门，过了一会儿，木门吱呀一声打开了半扇，闪现出一个绝色少女的面庞，炯炯的双眸，红润的香腮，浑身散发出一股青春的气息，让崔护遭遇闪电击中一般，呆立半响。女子瞧了瞧他，真是笑靥淑倩，顾盼生姿，那满树繁盛的桃花映衬着她的面庞，这场景这氛围足够迷醉崔护的整个身心，这不是天仙胜似天仙啊！女子善解人意，知道客人口渴，就端出茶水殷勤招待崔护。然后羞涩地靠着小桃树，神态妩媚，那闪烁的秋波，似乎对崔护充满了柔情蜜意。崔护想拉话引逗，她却默然不语，崔护只好起身告辞。她又含情脉脉相送，似有依依不舍之情。待她静静回到屋里，崔护还忍不住频频回首瞻顾，仿佛想多看一眼姑娘的芳容，或努力记住这仙人的住处，然后怅然而归。

此后一年，崔护在长安温习功课，潜心举业，没有再去见她。到了第二年清明时节，已经高中进士的崔护忽然想起她来，去年的芳菲倩影仿佛浮现在眼前，内心激起澎湃的思绪难以克制，于是直奔城南寻找那户人家。尽管庄园依然如故，但早已人去屋空，大门紧锁，那铁锁已锈迹斑斑。一种巨大的失落感将崔护包围，觉得永远错过了一份本该属于他的美丽纯真的爱情，美人玉碎香消还是远嫁他乡了呢？天地之间哪里还能寻觅她的芳踪呢？崔护环顾四周，只见芳菲翠树亭亭玉立，碧草芊绵柔润依依，灼灼桃花妖艳热烈；但闻蜜蜂嗡嗡嘤嘤喧闹，百鸟欢歌嘹亮婉转，溪水淙淙潺湲流淌。本来是一场美丽的邂逅，谁知竟成为终身遗憾的错过！期待、失落、追忆、悔恨、迷惘、怅然，百味杂陈，哽咽难言，终于形成一股难以抑制的诗情，他迅即提笔在一扇门上写道：

去年今日此门中，人面桃花相映红。

人面不知何处去，桃花依旧笑春风。

这也许是唐诗中最显豁明白的诗句，却表现出毫无做作、绝假纯真的情感，也写出了许多有类似经历者心灵的情感体验，能引起广泛的共鸣。"去年今日"看起来是相同的时间，其实人间已发生了沧桑的变化；两个"人面"的反复，形成虚实照应，前者真实美好，可惜早已错过，后者渺若飞烟，真的难寻踪迹；只有两重"桃花"在不变的季节铁律里，依旧芳菲鲜妍，笑对春风。这个"笑"字，既是桃花情状的写真，又含有微妙的嘲讽：嘲笑人间竟有如此痴情的男女，更嘲笑他们面对美好爱情时不善把握机遇的轻率！这世间很多遗憾本来可以避免，希望你不要在错误的时间出现在我的世界里。

这首诗虽然只有短短四句，却包含某种情节性，更富有传奇色彩的"本事"，甚至带有戏剧性，但它并不是一首叙事诗，而是一首抒情诗。后来很多好事者，虚构出女子不久因相思而亡，但面带笑容且尸体不腐，等到次年崔护临棺哭祭时，又死而复生，他们终成眷属。这样的"本事"不可能是真实的，但有助于诗歌的流传。其典型意义在于诠释了一种普遍性的人生体验：在偶然、不经意的情况下邂逅某种美好事物，而当自己再执意去追求时，却不可复得。能够让人在怅惘中咀嚼人生的况味，给人以多方面的启示。

初授官题高冠草堂

三十始一命，宦情多欲阑。
自怜无旧业，不敢耻微官。
涧水吞樵路，山花醉药栏。
只缘五斗米，辜负一渔竿。

岑参

赏析

岑参，江陵（今属湖北）人，出自"吾门三相"的显赫家族，高祖岑文本相太宗，伯祖岑长倩相高宗，伯父岑羲相睿宗。但在唐玄宗开元八年（720），其父岑植任晋州（今山西寿阳）刺史时不幸离世，家道从此衰落。他自幼从兄读书，遍读经史。二十岁时，随兄来到长安，献书求仕，没有成功。由于家境贫寒，在京城生活艰难，他便随兄长来到山明水秀的终南山高冠峪。此处石帽峰，恰似巨人头戴冠帽，山峰之间的高冠瀑布颇为壮观，因而购置薄田并建起了简陋的高冠草堂，耕读于此，希望通过科举应试，进入仕途。经过十年的艰辛努力，天宝三年（744），礼部侍郎达奚珣知贡举时，岑参终于以第二名高中进士，时年三十岁。但经吏部铨选后，仅授九品右内率府兵曹参军的微官，他非常失望，辞别经营十载的高冠草堂时，不禁感叹自己辜负了长期隐逸的闲适生活，违背初衷，于是写下这首《初授官题高冠草堂》诗，表达初授官职时的复杂心情。

岑参出身高门，自负经纶之才，又志向高远，渴望积极用世。但十年艰辛，仅获微官，所以没有满怀信心的高昂之情，反而有意兴阑珊的落魄之感，与十年后杜甫授这一官职时的心情非常相似。

前四句围绕"初授官"展开，以无限的辛酸口吻表达深沉的慨叹：到了三十岁的而立之年，终于得到最低一级的九品小官，既不屑又羞耻，简直连继续做官的意趣都快消磨殆尽了。唐人本充满自信，"自谓颇挺出，立登要路津"（杜甫）、"致君尧舜上，再使风俗淳"（杜甫）、"念昔始读书，志欲干王霸"（韩愈）等，都是豪气干云的宏伟理想，但经过十年的辛苦，最终只落得这样一个结果，心里那份不甘可以想见。但由于家境清寒，既没有可以继承的殷实家业，也没有朝廷的强力援助，还要维持最低的生活，又能怎么办呢？所以"不敢耻微官"，写出了心中的万般无奈与辛酸。

后四句围绕"高冠草堂"来展开描述。一方面在这里耕读十年，一花一木一山一水，无不熟稔亲切，真要离开它们，那真的难舍难分；另一方面，前途漫漫，宦海波涛汹涌，肯定再难以过上如此闲适幽静的隐居生活。时下正是初夏季节，暴雨过后，溪水涨满，连打樵的小路都被淹没了，经过雨水滋润，烂漫的山花如火如荼，明艳夺目，在围栏边似乎如痴如醉。"吞"字写出涨水的力度，一溪春水绿如翡翠，又到了垂钓的美好时光；"醉"字展现出山花的娇姿艳态，似乎在恣意施展魅力挽留诗人。不仅对仗工整，而且富于艺术感染力，与诗人即将离别的感伤形成对照，实际上也是两种生活情状的对照。隐与仕，出与去，是相互矛盾的两种生活方式，"既欢怀禄情，复协沧洲趣"是不可能实现的愿望。所以最后两句，诗人怀着无限的愧疚说，为了那"五斗米"的微薄俸禄，我只能辜负"青箬笠，绿蓑衣，斜风细雨不须归"的渔樵隐居生活了。这是运用陶渊明"不为五斗米折腰"的典故。岑参常用这个典故，如"看君五斗米，不谢万户侯"（《送许拾遗恩归江宁拜亲》）；"久别二室间，图他五斗米"（《峨眉东脚临江听猿怀二室旧庐》）；"五斗米留人，东溪忆垂钓"（《衡郡守还》）都是揭示诗人为了微薄的俸禄不得不舍弃闲适生活的矛盾心理。明人谭元春评曰"英雄诵之心酸"，可谓知言。

咸阳城西楼晚眺

许浑

一上高城万里愁，蒹葭杨柳似汀洲。
溪云初起日沉阁，山雨欲来风满楼。
鸟下绿芜秦苑夕，蝉鸣黄叶汉宫秋。
行人莫问当年事，故国东来渭水流。

赏析

　　许浑，丹阳（今属江苏）人，祖籍安陆（今属湖北），是武后朝宰相许圉师六世孙。文宗大和六年（832）进士及第，先后任当涂、太平县令，因病免官。宣宗大中三年（849）入朝任监察御史，因病乞归，后复出任润州司马，历虞部员外郎，转睦、郢二州刺史，晚年闲居故乡丁卯桥村，自编诗集《丁卯集》。

　　许浑与李商隐都卒于大中十二年（858），都是晚唐前期著名的诗人。此时的大唐王朝已处于风雨飘摇之中。朝廷之外，藩镇割据，争夺激烈；朝廷之内，宦官专权，政治窳败；社会矛盾尖锐复杂，农民起义一触即发。初次入朝为官的许浑，在一个秋天的傍晚，登上咸阳古城楼观赏风景，即兴写下这首七律名篇——《咸阳城西楼晚眺》。诗题一作《咸阳城东楼》，与诗意不合。

　　咸阳为秦都，古城位于长安西北，汉时称长安，隋时向东南移二十里建造新城，即唐都长安。唐咸阳古城隔渭水与新都长安遥遥相望。首联概写登楼远眺产生的"万里愁"，因为扑入眼帘的渭水河边的杨柳和芦苇，颇似故乡江南汀州的景象，顿时便涌起一股浓浓的思乡之情。此联境界阔大，"一上"与"万里"遥相承接，可见愁绪弥漫非常迅速，倒插入"蒹葭杨柳"的意象之后，遂包含一派"蒹葭苍苍，白露为霜"的凄清氛围，给全诗奠定了悲凉的基调。

　　颔联描写晚眺远景，寓意深远。登上城楼向南远眺，只见当年姜太公垂钓的磻溪之上，渐渐升起薄薄的雾气，而暮色苍茫之间，一轮红日已经从慈福寺的楼阁沉落西山；就在这楼阁夕照交叠辉映之际，蓦然间，浩荡的秋风从天边扑来，顿时整个咸阳西楼便灌满呼啸的风声，风为雨的先导，看来一场猛烈山雨马上就要到了。虽然这是对眼前自然景物的描摹，却暗含着对唐王朝日薄西山、危机四伏的颓败局势的象征，体现了晚唐人对整个时代气氛的感受，形象地揭示出诗人"万里愁"的真正原因。这一联中"初"与"欲"相互呼应，建构了一个富于艺术张力的包孕的空间，而"起"与"落"，"来"与"满"，都是写一个动态的时间过程，但连动式的组合，便产生迅捷奔进的效果，云起日沉，雨来风满，转换迅速，应接不暇。另外"风雨"意象还蕴含普泛性的象征意义，因而此联常常用来比喻重大事件发生前的紧张气氛，成为千古传诵的佳句。

颈联写晚眺近景，虚实结合。乌云密合，暴雨将至，鸟雀们惊慌飞鸣，仓皇逃入古老秦苑的遍地绿草丛中；秋蝉们则躲在昔日汉宫高高的黄叶树林里悲切地长鸣。这里"鸟下""蝉鸣""绿芜""黄叶"都是眼前实景，而荡然无存的"秦苑""汉宫"却只是一个虚幻的历史名称，因而给人提供神思遐想的空间：禁苑深宫，昔日辉煌煊赫，而今颓废荒凉，绿草丛生，黄叶满林；唯有鸟雀、秋蝉，不识兴亡，依然如故。历史的演进，王朝的更替，世事的沧桑，把诗人的愁怀从"万里"乡愁推向"千古"兴亡的感慨，以实景融合虚境，意境更为深邃。

尾联顿折婉曲，融情于景。诗人以劝诫行人也是自劝的口吻说，羁旅过客还是不要追询秦汉兴亡的往事吧，我来到故都咸阳，昔日的繁盛景象早已杳无踪影，连遗迹都荡然无存，只有滔滔渭水还在随着时间的脚步默默地向东流去。"莫问"二字，劝诫中令人思悟，从悲凉颓败的自然景物中体悟历史兴亡的教训；一个"流"字，以"逝川之叹"来表达淘尽历史繁华的无可奈何之情。渭水无语东流的景象，融合了诗人乡思的忧愁和怀古伤今的悲凉意绪，委婉含蓄，令人感伤。

许浑的七律工整流丽，声调和谐，格律谨严，圆润细腻，开合自然。这首诗就是典型代表，宋人周伯弼评曰："惨淡满目、晚書所处之会然也。"(《唐三体诗评》)《精选五七言律耐吟集》更赞曰："一片铿锵，如金铃千百齐鸣。"评价可谓极高。

醉中归盩厔

白居易

金光门外昆明路，
半醉腾腾信马回。
数日非关王事系，
牡丹花尽始归来。

赏析

　　元和元年（806）四月，白居易参加"才识兼茂明于体用科"的制举考试，以第七名中举，被授予盩厔（亦作"周至"）尉。次年，发生了一件白居易人生中的大事，因而有了这首《醉中归盩厔》诗。

　　盩厔，以"山曲曰盩，水曲曰厔"而得名，是唐京兆府属县，离长安百余里。这里山环水绕，风景秀丽，又是从京城通往西南的交通咽喉，有蔷薇涧、仙游寺等名胜。白居易在盩厔不仅完成了名作《长恨歌》，写出了"天长地久有时尽，此恨绵绵无绝期"的人间至爱，还收获了自己的甜蜜爱情。

　　要理解这首诗，关键是要了解白居易"醉"于何处？因何事而醉？

　　白居易贞元十五年（799）在宣城由宣歙观察使、宣州刺史崔衍贡举送往长安参加进士考试，就在此时认识京城名士杨汝士的弟弟杨虞卿，并结为好朋友。白居易进士中举后被授予校书郎的职衔，旅居京城长安，便成为杨汝士家的常客。杨家为望族，住在长安靖恭坊。据《两京城坊考·卷三》记载："杨汝士与其弟虞卿、汉公、鲁士同居，号靖恭杨家，为冠盖盛游。"白居易有时还醉宿杨家，如元和二年（807）所写的《宿杨家》就说："杨氏兄弟皆醉卧，披衣独起下高斋。夜深不语中庭立，月照藤花影上阶。"可见白居易与杨家的关系相当密切。杨汝士有一妹，正待字闺中，长得温柔贤淑、美丽端庄，白居易甚为爱慕，杨家也有下嫁之意。

　　了解这一背景之后，就可以欣赏这首诗了。首句点明离开长安的具体路线，从靖恭坊的杨府出来，穿过长安西面的金光门，沿着通往昆明池的官道一直向西南前进，就可以到达鳌屋。据《长安志·卷七》载：唐京城"西面三门，北曰开远门，中曰金光门，南曰延平门。"又《两京城防考·卷二》载："金光门，西出趋昆明池。"白居易作诗追求通俗易懂，连相关地点方位都作了细致交代。次句的"腾腾"本指雾气飞升情状，这里形容半醉时情绪飞扬激越的神态，一半因为酒力发作，一半大约因为即将成婚、攀附高门的春风得意。而"信马回"正是这种朦胧混沌、不能清醒控马状态的写照。白居易时年三十六岁，因为制举登第，前途远大，能与大家闺秀结婚，在当时应是相当满足的。这就是第三句中所说的"非关王事"的具体所指，在杨家盘桓数日，一直待到"牡丹花尽"才恋恋不舍回归官府。白居易在杨府的具体情状，在另一首诗《醉中留别杨六（汝士）兄弟》有描述："春初携手春深散，无日花间不醉狂。别后何人堪共醉？犹残十日好风光。"（题下注：三月二十日别。）这里的"十日好风光"当指牡丹花期。牡丹花一般春末夏初开放，白居易此诗显然作于仲春，可见其时牡丹花已经盛开。整日沉醉于花间，又有对爱情的憧憬，当然处于一种亢奋的精神状态。

婚姻是人生大事，对于新科进士更是如此，就婚高门，对自己的前途会产生重大影响。就像白居易的好友元稹那样，一旦制举登第，便立刻绝情地抛弃旧恋崔莺莺，迅速高攀上太子少保韦夏卿的千金小姐韦丛。其实，白居易此前也有一段刻骨铭心的初恋，这位姑娘可能是宣城的湘灵。据说，由于母亲的反对，白居易未能与湘灵结合，但心底永远怀念这位纯洁无瑕的湘灵。他在长安任校书郎时，曾有诗《冬至夜怀湘灵》："艳质无由见，寒衾不可亲。何堪最长夜，俱作独眠人。"可见与湘灵离别后，双方都是孤眠状态。又有《寄湘灵》："泪眼零寒冻不流，每经高处即回头。遥知别后西楼上，应凭栏干独自愁。"由秋到冬，还是眷恋不忘。到了次年秋天，更作《感秋寄远》："惆怅时节晚，两情千里同。离忧不散处，庭树正秋风。燕影动归翼，蕙香销故丛。佳期与芳岁，牢落两成空。"也许此时湘灵姑娘已经亡故，所以婚姻的佳期与青春岁月都变成了空幻的梦境。而白居易未能与她结婚的原因，是他母亲的阻拦，可能是由于湘灵出身低微，或出自家道中落的官宦之家。然而白居易并非元稹那样绝情之人，此后与杨氏婚姻一直保持到生命的最后。当然，他制举登第之后，就婚高门，也许有仕途的考虑，加上长安豪门有从新科进士中择婿的风尚，故虽未能因钟情而免俗，也不应受到非议。

勤政楼西老柳

白居易

半朽临风树，
多情立马人。
开元一株柳，
长庆二年春。

勤政楼，是唐代著名的楼阁，位于唐玄宗的龙兴之地，兴庆宫西南，始建于开元八年（720），元和十四年（819）重修。传说唐玄宗与兄弟非常友爱，为了与兄弟同享欢乐而建造此楼，两侧分别题有"勤政务本之楼"和"花萼相辉之楼"。楼前种植垂柳，各种花草交相辉映，此楼颇能代表唐玄宗开元前期励精图治的新气象。但是，随着玄宗后期宠幸杨贵妃，信任奸佞李林甫、杨国忠之流，他沉浸在温柔乡里，整日笙歌燕舞，渐渐不理朝政。此楼因而冷落荒废，"勤政"二字极具嘲讽意味。

安史之乱后，唐王朝进入衰世，先前蒸蒸日上的大唐气象消逝了，连那些曾经辉煌壮丽的宫殿也呈现出一种衰飒颓败、老气横秋的氛围。只有在那些历经时世沧桑的古树身上，仿佛还能追寻到一些历史的影像。长庆二年（822）正月，时任中书舍人的白居易上疏论河北用兵的策略，要求将兵权收归于将领，由于触动了宦官利益，皇帝不予采纳，此时宦官专权已成气候，朝廷朋党相争渐趋激烈，而两河地区再次陷入军阀混战状态，民生日益凋敝，于是白居易要求外任，不久即出为杭州刺史。他在上疏遭拒之后，曾徘徊在勤政楼西的一棵古树之前，写下这首满含沧桑之慨的小诗《勤政楼西老柳》。

前两句颇似大历十才子司空曙的名联"雨中黄叶树，灯下白头人"，那是写战乱幸存的贫士境况，居住在荒村陋室，穷困潦倒，满含悲哀与辛酸。白居易不是泛泛写树与人，而是具体写一棵经历过王朝盛衰的百年古树及经历过风雨挫折已经年过半百的老人。因而，诗句间包含了更加深沉的意绪。眼前的古树，虽然也是疮痕斑斑，呈现半枯朽烂之状，但依然在春风里长出柔嫩枝叶，迎风摇曳，依然残存着青春的光彩与活力，怎能不使我这位多情的立马人感慨万千呢！遥想当年东晋桓温在北征途中，看到昔日手植的柳树已粗达十围，曾感慨地说："木犹如此，人何以堪！"是啊，在时间面前，人生永远都是短暂的，年过半百的诗人看着眼前这棵百年老树，顿生同病相怜之情。尽管没有桓温亲手种植的那份亲切与珍爱，但这是一棵象征唐王朝兴衰的古树，它身上不仅镌刻着时间的年轮，更有时代的沧桑变化。

后两句，别出心裁，补出树的年龄和写作的具体时间："开元一株柳，长庆二年春。""开元""长庆"不仅仅作为一个年号来看，实际上代表了诗人对时代的深沉慨叹。"开元"确实开辟了欣欣向荣的新纪元，而"长庆"则是危机四伏的艰危状态，何"庆"之有？中唐人常常在诗中追念"开元盛世"，表达了对盛唐的向往与追慕、对现实难以挽回的衰败趋势的失望与悲伤。如果说，前两句是用白描的画笔塑形的话，那么后两句就是用纯粹的史笔抒慨，作为前两句的补笔，不仅补叙了柳树的年龄和诗人的岁数，更重要的是，把百年历史变迁、自然变化和人世沧桑隐含在内，堪称大手笔。它像题款出现在画卷的一端那样，既新颖别致，又具有春秋笔意，耐人咀嚼，含意隽永。清人刘熙载论白居易诗歌说："香山用常得奇。"这首诗就是一个例证。

忆昔二首

杜 甫

其一

忆昔先皇巡朔方，千乘万骑入咸阳。

阴山骄子汗血马，长驱东胡胡走藏。

邺城反覆不足怪，关中小儿坏纪纲。

张后不乐上为忙，至令今上犹拨乱，

劳身焦思补四方。

我昔近侍叨奉引，出兵整肃不可当。

为留猛士守未央，致使岐雍防西羌。

犬戎直来坐御床，百官跣足随天王。

愿见北地傅介子，老儒不用尚书郎。

其二

忆昔开元全盛日，小邑犹藏万家室。

稻米流脂粟米白，公私仓廪俱丰实。

九州道路无豺虎，远行不劳吉日出。

齐纨鲁缟车班班，男耕女桑不相失。

宫中圣人奏云门，天下朋友皆胶漆。

百馀年间未灾变，叔孙礼乐萧何律。

岂闻一绢直万钱，有田种谷今流血。

洛阳宫殿烧焚尽，宗庙新除狐兔穴。

伤心不忍问耆旧，复恐初从乱离说。

小臣鲁钝无所能，朝廷记识蒙禄秩。

周宣中兴望我皇，洒血江汉身衰疾。

赏析

　　宇文所安《追忆·导论》说："记忆的文学是追溯既往的文学，它目不转睛地凝视往事，尽力要扩展自身，填补围绕在残存碎片四周的空白。中国古典诗歌始终对往事这个更为广阔的世界敞开怀抱：这个世界为诗歌提供养料，作为报答，已经物故的过去像幽灵似的通过艺术回到眼前。"宇文所安先生的论述揭示了追忆文学的魅力，就在于艺术地再现已经消逝的往事。如果没有杜甫《忆昔》之类的诗歌，我们对"开元全盛日"的印象就会贫乏许多，比起史书的枯燥记载，诗歌的追忆要生动形象得多，因为记忆深处最珍贵的东西经过岁月的淘洗，已经过滤了生活的杂质，展现出来的都是值得回味的情境和情愫。"追忆"是个人独特的心理行为，当这种私人心理活动展现出巨大的历史概括性和普遍性时，将产生同样巨大的艺术感染力。我们看重的"史诗"，往往就是这些情境下创作出来的。杜甫的诗歌主要创作于安史之乱前后二十多年动荡颠簸的历史环境中，在当时就号称"诗史"，除了很多真实地记录当时历史事件的诗歌外，更多的还是追忆开元盛世与当下动乱相纠结的感慨苍茫的作品。这些诗篇里，杜甫追怀自己往昔的经历，追忆盛世繁荣的景象和浑厚的文化。杜诗的深邃就表现在这些浑涵汪茫的诗篇中，充满了对盛世人情物态的无尽缅怀。《忆昔二首》就是典型的代表。

　　这两首诗作于唐代宗广德二年（764）。广德元年，杜甫被朝廷召补为京兆功曹参军，因战乱未去赴任。次年春，寄居阆州，后入严武成都幕府，被表为工部员外郎。

他感慨今昔变化，借"忆昔"表示对现实的忧虑和哀叹。第一首追忆肃宗宠幸皇后张良娣，信任宦官李辅国，导致朝政腐败，祸乱不止，并讽喻代宗未能吸取教训，还是信任宦官程元振，致使长安再次沦陷。第二首追忆玄宗时代的开元盛世，为今不如昔、京城遭占领被破坏而感叹，并热切期待代宗能够恢复往日繁荣，中兴大唐王业。

　　第一首分两层。前九句感伤肃宗之失德。当时肃宗即位灵武，积极整顿军备，迅速收复长安，并率领回纥劲旅击败安庆绪，形势一派大好，但由于信任宦官李辅国，导致九节度使兵败邺城；更由于宠幸干预朝政的皇后张良娣，竟然为了讨好皇后而少问政事，所以中兴之业未能完成，以致当今代宗皇帝还必须劳神费力地拨乱反正，想方设法弥补缺失。其中"坏纲纪"揭露宦官专权、破坏法制的罪行；"后不乐"揭露皇后的骄纵放肆，"上为忙"则表现肃宗的畏缩惧内，有失皇帝的威严体统；"拨乱"指代宗借李辅国之手铲平张皇后的势力，重新恢复政治秩序，"补四方"则指代宗既能除掉李辅国，又能率兵经营河北。后八句感伤代宗不能振起。代宗初为元帅时，军令严肃，军容雄壮，军势锐不可当，但听信宦官程元振的谗言后，不辨忠奸，竟然剥夺大将郭子仪的兵权，让他留守京城，导致吐蕃入侵占领长安，而代宗不得不再次外逃，边境不守，吐蕃猖獗，吐蕃兵竟然直入皇宫登坐天子的御床，百官仓惶逃跑，甚至来不及穿上鞋袜。面对如此混乱不堪的形势，诗人多么希望能有傅介子这样的英雄豪杰挺身而出，一洗空前国耻啊，哪里还需要什么"尚书工部员外郎"的官职呢？"致使歧雍防西羌"写出长安不守后的严峻形势；"坐御床"则写出吐蕃兵攻占长安后的骄恣与猖狂，"百官跣足"表现出百官逃离京都的狼狈窘迫情状；"老儒"句，抒发诗人不能为国靖难的愧疚心情。

第二首也分两层。前十二句追思开元盛世。据历史记载："开元间承平日久，四郊无虞，居人满野，桑麻如织，鸡犬之音相闻。时开远门外西行，亘地万余里，路不拾遗，行者不赍粮，丁壮之人不识兵器。"当时国富民强，人口繁富，连一个小小县城都有万户家室，更遑论京都的百万之众；风调雨顺，五谷丰登，稻米晶莹柔润，粟米洁白如雪，公私仓廪溢满充盈；社会和谐稳定，四通八达的路途，既没有豺虎威胁，也没有强盗窥径，远行千里不持寸兵，更无须选择吉日良辰；商贾奔驰于道上，运输齐纨鲁缟的车辆，络绎不绝，到处呈现出一派忙碌繁荣的兴旺景象；而广袤的原野，宁静的乡村，男耕女织，各司其职，更是一派和睦安详、丰衣足食的景象；朝廷以礼乐治国，皇帝以孝道修身，政治清明，礼仪庄重，律法谨严，秩序井然；四海之内皆兄弟，人们之间感情深厚，如胶似漆。百余年间没有出现重大的灾难变故，真是旷古未见的盛世景象！这里是一段长长的铺叙，为下面的衰败作映衬。所谓盛极必衰，物极必反，故后十句悲伤离乱而渴盼兴复。安史之乱暴发，兵戈遍地，烟炎张天，宫殿摧颓，生灵涂炭，礼崩乐坏，民生凋敝，以致"一绢万钱"物价飞涨，再难见盛世"斗米只需十三文钱"的富足；田野已变成了流血的战场，再也回不到"仓廪丰实"的年代；东洛烧焚，西京狐兔，到处豺狼纵横，宫中再也无法奏响雍熙庄严的《云门》乐歌！这乱后景象，真令人伤怀，不忍直视。然而，诗人感谢朝廷还没有忘记他这个微贱愚鲁的小臣，依然赐给官职俸禄；唯愿吾皇能够早日实现中兴伟业，他在江汉之滨拖着衰病之躯颠沛流离，泪洒热土祈求上苍！

　　杜甫的这两首诗既用严谨的史笔描绘肃代之际真实的历史场景，批评的指向明确，还表现出自己既无力拯救乾坤又不愿置身事外的复杂情感。首先，揭示现实悲剧的原因客观真实，如第一首诗批评宦官专权、皇后干政，肃宗懦弱畏缩，好不容易收复长安，却无端丧失大好局面；批评代宗本可以光复帝业，却信任宦官，排斥忠良，导致京城再次陷落的悲剧。又如第二首诗所描写战乱后物价飞涨、民不聊生的景象，描写宫殿焚毁殆尽、田野流血哀鸣、到处狼吟虎啸、秩序混乱的景象，都是可以跟历史记载相互印证的史实，展现出一幅幅鲜明生动、立体感极强的历史画面。其次，杜甫面对严酷的历史现实，表达了丰富复杂的情感，一方面，他要揭露现实的病根；一方面他要表达对宦官群小的嘲讽，对强敌的仇恨，对英雄的尊敬；另一方面，还要眼含热泪祈望吾皇中兴，祈求上苍保佑国泰民安；再一方面，又表达自己虽然享受朝廷俸禄却无力靖乱不能为国捐躯的羞愧。真可谓心思浩茫，缠天绕地，表达了那个时代的良心！尤其，第二首中展现的"开元全盛日"景象，成为人们对大唐永远的记忆，具有无可替代的审美意蕴。诗人时常"窃比稷与契"，要做一个贤臣，"致君尧舜上，再使风俗淳"，理想远大，又具有民胞物与的精神境界，即使身处乱世、颠沛流离，仍泣血忧国，渴望中兴。这种深厚的儒家情怀，千载之下，仍然鼓舞人心，催人奋进。清人乔亿《杜诗义法》评曰："铺陈始终，气脉苍浑，文中之班（固）、史（司马迁）。"其实杜诗具有比史书更加恢弘广阔的雄壮浑厚气象。

月夜

杜甫

今夜鄜州月，闺中只独看。
遥怜小儿女，未解忆长安。
香雾云鬟湿，清辉玉臂寒。
何时倚虚幌，双照泪痕干。

赏析

唐玄宗天宝十五载（756）六月，安史叛军攻陷长安，杜甫携家逃难至鄜州羌村。八月，闻肃宗在灵武（今宁夏灵武）即位，只身奔赴行在，途中为叛军所获，押解至长安。此诗就是秋天月夜的怀妻之作。

首联写对月怀远，却不写自己身陷长安，想念家人，而是从鄜州月夜写起，遥想妻子在鄜州独自望月思念。"只""独"看似重复，实际上写出妻子孤独寂寞的处境，而长安看月的杜甫何尝不是如此？由于战乱的特殊环境，一家人分隔两地，彼此的牵挂忧虑自在不言之中。不写自己思念对方，而从对方牵挂自己写起，显得新颖别致。

颔联插入小儿女年幼天真，还不懂得忆念身陷围城的父亲，实际上侧笔补充前面的闺中"独看"，妻子的心思愁苦，儿女们茫然不解，可见妻子连个说话、解忧的人都没有。这就不仅表现诗人对儿女的无限怜惜，还加深了对妻子、家人的深沉忧虑。妻子带着懵懂的孩子，寄居异地，无依无靠，而自己身陷险境，欲挺身庇护，却无能为力。这便是战乱岁月中普遍存在的悲剧情景。

颈联描写意念中的妻子形象："香雾云鬟湿，清辉玉臂寒。"带有一股香艳气息，夜深人静，在清冷的月光之下，缥缈似乎散发出香气的薄雾打湿了妻子的云鬟秀发，那一双洁白如玉的手臂也带着寒意。鬟湿臂寒，说明时间之久，通过妻子独自看月的形象，进一步表现她"忆长安"的眷眷深情。同时，也表现出诗人对妻子的无限爱恋与珍惜。这虽然是诗人的想象之境，却语语如在目前，体现出诗人深厚的艺术腕力。

尾联展开对未来的想象，诉说自己的心愿。我们何时才能一家再团聚在一起，依偎在薄薄透明的帷帐里，在明月照耀下，双双拭去悲喜交集的泪痕呢？在那个烽火连天的艰难岁月中，相聚既是幸运更是福气，只有满怀对未来温馨的憧憬，才能冲淡此刻的悲凉氛围，同时，想象中的美好情景，也是对当下苦难心灵最好的慰藉。"何时倚虚幌，双照泪痕干"，写得情真意切，读来真挚感人。

此诗曲折动人，词旨婉切，章法绵密，以情动人，感人至深。

哀江头

杜甫

少陵野老吞声哭，春日潜行曲江曲。
江头宫殿锁千门，细柳新蒲为谁绿？
忆昔霓旌下南苑，苑中万物生颜色。
昭阳殿里第一人，同辇随君侍君侧。
辇前才人带弓箭，白马嚼啮黄金勒。
翻身向天仰射云，一笑正坠双飞翼。
明眸皓齿今何在？血污游魂归不得。
清渭东流剑阁深，去住彼此无消息。
人生有情泪沾臆，江水江花岂终极！
黄昏胡骑尘满城，欲往城南望城北。

　　这首诗作于唐肃宗至德二年（757）春。当时，杜甫身陷长安，曾偷偷沿曲江南行，面对一片荒芜凄凉的景象，抚今追昔，深刻体会到国破家亡的哀痛，故以"哀江头"为题。诗中以江头宫殿作为背景，追溯唐玄宗和杨贵妃昔日游幸曲江的欢娱盛况，旧地重来，在触动今昔盛衰的感慨时，也对导致沧桑巨变的原因作了深刻的思考，留下一份诗人面对安史之乱灾难的真实历史记录。

　　诗的开头四句，概写长安沦陷后的曲江景象和自己的心情。曲江原是秦代的宜春苑，汉代改名曲江。开元年间经过大规模的疏浚与扩建，遂成为长安士女的游览胜地。这里亭台楼阁，鳞次栉比，奇花异卉，争妍斗奇。一到春天，柳绿花红，炬水明媚；车水马龙，熙熙攘攘。其烟柳繁华、富贵风流的景象，成为盛唐的一个标志。安史之乱前，杜甫曾多次游赏曲江，目睹过曲江春天的烟花繁盛和豪门贵族骄奢淫逸的情景，而乱后重游，当年的繁华像梦一样都消失了。"少陵野老吞声哭，春日潜行曲江曲。"虽然同样是美好的春天，但时世却发生了天翻地覆的巨变，诗人欲哭但只能"吞声"，哽咽而不敢出声的情状，那是一种有泪只能往肚子里吞咽的哭泣；诗人想看看春景却只能"潜行"，像做贼一样偷偷行走，还只能走在曲江的角落里，这是一种怎样的令人窒息的恐怖氛围啊！更糟糕的是曲江此时游人稀少，似乎只有诗人这位孤独的游客，与当年游人如织的景象相比，真是天壤之别！"曲江曲"的后一个"曲"字，除了语言上的反复，还给人一种纤曲难伸、愁肠百结的感觉。这两句诗，既写出了曲江的萧条景

象和恐怖气氛，还写出了诗人忧思惶恐、压抑哀恸的心理
状态，为全诗奠定了基调。如果说前两句重在写所感，那
么接下两句便是写所见。"江头宫殿锁千门，细柳新蒲为
谁绿？"一个"锁"字给人冰冷沉重的感觉，说明人去楼
空，到处皆是一片无人的死寂，将往昔的繁华锁进了历史
烟尘的深处，把昔日的繁华与眼前的萧条巧妙进行对比，
信手拈来，极见匠心。"细柳新蒲"展现春天的美景，曲
江弯曲而宽阔的堤岸上，纤细的柳丝依然袅袅低垂；大片
繁茂的蒲草抽芽返青冒出柔嫩的新叶，在水中闪着油油的
绿光。但是，江山易主，这些草树们是为谁而绿呢？既以
乐景衬托无限凄凉的哀情，又引出下面对曲江昔日繁华的
追忆。

第二部分（从"忆昔霓旌下南苑"至"一笑正坠双
飞翼"），写往昔玄宗、贵妃游幸曲江的盛况。先总写帝
妃出游南苑，使苑中万物增辉添彩。南苑即曲江南面的芙
蓉苑，唐玄宗开元二十年（732），从大明宫筑复道夹城，
直抵曲江芙蓉苑，玄宗常携带后妃公主通过夹城去曲江游
赏。随御驾出游，阵势豪华奢侈，五彩缤纷的服饰和明
珠宝器映照得花木熠熠生辉。然后写杨贵妃同游情景，用
"第一人"强调她在宫中的地位，用"同辇""随君""侍
君侧"来渲染她备受玄宗的专宠，并用汉成帝与班婕妤的
典故，暗示玄宗疏远贤臣而宠幸嬖女，汉成帝想做的事，
玄宗真做了；班婕妤拒绝的事，贵妃正做得自鸣得意。说
明此时的玄宗已由"贤君"变成了"末主"，讽意深婉。
接下四句，通过写"才人"来烘托杨贵妃。"才人"是宫
中的女官，她们戎装侍卫，身骑黄金装饰嚼勒的白马，以
射猎表演来取悦帝妃。才人翻身仰射高空的云层，一对正

比翼双飞的鸟儿立刻坠落马前，这精湛的射技博得杨贵妃的粲然"一笑"。这是贵妃游园的高潮，也是一种乐极生悲的暗示，他们没有想到，这种放纵逸乐的生活，正是他们双飞折翼悲剧的前奏，由悲剧的制造者变成了悲剧的主人公，并引出对李杨悲剧和曲江今日情景的深沉慨叹。

最后八句是第三部分，写诗人在曲江边的感慨。前四句为一层，以"明眸皓齿今何在"设问承上，然后"血污游魂归不得"苍凉接住，写马嵬兵变，杨贵妃玉碎香消，埋魂荒野，而安史乱起，京城陷落，玄宗也不得不仓皇逃蜀，这对欲"世世为夫妇"比翼双飞的帝妃，最终"去住彼此无消息"，既无缘再见，更无法重游曲江了。这表面上看是玄宗与杨贵妃的婚姻悲剧，而实际上却是大唐由繁荣昌盛走向衰败动乱的时代悲剧。"明眸皓齿"照应"一笑"，补写杨贵妃的情态美艳，生动自然。"今何在"照应"为谁绿"，把"为谁"说得具体真切，极为沉痛。由芙蓉苑里仰射比翼鸟，到马嵬坡前生死两离分，将一曲千古悲歌写得惊心动魄。后四句为第二层，总括全篇，写对世事沧桑变化的感慨。前两句说，人是有感情的，触景伤怀，泪洒胸襟；大自然是无情的，它不以人的意志为转移，花自开谢，循环往复；渭水东流，永无尽期。这是以无情反衬有情，而更见情深。最后两句，用行为动作来体现诗人深沉的感慨和迷惘的思绪。"黄昏胡骑尘满城"，以写实的笔触将长安城的恐怖气氛推向顶点，照应开篇的"吞声哭"与"潜行"。黄昏来临，叛军的铁骑奔驰来往，尘土飞扬，笼罩了整个长安城。本来就忧愤交加的诗人，此时更加焦心如焚，他想回到长安城南的住处，却不由自主地频频北顾，寄托着诗人对恢复旧京、重整山河的殷切期盼。诗人这一仓皇四顾、心烦意乱的形象，正是那个特殊的历史时刻的一幅剪影，也浓缩了整个时代的悲伤。

　　这首诗，表现了杜甫心中深沉复杂的情感。一方面时代的灾难激发出强烈的爱国情怀，另一方面也对蒙难帝妃表达真挚的伤悼。这既是一曲大唐盛世的挽歌，也是一曲国势衰颓的悲歌。"哀"情笼罩全篇，通过曲江今昔映照时代兴亡，表现出对国破家亡的深哀巨痛，成为杜甫诗歌中沉郁顿挫风格的代表作，也成为长安历史的永恒记忆。

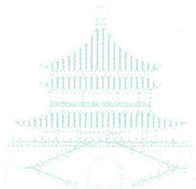

菩萨蛮

李晔

登楼遥望秦宫殿，茫茫只见双飞燕。
渭水一条流，千山与万丘。

远烟笼碧树，陌上行人去。
安得有英雄，迎归大内中。

赏析

李晔（867—904），懿宗李漼之子，名杰，后改名晔，封寿王，其兄僖宗李儇死后，即位为昭宗。在位十四年，工书好文，善词。唐末乾宁三年（896）六月，凤翔节度使李茂贞带兵入朝，威逼京师。昭宗命延王出使太原，请求李克用前来援救，反受其威胁凌辱，于是，宦官韩全诲劫持昭宗逃往凤翔。宣武节度使朱温带兵攻入凤翔，昭宗又被他控制，成为朱温手中的傀儡，被迫迁都到洛阳，途中曾驻跸华州，昭宗左右没有可依靠的亲信，更没有效忠他的军队，因而郁郁寡欢，经常登上华州城西的齐云楼遥望帝京长安，赋诗遣怀，此词就是这时所作，抒发了一种悲哀无助的伤感意绪，可以作为晚唐谢幕前的一首哀曲。

菩萨蛮，本为唐教坊曲名，后用为词牌，也用作曲牌。又名"子夜歌""花溪碧""晚云烘日"等。这是一首登临词，却完全没有盛唐时代李白同题之作的雄阔气象，词气显得哀婉衰飒。上阕四句，描写登楼所见的远景：登上高高的齐云楼，西望帝都长安，一片空阔无际的苍茫之间，只见燕子在成双成对地飞翔，飞翔的双燕正衬托自己的孤单无助，可谓"真羡燕子双飞去，唯叹身世自悠悠"；再看那滔滔渭水仿佛一条白线，在连绵起伏的千山万壑中，默默地向东奔流。下阕过片依然描写所见的近景：原野上升起烟雾，笼罩着葱茏碧绿的树林，乡野的田间小路上，点点行人，悠然地归去。这是一幅恬然温馨的田园生活图画，可惜我身为帝王却形似囚徒，连做一个躬耕自力的农人都不可得啊！最后两句，突然一转，期盼在这个荒唐混乱的时代，出现一个济世戡乱的英雄，剿灭逆贼，平息叛乱，迎接我重回长安的皇宫，继续我大唐王业。这个结尾，宋人邵博将其与唐太宗的诗句"昔乘匹马至，今驾六龙来"相比，说"其英伟、凄怨之气，何祖孙不同也"！（《邵氏闻见后录》卷十九）而明人沈际飞却说："昭宗失谋，再贻播越，天禄已去，民心已离，虽有英雄，又安用之！"（《草堂诗余别集》卷一）可见，从唐太宗英武盖世的豪迈气象到唐昭宗庸懦孱弱的凄怨悲切，大唐确实走到了尽头，到了日薄西山、气息奄奄的境地，即使出现了英雄豪杰，又能怎么样呢？同样呼唤英雄，昭宗此词远远没有汉高祖《大风歌》那样的气魄，因为此时寇盗充斥，烽烟四起，已从日落黄昏即将进入漫漫黑夜了，天地之间，只剩下凄楚悲怆的一声叹息。

这首词不事藻饰，以白描手法，真切地袒露出昭宗被逐出宫廷、行止华州时的悲苦情怀，从侧面反映了唐末动荡不安、大厦将倾的局势。全词一气呵成，怆怀国事，境界苍凉。一筹莫展的末代天子，在孤立无助中依然做着虚幻的美梦，令人叹惋。

伍
长安情
275

⊙唐　王维　《长江积雪图》(局部)
　绢本, 28.8 cm×449.3 cm, 美国火奴鲁鲁艺术博物馆藏。

长安
陆
客

唐都长安，就是唐代最大的逆旅。这里有沉醉避世、抑郁难伸的才士，有宦途蹭蹬、遇雨滞留的学子，有杏园花下、白首宴饮的归客，有独宿佛寺、享受清静的微官，有落第东归、情怀黯然的举子，更有闭锁深闺、追忆往昔的秦娥，还有遭遇贬谪、左迁离京的官吏。总之，奔走在长安大道上的都是"一回来，一回老"的匆匆过客。他们的情感、心境都与盛世繁华形成鲜明的对照，成为长安历史影像珍贵记录的一部分。"长安客"部分，共选诗十二首。

饮中八仙歌

杜甫

知章骑马似乘船，眼花落井水底眠。
汝阳三斗始朝天，道逢麹车口流涎，
恨不移封向酒泉。左相日兴费万钱，
饮如长鲸吸百川，衔杯乐圣称世贤。
宗之潇洒美少年，举觞白眼望青天，
皎如玉树临风前。苏晋长斋绣佛前，
醉中往往爱逃禅。李白一斗诗百篇，
长安市上酒家眠。天子呼来不上船，
自称臣是酒中仙。张旭三杯草圣传，
脱帽露顶王公前，挥毫落纸如云烟。
焦遂五斗方卓然，高谈雄辩惊四筵。

赏析

《饮中八仙歌》是杜甫天宝五载（746）初到长安时的一篇奇特作品。将当时号称"酒中八仙"的李白、贺知章、李琎、李适之、崔宗之、苏晋、张旭、焦遂以合传的方式压缩成一诗，以"饮酒"将他们松散地组合，用追叙的方式、精确的语言、人物速写的笔法，犹如八架屏风，构成一幅栩栩如生的群像图。

首先出场的"四明狂客"贺知章，是有名的道士，官至秘书监，他最早称李白为"天上谪仙人"，并解金龟换酒宴请李白，可见其性情豪爽；他曾经写出"碧玉妆成一树高，万条垂下绿丝绦。不知细叶谁裁出，二月春风似剪刀"的清新俊逸诗篇，表明他有杰出的诗才；而他旷诞嗜酒，醉酒后依然要骑马，坐在马上摇摇晃晃就像在乘船一样，他老眼昏花，一不小心竟坠入空井之中，谁知他干脆就坐在井底酣眠！

接着上场的是汝阳王李琎，他是唐玄宗长兄"让皇帝"李宪的长子，不仅相貌出众，还长了一副唐太宗那样的"虬须"，颇有尊贵的面相，这让他处于一种尴尬的地位。所以，为了不引起人们的猜忌怀疑，他便以酒自秽，即使朝见天子，也要痛饮沉醉之后才入朝；在道上遇到运送酒水的车子，一闻到酒香，就会垂涎三尺，还常常说，恨自己不能被移封到酒泉郡去，可以天天与酒为伴。

第三位亮相的是恒山王李承乾之孙李适之，他天宝元年（742）任左丞相，是颇有干练的吏才，但性格粗疏，喜欢宴饮，天宝五载（746）遭到李林甫排挤而罢相。据说他每天喝酒要花费万钱，酒量海大，喝起酒来就像鲸鱼吞吸百川一样，气势豪迈，还不停地说这是"乐圣"又是"避贤"。正如罢相后，他诗中所言："避贤初罢相，乐圣且衔杯。为问门前客，今朝几个来？"可见他虽罢相，仍豪饮如常。

第四位出场的是美少年崔宗之，他是吏部尚书崔日用之子，袭父封为齐国公，官至侍御史，生性洒脱，不拘小节。他喜欢举大杯饮酒，还学习阮籍作青白眼，常常用青眼仰望蓝天，一番海饮酣醉后，他那皎洁白皙的姿容，犹如玉树临风，摇曳秀美。

第五位是名士苏晋，他是开元进士，曾为户部、吏部侍郎。他虽跪在佛像前长期斋戒念佛，却又偷偷饮酒，不守戒律，总爱逃禅。

第六位登场的是中心人物诗仙李白，他不仅以豪饮出名，而且文思敏捷，酒助诗兴，若狂饮一斗，便能赋诗百篇，还常常喝醉了就躺在酒家酣睡；据说皇帝诏命他前去撰写新词，他沉醉如泥，不能行走，高力士只好扶他上船，他还不停地叨念说"臣是酒中之仙"。将李白塑造成这样一个桀骜不驯、豪放纵逸、傲视王侯的形象，这肖像，神采奕奕，形神兼备，焕发着美的理想光辉，正是千百年来人们心中最飘逸浪漫的诗仙。

第七位是草圣张旭，他是酒助书兴的书家，只要三杯落肚，就会在王公大人面前，脱帽露顶，一副狂放不羁的醉态；据说每当大醉，他常呼叫奔走，索笔挥洒，甚至以头发蘸墨而书，有如云烟飘落在纸上，醒后自视手迹，以为神异，不可复得。

最后出场的是布衣之士焦遂，他是杜甫的朋友，其酒量也大得惊人，虹吸五斗之后，才卓然兴起，神采焕发，他高谈阔论，滔滔雄辩，让酒筵上所有的客人都感到震惊。

这八个嗜酒如命的酒仙，堪称开元天宝最优秀的人物代表，他们各具才华，都有远大理想，有的出身高贵，有的为官干练，有的诗才横溢，有的擅长艺术，有的富于辩才，有的愤世嫉俗，有的借酒逃禅，但盛世并没有给他们提供施展怀抱合适的舞台和真正的机会，以致他们不得不在杯中乾坤里沉醉忘归，以酒自秽，被迫无所作为，这实际上也是一曲时代的悲剧。

此诗别具一格、独出心裁。李因笃评曰："无首无尾，章法突兀（奇）妙，叙述不涉议论，而八人身份自见，风雅中司马太史。"（清·乾隆《唐宋诗醇》）指出此诗具有史传色彩。明代王嗣奭也说："此创格，前无所因。描写八公都带仙气……如云在晴空，卷舒自如，亦诗中之仙也。"都指出体裁的独创性。此诗运用"柏梁台"体，句句押韵，一韵到底，章法独特，起笔不用铺垫，结尾不留余韵，中间并列分写，相互不用衔接照应，各自独立，而句数参差不齐，但首、尾、中腰各用两句，前后或三或四，变化中仍有条理。八仙之中，贺知章资格最老，放在第一位；其他按官爵，从王公宰相一直说到布衣；描写每人的醉态各有特点，纯用漫画素描笔法，展现他们的平生醉趣，充分表现他们嗜酒如命、放浪不羁的性格，再现盛唐时代文人士大夫乐观、放达的精神风貌。明人周珽说："翠盘之舞，龙律之跃，鹅笼之书生，取盒之红线，合而为八仙之歌。开天落地异品。"（周珽《唐诗选脉会通评林》）概括颇为恰当。

程千帆先生则认为此诗杜甫以一个醒的看八个醉的，

是杜甫早期诗作发展轨迹上一个值得注意的"清醒的现实主义的起点"（《一个醒的和八个醉的》）。真是一个颇具只眼的见解。

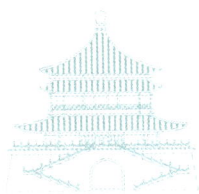

滞雨

李商隐

滞雨长安夜,
残灯独客愁。
故乡云水地,
归梦不宜秋。

赏析

　　长安四季都有优美宜人的景色：春暖花开，繁花似锦；夏季一片绿色，浓荫匝地；秋季天高气爽，落叶金黄；冬季雪花飞舞，银装素裹。应该说作为大唐的皇城，既有金碧辉煌的皇宫大殿，又有迷人诱人的佳人美景。而这正是吸引千千万万士子怀揣着雄心梦想奔走长安、游学求仕长安的原因。然而，因为各自的原因，也有很多仕途蹭蹬的人，落魄长安，过着凄凉窘迫的生活，因而对长安的景象产生别样的情怀。其中对长安春雨秋雨的感受最为突出，因而雨境对诗人的情绪与心境产生不同的影响。

　　像春雨，有韩愈欣赏的"天街小雨润如酥"那样的腻滑甜润，也有王维赞赏的"雨中春树万人家"那样的安闲富足。而秋雨给人们的感受则多为萧瑟苍凉，情怀落寞。秋雨霏霏、连月不开的日子本来就非常难熬，如果又遭逢"独在异乡为异客"的孤苦困境，那就更加令人难堪；如果再加上羁旅漂泊、沉沦不偶的境况，那么心境就会更加落寞凄凉。像中唐鬼才诗人李贺有一首诗《崇义里滞雨》就曾说："落莫谁家子，来感长安秋。壮年抱羁恨，梦泣生白头。瘦马秣败草，雨沫飘寒沟。南宫古帘暗，湿景传签筹。家山远千里，云脚天东头。忧眠枕剑匣，客帐梦封侯。"写自己在长安羁旅为雨所阻隔，连思乡都难以实现，只好头枕剑匣，做着虚幻的封侯美梦。李商隐是李贺的粉丝，非常佩服李贺惊天耀地的才华，又同情他不遇于世的遭遇，曾创作《李贺小传》虚构了一个上帝建造白玉楼征召李贺升天作序的新神话，表达对故乡这位不幸早逝的天才的无限同情与惋惜。因此在创作诗歌的时候，只要遇到李贺当年相似的境况，就会联想到李贺的诗歌，并加以模仿继承。这首《滞雨》就明显带有李贺诗歌的影子。李商隐何年何月滞留长安，遭遇绵绵秋雨的折磨，已经很难考证了，只能大致猜测是在他年轻时期在长安求取功名的时候。

李商隐此诗，意境与李贺相近，但采取五绝的形式，将李贺所写的具体内容全部隐去，不作细致刻画，而客中孤寂的况味、宦途失意的感慨，自然流淌在字里行间，显得浑融含蓄。因滞雨而独对孤灯，因孤独而漫生乡愁，因眼前云雨迷茫，而推想故乡此刻也是云烟苍茫，故归梦也不适宜了。意思是说，即使梦中回到故乡，也还是难以逃脱眼前一样无边秋雨的困扰，也还是处于苦痛之中，得不到来自故乡的一丝慰藉。连归梦都难以实现，可见李商隐当时的心境非常糟糕，大约由于仕途极其不顺，加上秋雨的欺凌，遂导致对自己前途毫无信心，令人感叹。清代纪昀说"运思甚曲，而出以自然，故为高调"，颇能道出此诗的艺术特点。

白居易

花枝缺处青楼开，
艳歌一曲酒一杯。
美人劝我急行乐，
自古朱颜不再来。
君不见外州客，
长安道，
一回来，
一回老。

赏析

　　长安，除了金碧辉煌的宫殿，花团锦簇的苑囿，繁荣兴旺的市井，川流不息的人群，还有历史悠久的文化，它既是政治文化中心，也是经济发达的国际都市。人们怀揣着五彩缤纷的梦想，奔走在宽阔的长安大道上，或游宦入京，或求学应举，或经商牟财，或赴边参军，从四面八方云集京师，或从京城流向四方。因而，长安，成为唐代最大的旅馆，每个人都是长安道上的匆匆过客，但每个人都有着关于作客长安的真切记忆。在乐府诗的"横吹曲"中，就有一首歌叫《长安道》。其主要内容大致描写长安建筑的壮丽和客子漂泊长安的感受，如南朝梁陈间宫体诗人徐陵的《长安道》就说："辇道乘双阙，豪雄被五都。横桥象天汉，法驾应坤图。韩康卖良药，董偃鬻明珠。喧喧拥车骑，非但执金吾。"也许他写这首诗时，还没有到过长安，只是想象长安宫阙壮丽、都市繁荣和人马喧阗的景象；而陈后主的《长安道》则进一步想象为："建章通未央，长乐属明光。大道移甲第，甲第玉为堂。游荡新丰里，戏马渭桥傍。当垆晚留客，夜夜苦红妆。"除了宫殿建筑、豪门甲第之外，还增加了酒店歌妓留客的诱人画面，说明长安还是一个游乐名都。进入唐代，长安的游乐风气兴盛起来，在韦应物《长安道》中就描写了高门甲第纸醉金迷的生活情状："归来甲第拱皇居，朱门峨峨临九衢。中有流苏合欢之宝帐，一百二十凤凰罗列含明珠。下有锦铺翠被之粲烂，博山吐香五云散。丽人绮阁情飘飖，头上鸳钗双翠翘。低鬟曳袖回春雪，聚黛一声愁碧霄。山珍海错弃藩篱，烹犊炰羔如折葵。"这大概是韦应物任宫廷侍卫时所见的开元盛世景象，可以说达到了这一题材中描写享乐的高点。此后，安史之乱毁灭了盛世，大唐在艰难挣扎中继续向前演进，依然是一派都市繁华、享乐奢靡的气氛，而历经沧桑之后的长安又是怎样的情景呢？白居易的《长安道》写出了一番别样的滋味。

白居易的这首乐府诗，可能作于长庆二年之前，已经将原有主题进行了简化，完全舍弃了关于长安宫殿或甲第高门的描写，而将目光定格在青楼这一场所。开头两句展现出青楼歌舞的场面：一片繁密花树的间隙，闪现出青楼高耸的飞檐，与孟浩然诗句"青山郭外斜"那样的淡远宁静、神韵超逸画面相比，显然这里是繁花盛开、芬芳四溢、热闹非凡的景象。走进青楼敞开的大门，迎接你的是一群飘飘若仙的歌女，桌上摆着斟满的美酒，台上表演着婉转的歌舞。一边听着艳歌，一边品着美酒，艳歌中流淌着柔情蜜意，让你意乱神迷；美酒则刺激助兴，麻醉你沸腾难耐的神经。在这样的温柔之乡，是陶醉还是沉沦？你也许会有一番挣扎，但宛如仙子的歌女飘过来了，美目流盼，巧笑勾魂，一股芬芳温馥的脂粉气息几乎把你的整个身心融化，美人似乎参透了人生奥秘，殷勤劝说客人须及时行乐，是啊，青春转瞬即逝，昔日朱颜今白发，活着还等什么呢？古人不是说"昼短苦夜长，何不秉烛游"么？在这大长安，宦海沉浮数十载，苦苦挣扎几十年，到头来不还是一场空吗？倒不如醉倒在美人的怀抱，享受温柔的慰抚，得到片刻的安宁啊！

最后，诗人以一个清醒者的理智告诫旅居长安的所有人说：外乡漂泊长安的旅客啊，长安大道是你永远也走不完的人生旅途，来一回，就会衰老一回啊！人们像流水一般，流过长安大道，而长安道依然如故。其实，何止长安道如此，世间所有的奔波或追求，不都如此吗？没有人能抵御时间流逝的力量，没有哪个事物能够经受住时间的淘洗。尽管诗歌的格调有点颓靡低沉，却也表达出漂泊长安者的那种孤独感，那种蹉跎岁月、徒唤奈何的失落感，这种衰飒的气象，就是中唐时代很多士子的真切感受，与那些志满气骄的成功者是完全不同的。及时行乐，沉入醉乡，正是那些有志难伸、一事无成者的必然选择，从某种意义上讲，这首诗写出了漂泊长安落魄者的悲剧命运，也是一种独特的时代标记。这首《长安道》以通俗平易的语言写出了这一题材最有特色的内涵，能引起人们广泛的共鸣。

这首诗无论意象还是情调，都接近词的风味，我们可以看到诗歌向词转化的痕迹。

送章彝下第

綦毋潜

长安渭桥路，行客别时心。
献赋温泉毕，无媒魏阙深。
黄莺啼就马，白日暗归林。
三十名未立，君还惜寸阴。

赏析

綦毋潜（692—755？），字孝通，虔州（今江西赣州）人，盛唐诗人。诗题中的章彝是他的好友。这首诗可能作于綦毋潜天宝后期在长安任著作郎之时。天宝后期，唐玄宗宠幸杨贵妃，常常驾幸骊山温泉宫，"骊山高处舞霓裳，都为平居厌未央"（金·高友邻《温泉》），就是描写这种现象，诗中"献赋温泉"也许就是到骊山向玄宗献文章。

唐代读书人为了谋求仕进之途，有应科举、制举及向皇帝献赋等多种方式，然而进士考试每年录取人数很少，落第就成为普遍现象；虽然唐玄宗重视文艺，但献赋得官也希望渺茫。即使像杜甫那样，在天宝六年向玄宗献三大礼赋，引起朝野轰动，得到玄宗"待制集贤院，命宰相试文章"的诏命，最终还是在李林甫等人的阻扰下，并未能获得成功。这首诗赠与的对象遭遇进士落第又献赋失败的双重打击，因此情怀更加悲痛。

首联运用偷春格的对仗，将"路"与"心"进行对比。"路"是渭桥路，立刻让人想起王维的《渭城曲》，这里是送别行人的地方，是充满离情别意的所在；而行客的"别时心"则肯定是百感交集的心情，既有离别朋友的难舍难分，又有落第的羞惭和痛苦，漫漫回乡的征途，多少失意与凄凉！而桥下的渭水，对这种司空见惯的离别，早已感到木然，依然还是默默地无语东流。

颔联交代落第的原因，尽管章彝向骊山温泉宫的皇帝献赋已经完毕，但由于没有强有力的援引，即使再好的文章，也难到达处于深宫的皇帝手中。这两句感慨深沉，从一个侧面表达出天宝后期皇帝的昏聩和奸佞把持朝政的黑暗，而这正是千千万万士人找不到出路的原因。诗中包含了愤懑与无奈。

颈联再回到眼前的景象，春天已经转暖了，黄莺在婉转啼鸣，似乎有亲近归马的意思，一个"就"字，表达出挽留行客的情谊，这是移情于鸟，鸟都如此，人更是难舍难分；由于心情压抑沉闷，即使是红日高照的明媚春天，在行客心头也似乎笼罩着一层凝重不散的阴云，一个"暗"字，就将行客黯然神伤的心态表露无遗。这一联用鲜明的反衬，渲染了别离的感伤氛围。

尾联忽然振起，以昂扬的情调勉励远行客，虽然你年已而立尚未有功名，但希望你不要气馁，要珍惜光阴，继续努力，明年还有希望啊！毕竟那时还是盛唐，尽管已经危机四伏，但表面上还是一派兴旺隆盛的景象，人们对前途依然充满信心，所以鼓励友人继续迎接挑战，这正是盛世情怀的表现。

綦毋潜与王维、储光羲、孟浩然、韦应物都是朋友，其诗清丽典雅，恬淡闲适，诗风接近王维。唐人殷璠说他"善写方外之情"（《河岳英灵集》），宋人计有功认为他的诗"举体清秀，萧萧跨俗"（《唐诗纪事》）。从这首送别诗来看，其诗也不缺乏雅人深致。

陆
长安客
293

渭城曲

王维

渭城朝雨浥轻尘，
客舍青青柳色新。
劝君更尽一杯酒，
西出阳关无故人。

　　清晨，霏霏细雨随着柔柔的春风轻轻飘洒，润湿了从京城长安通往渭城的官道，没有扬起的灰尘那呛人的味道，早春的空气给人清新爽润的感觉。并辔而行的两人，虽然已经走了几个小时，但还是谈兴很浓，舍不得分别。他们是谁呢？原来是大唐诗人王维专程远送好友元二，因为他刚刚接到朝廷诏命要出使安西都护府。

　　渭城，就是秦代古都咸阳，在渭河的北岸，离长安有四十里远。过了渭河大桥，就到了从长安通往西域的第一个驿站，行人将在此告别亲朋踏上征程，而送行者往往在这里举行饯别的宴会，并折柳送别。此刻，经过一夜春雨的润湿，渭城客舍的青砖黑瓦显得非常醒目，路边的柳树垂下千万条碧玉的丝绦，那浑身闪着新鲜嫩翠的绿色让人赏心悦目。每年春天花红柳碧之际，长安东南的灞桥和西北的渭城，天天都在上演人间离别的场面。

　　离别，是人生难以避免的遭际。古人说："黯然销魂者，唯别而已。"（江淹《别赋》）人世间到处充满了离别：男子长大成人，或负笈远游，或为宦异地，或从军边塞，或他乡漂泊；女子长大后，或被选入宫，或远嫁异域，或适配乡曲，或抛夫别子，都会与亲人分别，甚至还有人是一别永诀。此时此刻，远行者与留别者，都会产生依依惜别的情愫。而这种种带有各自原因和特殊条件的离别场景，都会带着各人独特的伤离恨别之情。王维此时大约在朝中任给事中的官职，送别远赴西域的朋友，虽然只是一次普通的送行，从大唐的形势看，整体上安西都护府所管辖的西域还是和平安宁的，加上大唐恢弘的国力，一直保持着对西域的控制，出使西域一般来说，除了经历茫茫沙漠戈壁的风沙之苦，不会有生命之虞。但长期共事结下了深厚的友谊，在离别之际自然也难舍难分。

他们选择一家旅店坐下，开始了饯别的宴会。酒席上，美酒已经斟满，离别的笙箫已经演奏，千言万语都在这一杯杯饱含深情的酒中。终于到了临近分别的时刻，王维举起酒杯真诚地说："请你满饮此杯吧，西出阳关就再也没有我这样的故人啦！"是啊，离开渭城，从河西走廊尽头的阳关，穿过北面的玉门关，迎接友人的将是一望无际的穷荒绝域。当时阳关以西风物与内地大不相同。朋友"西出阳关"，虽是壮举，却也要经历万里长途的跋涉，备尝独行穷荒的艰辛寂寞。因此，这临行之际的最后一杯美酒，就是浸透了深挚情谊的一杯浓郁的琼浆。这酒中，不仅有依依惜别的真情，而且饱含着对朋友处境、心情的深切关怀，也饱含着前路珍重的殷殷祝愿。而对王维来说，劝对方"更尽一杯酒"，不只是让朋友多带走一分情谊，而且是拖延分手的时间，好让对方再多留一刻。临别依依，万千话语，一时不知从何说起，这种场合，也只有饮酒才能表达此刻丰富复杂的感情。总之，这一经典的细节，不仅完美阐释了中国酒文化的魅力，还描写出刹那的沉默中包蕴的丰富情感，具有普遍性和概括性，概括了那种没有感伤只有深情的人们的情感状态。于是，从一个单独的离别场景，上升到人类情感的普遍性空间，具有永恒的意义。

如果与唐人其他描写离别的名句相比，像王勃的"海内存知己，天涯若比邻"，高适的"莫愁前路无知己，天下谁人不识君"，李白的"孤帆远影碧空尽，唯见长江天际流"，柳宗元的"零落残魂倍黯然，双垂别泪越江边"，杜牧的"蜡烛有心还惜别，替人垂泪到天明"，等等，那么王维的诗句显然带有更强的概括性和普适性。

这首诗描写一种最普泛性的离别，没有特殊的背景，却自有深挚的惜别之情，使它适合在绝大多数离筵别席演唱，后来被编入乐府，成为最流行、传唱最久的歌曲，称为"渭城曲"，或"阳关曲""阳关三叠"。从盛唐一直延续到晚唐，传唱了两百年。明代陆时雍《唐诗镜》赞誉其"语老情深，遂为千古绝调"。

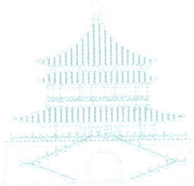

左迁至蓝关示侄孙湘

一封朝奏九重天，夕贬潮州路八千。
欲为圣明除弊事，肯将衰朽惜残年！
云横秦岭家何在？雪拥蓝关马不前。
知汝远来应有意，好收吾骨瘴江边。

韩愈

赏析

　　阅读韩愈的这首名作，我们首先需要了解唐代儒释道三教的发展及其斗争的文化背景。

　　唐代社会总体上思想比较自由，儒释道三教自由发展。唐代初建时期，就确定以儒立国的国策，初唐孔颖达于永徽四年（653）编纂《五经正义》，朝廷于次年就将此书颁行天下，作为士子参加进士、明经考试的教材，奠定了儒家思想的主导地位。大概出于推尊李氏的需要，李唐王室又将道家创始人老子认祖归宗，封为"太上玄元真君"，故推崇道教，曾一度将道教置于三教之首。到了武则天革唐命的时期，为了迎合她改朝换代的政治需要，在她的大力提倡推动下，于是佛教成为压倒道教的主流教派，那时不仅大修寺庙，塑造佛像（如洛阳龙门石窟的卢舍那大佛就是那时所造），还允许善男信女出家修行，所以大量和尚尼姑既无需参加劳动生产，也不交赋税就可以过着无忧无虑的生活。久而久之，这一不劳而获的群体数量逐渐庞大起来，严重影响国家财政的赋税收入，成为一个突出的社会问题。到了唐玄宗时期，重新恢复李唐王朝的权威地位，自然采取抑制佛教弘扬道教的做法，佛教又一度处于低谷。但是，一场突如其来的安史之乱，完全毁灭了开天盛世，破坏了社会秩序，使大唐王朝陷入了混乱的泥潭。到了唐宪宗元和年间，由于推行新的政策，朝廷得人，加上平定了西川刘辟的叛乱，国家出现了中兴局面，特别是元和十二年（817）平定盘踞淮西近六十年的藩镇，一时间河北割据的藩镇纷纷上表归顺朝廷，形势一派大好。可是元和十四年（819）发生的一件小事，突然又改变了大唐王朝发展的方向。非常不幸的是，仅仅一年之后，唐宪宗被宦官所杀，短暂的元和中兴戛然而止。

原来，元和十四年又到了凤翔法门寺珍藏的一节释迦牟尼佛的指骨三十年一开光的时候，这对佛教徒来说是一个盛大的值得庆贺的节日。此时的唐宪宗正值四十二岁的壮年，又在元和中兴气象的鼓舞下，踌躇满志，正在做着祈求长生的美梦。于是他下令迎取释迦牟尼的指骨到皇宫内院进行供奉。这一诏令，犹如一声惊雷，也成为一个引信，猛然间掀起了一股崇尚佛教的狂潮。据《旧唐书》记载，当时由于皇帝率先供奉佛骨，给崇佛者以巨大的鼓舞，导致王公大臣佞佛如潮，甚至有人倾其家财供养佛骨，解衣散钱，自朝至暮；而那些小老百姓家中无资财者则焚顶烧指，百十为群，甚至出现断指脔身来供养佛骨的人。一时间弄得整个长安城乌烟瘴气，造成了伤风败俗的恶劣习气。饱读儒家经书、身怀忧国之心的韩愈，一生以弘扬儒家道统并"攘斥佛老"为己任，还认为对那些僧侣道士应该用行政手段加以打击，要"人其人，火其书，庐其居"。面对长安愈演愈烈的崇佛潮流，他看在眼里，急在心里，为了忠君爱国，毅然决然不顾已经五十二岁的年迈身体，匆忙向宪宗上《论佛骨表》，强烈反对崇信佛教，并说历史上崇信佛教的皇帝都享祚不永。这封奏表激怒了宪宗。据史书记载，宪宗拿着韩愈的奏表对大臣们说："韩愈，身为人臣，狂悖如此，我要杀了他！"幸好有宰相裴度、崔群及王公贵戚的力谏求情，才免去死罪，由刑部侍郎贬为潮州刺史。这就是"一封朝奏九重天，夕贬潮州路八千"两句诗所描写的历史背景。

韩愈遭受的贬官，在当时叫做"严遣"，就是不给犯人任何迟留盘桓的时间，即接到诏书必须马上前往贬所。韩愈来不及跟家人告别就被押送上路。带给他家人的则是更大的不幸。据史书记载，韩愈前脚离开长安，就有平日忌恨韩愈的宦官怂恿与韩愈有矛盾的大臣上奏皇帝说："韩愈身犯重罪，其家人不应留在长安。"这无疑是要赶尽杀绝啊！皇帝竟然同意对韩愈家人进行处罚，于是一群如狼似虎的宦官手拿皇帝的诏令，来到长安城南韩愈的家里抄家封门，将韩愈家人也赶出长安。其时，韩愈的小女儿挈挈只有十二岁，哪里见过这样的阵势，吓得浑身发抖，由于她正在患病，又受到惊吓，遂于当晚就发起高烧，呼吸困难。韩愈妻子向宦官苦苦哀求留宿一晚，但没有得到宦官的同意。于是家人只好带着挈挈上路，而当时正值寒冬腊月，北风呼啸，大雪纷飞，挈挈哪里经得起如此的折腾，仅仅挣扎了几天，就死在商山的曾峰驿站。一家人仓促上路，并没有预先准备棺木，只好用几根带皮的树木钉成一口简陋的木皮棺，草草埋葬在路边。韩愈一年后被召回朝廷，路过小女的坟前，重新安葬之后，哭祭的诗中说"致汝无辜由我罪，百年惭痛泪阑干"，可见小女的无辜去世对他造成多么巨大的伤害啊！这便是"云横秦岭家何在？雪拥蓝关马不前"两句诗所包含的内容，由此可见韩愈上《论佛骨表》遭受到自己贬官和家破人亡的双重打击。或许以庸俗者的眼光来看，韩愈这样做太傻，已经是尚书省六部中的刑部侍郎（相当于最高法院副院长）的四品高官了，也到了五十二岁的风烛残年，干吗不好好享受朝廷俸禄与家人过着富足安闲的生活，非要去冒这样的风险呢？但韩愈是大儒，有以天下为己任的胸襟，他上表时已经做好了"佛如有灵，能作祸祟，宜加臣身"的精神准备，他建议皇帝毁弃佛骨，扬之水火，永绝根本，为的是国家兴旺和长治久安。所以早就置自己的生死于度外，除了理想还有什么东西值得坚持呢？他的初衷是为圣明皇帝扫除弊事，这是一种高尚的精神境界，不是俗人所能理解的。多少年后，北宋的苏轼在潮州祭奠韩愈的文章中说："文起八代之衰，道济天下之溺，忠犯人主之怒，勇夺三军之帅。"算是给韩愈一个正确合理的历史评价。苏轼还万分感慨地说韩愈的"精诚能开衡山之云，却不能回宪宗之惑"，表现了无限的惋惜。

韩愈写作此诗还有一重原因，就是当他到达长安东南的蓝田关时，他的侄孙（十二郎韩老成之子）韩湘赶来相伴同行。韩愈早孤，是在哥哥嫂嫂的抚养下长大成人，与侄子十二郎相依为命，而今十二郎早已去世，他的儿子韩湘已经二十几岁了，既理解叔爷爷的追求，也体惜爷爷身体的衰弱，所以前来陪伴。韩愈当然在悲愤中也得到一丝安慰。于是为韩湘赋诗，嘱咐他为自己料理后事，相当于一份用诗歌写成的遗嘱，足见韩愈被贬时的痛苦绝望心境。

谏迎佛骨，成为韩愈一生中最重要的一件彰显人格精神和儒者胸襟的大事，随着历史洪流的滚滚推进，愈发彰显其不可掩抑的光辉，得到后代人们的无限景仰。这首诗写得情绪激昂奔涌，境界阔大雄浑，虽满腔悲愤，却突显忠义本色，显示诗人老而弥坚的理想追求和刚直不阿的硬骨头精神。还具备散文的气势，有一种雄健刚劲之美。

如果从更深一层来看，韩愈这首诗所描写的是当时的历史境况，他将自己的命运与时代的命运联系在一起，既是抒写自己的生命之痛，也是抒发时代之悲，与杜甫的诗歌一样完全可以算作一首感慨苍茫、浩气长存的史诗。

仙游寺独宿

白居易

沙鹤上阶立，潭月当户开。

此中留我宿，两夜不能回。

幸与静境遇，喜无归侣催。

从今独游后，不拟共人来。

赏析

　　仙游寺在盩厔县南的仙游山下，本是隋文帝避暑的仙游宫，唐代改建为寺。以黑河为界，分为南北两寺，南为仙游寺，北为中兴寺，两寺之间有仙游潭，也称五龙潭。仙游山靠近太白峰，距长安较远，这里山高险峻，终年积雪，因而，虽不受隐居者青睐，却是适合隐居的清静之处。白居易元和二年（807）以校书郎调任盩厔尉，常与新结识的朋友王质夫、陈鸿、李文略等来仙游寺游乐聚会。在繁琐的公务之余，来享受这里的清静闲适，甚至独宿的乐趣，《仙游寺独宿》便是表现感悟幽独之趣的作品。

　　首联描写仙游寺外的夜景：仙游潭的沙滩旁，一只仙鹤静静地站立在台阶上，犹如一位仙子；一轮皎洁的明月倒映在宁静的潭水中，宛如一枚精致圆润的璧玉，天上和水中的明月同时射向仙游寺敞开的窗户，四周变成一个琉璃般的洁净仙境。让人想起杜甫《月圆》中的诗句"委波金不定，照席绮逾依"，只不过杜诗描写的是水中荡漾闪烁的月光，而白居易眼前的月光则是静谧安详的。领联补充原因，说这样的仙境，留我住了两晚，还不想回去。白居易当时任盩厔尉，为何在这里连宿两夜呢？考察他的另一首诗《期李二十文略、王十八质夫不至，独宿仙游寺》："文略也从牵吏役，质夫何故恋嚣尘。始知解爱山中宿，千万人中无一人。"笔者认为是邀朋友一起来寺里游玩，而朋友因事未能赴约，所以他意外地体味到独宿的幽趣。颈联说："幸与静境遇，喜无归侣催。""归侣"当指一起同游的朋友，没有朋友的催促，正好独享佛门的清静。在唐代，佛寺众多，佛教兴盛，而读书人又喜欢在山林寺庙读书修行，特别是像白居易这样从校书郎的清官忽然沦为县尉的俗吏来说，能够享受佛门的幽静，真是难得的机会。所以，尾联继续说，从今以后，不打算跟友人一起来仙游寺，这样独宿就是最好的慰藉，心灵可以进入宁静幽渺的境界，什么人间的争斗和烦恼都可以抛之脑后。

此诗写独宿的好处，其实与友人一起，也有乐趣，且不说与王质夫、陈鸿一起游览仙游寺，相与话及五十年前发生在这里的马嵬坡之变，因而写出《长恨歌》这样的名篇佳构，单就在仙游寺中的一些风雅趣事，也足以慰藉胸怀。如元和四年（309），白居易在长安任左拾遗兼翰林学士时，曾写下一首诗《送王十八归山，寄题仙游寺》："曾于太白峰前住，数到仙游寺里来。黑水澄时潭底出，白云破处洞门开。林间暖酒烧红叶，石上题诗扫绿苔。惆怅旧游那复到，菊花时节羡君回。"对王质夫回归仙游寺表达无限的羡慕之情，怀念什么呢？原来是：林中煮酒烧红叶，石上扫苔题新诗，黑水澄净观沙石，白云缝隙开寺门。那些曾经亲历的景象，都成为对仙游寺的美好记忆。

白居易的独宿仙游寺，也许与王维游香积寺一样，有体悟高深幽渺弗理的意图，因为佛寺的静境确实能够过滤掉红尘中的嘈杂与喧闹，"安禅制毒龙"实际上也是平静利欲导致内热的一种有效方法。

这首诗除了首联写景之外，都是叙事议论，结构独特，中间两联运月流水对，转接自如，以平常语，表达出独宿佛寺的感受，真切而自然。

杏园花下酬乐天见赠

刘禹锡

二十馀年作逐臣，
归来还见曲江春。
游人莫笑白头醉，
老醉花间有几人。

如果说帝都长安是唐代一个最大的逆旅，那么为仕宦而奔走的士人就是最常见的旅客。他们年轻的时候，抱着希望来长安应举，中举后被授官或遭贬谪又星散各地，经过一番历练和挫折又会回到长安。如果遇到特殊的情况，或许他们再聚首长安时，已经到了星星白发的晚年，此时的相聚又是一番怎样的感慨呢？

刘禹锡的这首《杏园花下酬乐天见赠》就道出了一种沧桑的况味。此诗作于唐文宗大和二年（828）春，诗人终于结束了长达二十三年的贬谪生涯，调回长安任集贤殿学士，时年五十七岁。他是洛阳（今属河南）人，贞元九年（793）与柳宗元同榜进士，同年又中博学宏词，官监察御史。他因为参加王叔文领导的"永贞革新"，失败后被贬为朗州司马，十年不迁。元和十年虽然被诏回朝廷，但因一首《再游玄都观》的诗歌触怒权贵，再贬往连州，后辗转夔州、和州等地，在裴度的推荐下，终于回朝任职。此时，刘禹锡与裴度、白居易等人在京城曲江的杏园宴饮赏花，显然与当年中举时游宴杏园的志满意得、激情飞扬是完全不同的，历经人间劫难、饱受宦海风波之后，谁不是满肚苦水、一脸秋霜呢？

这首诗是对白居易原唱的酬答。白居易《杏园花下赠刘郎中》诗曰：

怪君把酒偏惆怅，曾是贞元花下人。

自别花来多少事，东风二十四回春。

白诗最突出的情感是"惆怅"，因为他们俩都曾经在贞元年间中举，都曾经是杏园花下的常客，但自从辞别京城后，曲江杏园发生过多少故事啊，今年的相聚已经相隔二十四年了！刘禹锡的诗歌风格偏重豪放通脱，前两句说，我被贬出长安已经二十多年了，但非常庆幸还能再次见到曲江的春景，言外之意，是说很多同道之人已经作古了，像当年同时被贬逐出京的柳宗元等友人都已死在南荒之地。一个人长期遭受压抑，还能活着回来多么不容易啊！一个"还"字，辛酸中带着庆幸！春天是充满希望的季节，尤其曲江的春天更加迷人。据《剧谈录》载："曲江池，开元中疏凿，遂为胜境。其东有紫云楼、芙蓉苑，其南有杏园、慈恩寺。花卉环周，烟水明媚。都人游玩，盛于中和、上巳之节，彩幄翠帱，匝于堤岸，鲜车健马，比肩击毂。"尽管历经安史之乱，曲江的春天依然奇丽如故。所以，刘诗后两句说，您不要笑话我如今满头白发，像我们这样的老人能够醉倒花间还有几个呢？这两句抒发感慨，人们都说酒能解忧，亦能消愁，而诗人老醉花间，内心当然别有一番苦涩与辛酸的况味。然而，诗人个性洒脱豪迈，历经沧桑之后，也参透了荒诞而诡谲的人生，因而在云淡风轻中表现出一份来自骨子里的自信与坚韧。

总之，此诗表现了诗人久历磨难后的轻松喜悦和放旷洒脱的胸襟。这次相隔二十四年的重新聚会，也是留给长安曲江杏园的一份沧桑厚重的历史记忆。

送杜少府之任蜀州

城阙辅三秦，风烟望五津。

与君离别意，同是宦游人。

海内存知己，天涯若比邻。

无为在歧路，儿女共沾巾。

王　勃

赏析

王勃（650—676），字子安，绛州龙门（今山西河津）人，隋末大儒王通之孙，是初唐四杰中才华出众却不幸短命的诗人。十四岁举"幽素科"，授朝散郎，十六岁时，正遇上唐高宗封禅泰山的大典，他通过向皇帝献《宸游东岳颂》《乾元殿颂》两篇宏文，受到皇帝的青睐，不久被授予沛王府修撰的官职。就是在长安任职的这段时间里，好朋友杜少府要前往蜀州上任，在饯别的宴会上，他写下了这首千古绝唱——《送杜少府之任蜀州》。

王府修撰不过是文学侍臣，官职不高，与八品的少府（县尉）差不多，都是挣扎在官场的底层，因而对人生充满深沉感慨。遇到这种客中送客的情境，王勃会说些什么呢？

首联将送别之地京都长安与友人要去的目的地蜀州五津对举，既点题，又构筑一个气势阔大的抒情空间。运用偷春格，且有意调换语序，将"三秦辅城阙，望五津风烟"，变换成工整的对仗："城阙辅三秦，风烟望五津。"显得刚健有力，气势磅礴。站在长安城外，望着西南方向，只见：雄浑辽阔的三秦大地拱卫着壮丽辉煌的京城，而客人将要去的蜀州则隐藏在一片茫茫的烟雾之中。这显然是想象的境界，因为没有谁能有如此的眼力，体现了王勃"气凌霄汉、字挟风霜"的美学追求。初唐时期，人们都崇尚绮错婉媚的"上官体"，王勃的这种诗句，无疑给当时诗坛带来一股新鲜的气息。

颔联交代背景，以流水一样自然的散句紧相承接，突出"离别"的主题，"同是宦游人"，将行者与送者的情感拉近，点明都是沉沦下僚的游宦命运，所以更要珍惜彼此之间的情谊。在那个崇尚高贵血统与军功的年代，像王勃这样的文士，即使拥有盖世才华，也只能充当统治者的文学侍臣，既没有尊严，也没有上升的空间，所以感慨相当深沉。

颈联清峻峭拔，意境壮阔，气象恢弘，震铄古今，成为千古名句。虽然承袭曹植的诗句"丈夫志四海，万里犹比邻"（《赠白马王彪》），仅仅改动数字，意境完全变了，为什么将"丈夫"改为"知己"，变"四海"为"海内"，便觉得境界开阔呢？因为曹植的诗句仅仅用来鼓励弟弟，写出兄弟之间的关爱之情和远大志向，也具有昂扬激励的作用，但不如王勃的这两句。王诗说只要在海内存在知己朋友，即使身在天涯，但心永远就在身边，便觉得温馨宽慰，具有熨平忧伤、温暖心灵的作用，而且高度地概括了"友情深厚，江山难阻"的情景，使友情升华到一种更高的境界。都说人生得一知己足矣，"知己"可以适用所有志同道合的人，不仅仅局限于兄弟之间或"丈夫"一类的豪杰。当诗句从普通离人之间的安慰，变成可以适应所有人的离别时，诗句就获得了永恒的意义。

结尾两句，劝说友人不要像伤离惜别的青年男女那样，分手时哭得泪水沾湿佩巾。运用否定句，表达坚定的态度，从传统离别的"黯然神伤"情绪中摆脱出来，具有积极向上、鼓舞人心的作用，点出"送"的主题，而且继续劝勉、叮咛朋友，也是自己大丈夫情怀的展露。

总之，此诗开合顿挫，气脉流通，意境壮阔，堪称送别诗中的经典杰作。明人李攀龙说："终篇不着景物而气骨苍然，实首启盛、中妙境。"（《唐诗广选》）清人王尧

陆
长安客

衢也说："此等诗气格浑成，不以景物取妍，具初唐之风骨。"(《古唐诗合解》) 确实如此，这首诗在初唐具有很高的文学地位，对唐诗的发展具有先导意义。

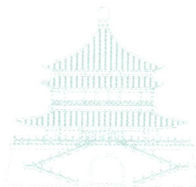

望秦川

李颀

秦川朝望迥，日出正东峰。
远近山河净，逶迤城阙重。
秋声万户竹，寒色五陵松。
客有归欤叹，凄其霜露浓。

赏析

　　李颀（生卒年不详），赵郡（今河北赵县）人，虽出身唐代显赫的赵郡李氏，但开元二十三年（735）中进士后，仅任新乡县尉，长期未得迁调，后弃官归隐。他与王维、王昌龄、高适等人相友善，是盛唐著名诗人。由于仕宦失意，他的诗中含有浓重的消极遁世思想。这首《望秦川》是这方面的一首代表作。

　　这首诗题中的"望"字，不是初次入长安时充满急切期待惊喜心情的眺望，而是在长安官场经历挫折打击失意之后，在离开长安之前的回首瞻顾，尽管含有留恋不舍的成分，但决意的离别中充满了凄凉哀怨等复杂的情感。前六句都是写景，在五律中是比较特殊的，显然是赋法的体现。首联既点题，又交代时间，提示旅途的具体环境。早晨遥望莽莽秦川大地，视野中呈现出一派苍茫迥远的景象，一轮红日正从东面的山峰冉冉升起。"迥"与"正"，一个写空间，一个写时间，时空交错，展现出一个辽阔苍茫的境界，为下面的细致描绘作好铺垫。颔联描写远景，"远近山河净，逶迤城阙重"：四周环顾，秋高气爽，天朗气清，远近皆层峦叠嶂，八水奔流其间，山河映带，一切都是那么明亮洁净，而壮丽的长安城随山势而逶迤曲折，楼阁层叠高耸，尤显气势雄伟。这两句既写秦川的辽阔视野，又衬托出长安的巍峨雄姿，而眼界广阔，山河明净，正是秋季观景的特点，不言秋色而秋意弥漫眼前。"净"与"重"两个形容词，极富表现力，将秋天和长安城的特点表现出来，令人回味。颈联更有特色，并具有象征意义。"秋声万户竹，寒色五陵松"，抓住"秋声"与"秋色"

从听觉和视觉两方面来描绘秋景：掩映长安十万人家的青青翠竹，在秋风中摇曳，形成气势磅礴的一派秋声，而历史悠远的五陵前，苍松翠柏，在秋风里神态肃穆，呈现出森然凛冽的浓重寒意。这一联没有动词，都是名词组合，却显得刚劲健举、风骨凛然，因为这里的"竹"与"松"显然是气节刚贞人格的写照，既突出秋季的特点，也从侧面写出了自己内心的人格追求。"寒色"一词不仅写秋天环境的特点，还显露出诗人内心凄寒的真实状态。诗中对秋景的描写既有侧重，又互相交融，笔墨简淡，线条清晰，犹如一幅萧疏散淡的山水画卷。

尾联转回到自己，说我有归去来兮的沉重感叹，因为这里露冷霜寒，实在难以忍受。颇有柳宗元笔下"以其境过清，不可久居"之意。表面上是写难以忍耐秋意的凄凉，实际上是对官场充满肃杀秋意难以久居的畏惧。李颀长期沉沦下僚，应该深刻体会了官场的黑暗生态，其感受在当时具有普遍性，所以才能引起广泛的共鸣。

这首抒情诗，对秋景的描述极为生动细致，它不仅准确地描绘秦川大地的明净秋色，还用悲凉的气氛烘托出诗人的心境，可谓情景交融的佳作。这首诗有警句，像中间二联，有人赞其"雄丽"（李攀龙《唐诗广选》），有人赏其"净雅"（王尧衢《唐诗解》），也有人叹赏其"通篇炼净"（周珽《唐诗选脉会通评林》）。唯清代屈复的《唐诗成法》评曰："景中有情，格法固奇，笔意俱高甚。帝都名利之场，乃清晨闲望，将山河城阙、万户、五陵呆看半日，无所事事。将自己不得意全不一字说出，只将光景淡淡写云，直至七八，忽兴'归欤'之叹，又虚托霜露一笔，觉满纸皆成摇落，已说得尽情尽致。"最为全面，颇能道出此诗的艺术特色。

陆

长安客

315

灞陵行送别

李白

送君灞陵亭，灞水流浩浩。

上有无花之古树，下有伤心之春草。

我向秦人问路歧，云是王粲南登之古道。

古道连绵走西京，紫阙落日浮云生。

正当今夕断肠处，鹂歌愁绝不忍听。

赏析

　　"灞陵""灞水""灞桥"，在唐诗里是具有独特内涵的意象，白鹿原在长安东南三十里，这里有汉文帝长眠的气势宏伟的灞陵，陵前是荡漾着清波浩浩流淌的灞水，雄跨灞水之上的是一座历史悠久的石拱桥——灞桥，桥边有长安人都熟悉的灞陵亭，亭边的古老柳树低垂的枝条如柔丝秀发一般，年年都在春天抽出色绿如碧的丝绦，殷情地等待送别的行人在这里折柳相别。因而灞桥柳成为浓缩离情别绪的一种象征。李白的《灞陵行送别》是灞桥送别诗中较为独特的一首，突破了传统运用五七言律诗或绝句的体裁形式，运用歌行体，来抒发一种奔放激越的强烈情感。

　　此诗当作于天宝二载（743）或三载（744）春。天宝元年（742），李白奉召入京，任翰林供奉，在长安引起巨大轰动，他在殿前吟诗作赋，又在长安市井醉眠，为了填写乐府新词，甚至流传着天子醒酒、力士脱靴、贵妃捧砚的佳话。表面看是踌躇满志，但实际上不过文学侍臣，离他心中大济苍生、使"海县清一"的理想非常遥远，加上权幸佞臣的嫉妒谗毁，使李白一直处于高度压抑且有志难伸的状态。此次所送的行人可能也是一位遭受排挤、仕途失意者，因而在灞桥边临歧分别时，诗人在抒发的离情别绪中包含了日积月累的政治幽愤。

　　开篇两句点题，在灞陵亭送别，首先关注到的是灞水浩浩流淌，虽是赋笔，却带着比兴意味，因为流水既象征时间，也比喻情感，离别时的依依难舍之情，正"迢迢不断如春水"啊！"请君试问东流水，别意与之谁短长"（《金陵酒肆留别》），"思君若汶水，浩荡寄南征"（《沙丘城下寄杜甫》），"桃花潭水深千尺，不及汪伦送我情"（《赠汪伦》），等等，都是李白在诗中用流水来比喻情感的例证。接下来两句，描写灞水旁边的具体景物，从"上""下"两个方位，互文交错展开，既有无花的古树，又有伤心的春草，这里显然赋予景物人的情感，时下正是初春时节，古树还没有长出枝叶，当然没有花开，呈现出光秃秃的凄清冷寂情状，本身就给人抑郁悲切的感受，而那些簇生的春草怎么也成为伤心的样子呢？这是由于诗人心里充满了悲伤，所以迁移外化到景物之上。

接下两句过渡到旅途上来，李白运用向秦人（长安客）询问路途的方式，特意强调这是当年王粲离开长安南下的古道。王粲于汉献帝初平三年（192）因长安动乱而南奔荆州，留下"南登灞陵岸，回首望长安"（《七哀诗》）的诗句。那是乱世景象，如今已是太平盛世，为什么也有这样的歧路伤别呢？言外之意，令人思之。原来，这条古道连绵曲折通向帝都长安的宫殿，本来是士人走向仕途、立登要津的通道，但可惜宫殿闭门不开，还被浮云固锁笼罩起来了。"浮云遮殿"与"浮云蔽日"是李白惯用的比喻，象征皇帝受到奸邪佞臣的蒙蔽，已经昏聩不明、不纳忠言了，胸怀大志、满腹经纶的才士，即使再努力奋斗，还是找不到政治上的出路。友人的遭遇就是李白的遭遇，也是千千万万正直之士的普遍遭遇，因而除了一般的离情别绪之外，还含有对政局的深沉忧虑。

结尾两句，写夕阳西下暮气弥漫的时刻，突然传来古老的骊歌之声。这可是具有悠久历史传统的送别歌曲，据说来自《诗经》的逸篇，其辞云："骊驹在门，仆夫具存。骊驹在路，仆夫整驾。"借古辞的意境来写现实的悲怆，通过融入历史的情愫，既增加了诗歌的浑厚深邃，又有力烘托出离别的苍凉况味。

这首诗的语言节奏和音调比较奇特，以七言句为主，夹着五言句和九言句，节奏也是整散错杂，诗句之间靠意脉延续及顶针手法相互衔接，围绕离别的主题，诗人笔下展开一个广阔的时空：古老的长安，绵绵的古道，紫阙的残阳，遮蔽的浮云，去国怀忧的古人，纷至沓来，既归聚于离别感伤，又指向现实的黑暗现状。由于思绪绵渺，情思的触角向历史和现实多方延伸，因而诗中透露出一种世事浩茫的悲凉意绪。

诗歌风格飘逸悲壮，卓尔不群，别具一格。

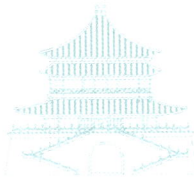

忆秦娥·箫声咽

李白

箫声咽，秦娥梦断秦楼月。

秦楼月，

年年柳色，灞陵伤别。

乐游原上清秋节，咸阳古道音尘绝。

音尘绝，

西风残照，汉家陵阙。

赏析

忆秦娥，词牌名，又名"秦楼月""碧云深"，因词中有"秦娥梦断秦楼月"而得名。对这首词的作者有争议，邵博《邵氏闻见后录》最早认为是李白的作品，后黄昇《唐宋诸贤绝妙词选》亦归属于李白。明代以来，屡遭质疑，有人认为是晚唐五代作品，误归李白名下。根据此词的风格和意境，有人推断可能作于天宝期间，作于后期的可能性较大。

这首词调名"忆秦娥"，秦娥是抒情主人公，但并没有出现对她的"追忆者"，因而实际上是在写"秦娥忆（心上人）"。围绕追忆的情景将往昔的离别与当下的孤寂结合起来，形成一个浑融完整的意境。

上阕以低沉悲凉的箫声引导读者进入词的情境，既能引起阅读兴趣，也紧紧抓牢读者的心绪。接着，推出秦娥梦断青楼、望月长叹的形象，这一形象非常凄清唯美，却令人感伤。尽管具体情事原因一无交代，但如泣如诉的箫声与这位黯然神伤的冰雪美人，便足以引发读者深深的怜惜。"秦娥"与"箫声"的意象，原来指向秦穆公女儿弄玉与萧史吹箫登仙的浪漫甜蜜爱情传说，但此词中的秦娥却是一个徒有仙姿而失去爱情的现实女子，她深处孤独闺阁的悲伤，具有普遍性。月光洒满秦楼，皎洁清寒，烘托出一种让人难以忍受的氛围，让她无限深情地回忆灞桥边年年被东风吹绿的柳色，因为心上人就在东风骀荡的春天，在这灞桥边折柳相别。女子因为离别，久居孤独寂寞的青楼而感伤，读者也会因为这个孤芳自赏、顾影自怜的形象而一洒同情之泪。

下阕的过片，主人公从追忆的悲伤中回到现实，眼下正是乐游原上的清秋节，也就是重九登高的节日，车马驰逐，游人如织，好一派欢快的游乐景象。但自从心上人春天离别后，至今音信杳无，咸阳古道上人来人往，川流不息，再没有他的踪影。秦娥的心里由伤感变为绝望，她久久伫立在萧飒秋风中，凝视着渐渐西沉的一轮如血残阳，她的视野中只剩下汉代遗留下来的陵墓和已经残破衰颓的宫殿。

这首词被誉为"百代词曲之祖"（顾起纶《〈花庵词选〉跋》）。近代王国维更欣赏此词的气象，说："太白纯以气象胜。'西风残照，汉家陵阙'，寥寥八字，遂关千古登临之口。"（《人间词话》）但这"气象"已经不是开元年间的"盛唐气象"，而是略带悲壮的博大气象。虽然植根于盛唐，却带着一点苍凉格调。这种"气象"在李白天宝后期的作品中颇为常见，如"一百四十年，国容何赫然。隐隐五凤楼，峨峨横三川。王侯象星月，宾客如云烟。……举动摇白日，指挥回青天。当涂何翕忽，失路长弃捐"（《古风·一百四十年》），又如"浮阳灭霁景，万物生秋容。登楼送远目，伏槛观群峰。原野旷超缅，关河纷错重"（《夕霁杜陵登楼寄韦繇》），与这首《忆秦娥》格调气象十分近似。

此词意境宏阔浑厚，风格沉雄悲凉，语言自然，字字锤炼，掷地作金声，音情顿挫，律度森严。清人陈廷焯评曰："音调凄断。对此茫茫，百端交集，如读《黍离》之诗。后世名作最多，无出此右者。"（《云韶集》卷一）可谓知言。

⊙明　仇英　《明皇幸蜀图》（局部）
　绢本，美国弗利尔美术馆藏。

长安
梦
柒

人生历程，起落难料，历史时空，变幻莫测。唐都长安，几经兴衰，犹如梦幻。辉煌灿烂之后，承接的是战乱荒凉；动乱破败之后，又再次走向繁荣。经历过六朝烟云和隋代灭亡的初唐人，面对新朝的烟花繁盛景象，却预感到一种迷梦幻灭的悲凉。于是，卢照邻唱出了一曲《长安古意》；李白经历了奉召入京、金銮殿赋诗的鼎盛之后，却遭遇流放夜郎的悲苦绝望，深感人生就是一场难醒的大梦；孟郊屡战屡败于举场，梦中都是抹不干的痛苦涩泪；三秦大地的奇迹人物秦始皇，尽管威风凛凛，扫灭六国，最终也只能沉入"金棺葬寒灰"的悲伤梦境；唐玄宗一代雄主，开创了无与伦比的盛世，他宠爱杨贵妃，并渴望"在天愿为比翼鸟，在地愿为连理枝"世世为夫妇，但安史之乱，贵妃玉碎香消、埋骨马嵬，他也只能忍受百感交集的苍凉况味，一首《长恨歌》就是一曲大唐永远的悲剧。"长安梦"部分，选诗六首。

长安古意

卢照邻

长安大道连狭斜，青牛白马七香车。
玉辇纵横过主第，金鞭络绎向侯家。
龙衔宝盖承朝日，凤吐流苏带晚霞。
百尺游丝争绕树，一群娇鸟共啼花。
游蜂戏蝶千门侧，碧树银台万种色。
复道交窗作合欢，双阙连甍垂凤翼。
梁家画阁中天起，汉帝金茎云外直。
楼前相望不相知，陌上相逢讵相识？
借问吹箫向紫烟，曾经学舞度芳年。
得成比目何辞死，愿作鸳鸯不羡仙。
比目鸳鸯真可羡，双去双来君不见？

生憎帐额绣孤鸾，好取门帘帖双燕。

双燕双飞绕画梁，罗帷翠被郁金香。

片片行云着蝉鬓，纤纤初月上鸦黄。

鸦黄粉白车中出，含娇含态情非一。

妖童宝马铁连钱，娼妇盘龙金屈膝。

御史府中乌夜啼，廷尉门前雀欲栖。

隐隐朱城临玉道，遥遥翠幰没金堤。

挟弹飞鹰杜陵北，探丸借客渭桥西。

俱邀侠客芙蓉剑，共宿娼家桃李蹊。

娼家日暮紫罗裙，清歌一啭口氛氲。

北堂夜夜人如月，南陌朝朝骑似云。

南陌北堂连北里，五剧三条控三市。

弱柳青槐拂地垂，佳气红尘暗天起。

汉代金吾千骑来，翡翠屠苏鹦鹉杯。

罗襦宝带为君解，燕歌赵舞为君开。

别有豪华称将相，转日回天不相让。

意气由来排灌夫，专权判不容萧相。

专权意气本豪雄，青虬紫燕坐春风。

自言歌舞长千载，自谓骄奢凌五公。

节物风光不相待，桑田碧海须臾改。

昔时金阶白玉堂，即今惟见青松在。

寂寂寥寥扬子居，年年岁岁一床书。

独有南山桂花发，飞来飞去袭人裾。

　　李商隐在总结六朝历史诡谲变幻的感受时说："三百年间同晓梦。"确实，历史的时空变幻如此，人生的历程也是如此。唐都长安经历过西周和西汉的辉煌，也经历了秦亡的毁坏、汉末到隋末的动乱，终于迎来了初唐的再次兴盛。然而，经历过六朝烟云和隋代灭亡的初唐人，面对新朝的烟花繁盛景象，却预感到一种迷梦幻灭的苍凉。于是，初唐四杰之一的卢照邻唱出了一首感慨苍茫、华赡圆润的长歌——《长安古意》。这首《长安古意》具体创作年代已不详。据明代周珽《唐诗选脉会通评林》所言："盖当武后朝，淫舌骄奢，风化败坏极矣。照邻是诗一篇刺体，曲折尽情，转诵间令人起惩时痛世之想。"则此诗可能作于卢照邻因头风病折磨隐居南山的晚年时期。"古意"虽然含义模糊，但是包含丰富，能指多端，大都不离男女之情和昔盛今衰的兴亡之感，而二者往往又相辅相成。纵观中国古代史，每个大一统的时代几乎都灭亡于朝政腐败和声色娱乐，而后者，犹如鸩酒，通过迷惑饮鸩止渴的达官贵族及其追随者，导致世风浇漓糜烂，渐渐侵蚀朝廷大厦的根基；犹如开满香艳花朵、充满芳馨毒素的春藤，以美丽的娇娜妖艳，通过弥漫香雾的阴翳，遮蔽阳光，慢慢缠死参天大树。

　　此诗借汉喻唐，托古讽今。其题材、用语虽然承袭萧纲《乌栖曲》等齐梁宫体诗的形式，但充满了一种回归人生正常欲望的健康情感。尽管诗歌的词采富丽华美，但绝不浮靡轻艳。全诗运用汉赋的写法，展开壮阔的想象，无论描摹景象、刻画人物或呈现场景，都极力铺陈渲染，形成滔滔洪流一般的雄浑阔大气势，而结尾处以苍凉的现实图像扫空历史的繁华梦境，又略具劝诫讽谏之意。

此诗是典型的"初唐体"，规模宏大，共六十八句，十三次换韵，大体可分为四个部分。

第一部分（从开头至"娼妇盘龙金屈膝"）三十二句，每八句一层，铺叙长安豪门贵族过着香车宝马、雕梁画栋、声色歌舞、争竞豪奢的享乐生活。第一层八句，展开一幅壮丽繁华的帝京图像：四通八达的宽阔大道与密如蛛网的狭窄小巷交织联络着，无数香车宝马、玉辇金轮，来往奔忙，川流不息；豪贵们"玉辇纵横""金鞭络绎"的翩翩动态与"龙衔宝盖""凤吐流苏"的华丽装饰，相映成趣，加上朝日晚霞之中游丝绕树、娇鸟啼花的映衬，呈现出一派热闹忙碌、纵情享乐的繁华景象。在长安，人忙碌，景物也繁富而热闹：暖晴春日，"游丝"牵扯竟有"百尺"之长，而"娇鸟"啼春则翻飞成群，"争"字"共"字，俱显芳春与街市双重的喧闹之意。第二层描写长安的宫廷建筑和豪门楼阁的壮丽宏伟、金碧辉煌。由"花"带出蜂蝶，由蜂蝶游踪引出常人难以见到的宫禁景物，推出特写镜头：宫殿千门洞开，蜂飞蝶舞；碧柳如翡翠，掩映着五颜六色的楼台，楼阁的窗棂有雕刻精工的合欢图案，宫殿的宝顶则装饰有金凤飞腾的双翼；而豪门第宅，大兴土木，有与皇宫媲美的架势，如外戚梁家的画阁仿佛从天空中耸出，其气势巍峨堪比汉宫的金茎铜柱。这些文采飞动的笔墨，描写纷至沓来的景象，令人目不暇接。于是，在通衢大道与小街曲巷的平面上，矗立起飞檐画栋的华丽建筑群落，构成帝都上层社会奢华生活的立体大"舞台"。这里既可见初唐时期长安真实的都市风貌，也为各色人物的活动提供了广阔的背景。由建筑转向人物，以"楼前相望不相知，陌上相逢讵相识"的反问句，勾连出第三层描写男女之间对纯真爱情的向往。长安城里，人烟繁阜，但相知却很难：楼前相望，空间阻隔，可望而不可即；而陌上相逢，熙来攘往，即使并肩，也难相互倾诉衷肠。所以茫茫人海，真是知音难觅！这里所写的女子，可能是权贵之家搜掠而来的歌舞伎人，她们一旦进入幽深似海的侯门，从此就失去自由，更难以寻觅知音情人。但她们内心也在追求一种正常的爱情生活，羡慕萧史弄玉那样的神仙爱情，更渴望能像比目鱼和鸳鸯鸟一样，长相厮守，终老此生；她们憎恨孤鸾无凤的单栖与寂寞，期待门前早日贴上双燕双飞的吉祥图案。这里可以看到女子心灵的觉醒，对于长期以来宫体诗将女性当作花瓶玩物的描写来说，这节诗歌展现出人性温暖的亮色。但是，接下来的八句写"梁家"霸占民女、毁坏她们爱情的罪恶行径。表面上看，双燕双飞，罗帏翠被，芳闺温馨，穿着华艳，脂粉香泽，情态娇羞，在乘坐宝马的豪贵公子眼中，这些女子只不过是"娼妓"般的玩物而已。由曾经练习歌舞，也曾经追求过美好爱情的青春少女，变成豢养在金丝笼中妖艳娇娜的娼妇，这花光朗丽的背后含着多少辛酸血泪！而长安的繁华，往往需要这些娼妇的点缀，但不相信更不同情她们理想破灭的眼泪。这一部分多用蝉联句法，前后粘连，相互照应，最后两句"妖童宝马铁连钱，娼妇盘龙金屈膝"与篇首"青牛白马七香车"呼应，标志着对长安白昼热闹场景的描写告一段落。下面将描写长安的夜生活，不再涉及豪门情事，而让更多种类的人物登场"表演"，同时，这些令人眼花缭乱的享乐生活也可以反观豪门的状况。因而立体感地展现出长安从宫廷豪门到普通市井的纸醉金迷、堕落奢靡的景象，体现了乐府诗歌擅长运用典型场景和点面结合的手法表现复杂生活的特色，也体现出卢照邻用笔繁简得当的精妙技巧。

第二部分二十句（从"御史府中乌夜啼"到"燕歌赵舞为君开"）分为三层，主要描写长安娼家的夜生活，展现王孙公子、淫荡少年、任侠之徒、禁军首领等形形色色人物的荒淫与纵欲。如果说前面描写的是豢养在豪门金屋中的娇娃，那么这里描写的就是流落市井妓院任人蹂躏的娼妓。二者并无多少区别，她们娇媚的舞姿、婉转的歌喉、横陈的玉体只不过成为满足人们泛滥恣肆的淫邪欲望的工具。前八句为一层，先展现娼家门前热闹喧阗的背景，由于御史和廷尉这些负责纠弹、执法的衙门冷冷清清，无人值班，纲纪松弛，因此当夜幕降临，就会有各色人物到娼家寻欢作乐。这里采取类型化的描写手法，主要突出"挟弹飞鹰"尚武好猎的王孙公子，"探丸借客"刺杀官吏代人复仇的浪荡少年，及佩剑任气的游侠相邀夜宿娼家，展现出当年长安城在夜幕笼罩下的昏暗一面，而娼家成为这些人的庇护所和乐游苑。接下来八句为第二层，具体描写娼家室内及周围的热闹场景。在这里：人们迷恋歌舞，陶醉于歌妓口香的氛氲，拜倒在紫罗裙下。妓院内："北堂夜夜人如月"，笙歌燕舞，似乎青春可以永驻；妓院外："南陌朝朝骑似云"，趋之若鹜，看来门庭不会冷落。"南陌北堂连北里，五剧三条控三市"两句，从更大的空间展示这种生活的空前繁盛，甚至达到了"柳槐垂地""红尘暗天"的程度。这里的从"夜"到"朝"，与前一部分的从"朝"到"晚"，时间上彼此衔接，可见长安人享乐是夜以继日，周而复始。最后四句为一层，推出禁军将领也来娼家饮酒取乐。他们完全忘记警卫王城的职责，陶醉于"翡翠屠苏鹦鹉杯"中的美酒，享受"罗襦宝带为君解，燕歌赵舞为君开"的温柔旖旎，极写"销金窟"中淫靡的生活情状。与《史记·滑稽列传》中所写的"日暮酒阑，合尊促坐，男女同席，履舄交错。杯盘狼藉，堂上烛灭"场景何其相似！这部分诗歌的内容属于此前宫体诗描写的范围，但是，随着长安各色人物摇镜头式的一幕幕动态图景的出现，还是表现出一股闻一多先生所说的"起死回生的力量"，摆脱了宫体诗那种贫血而萎靡的精神状态。

第三部分十二句（从"别有豪华称将相"到"即今惟见青松在"）写长安上层社会除贪求情欲外，还热衷于权欲。前八句为一层，写将相权倾天子却互不相让，他们飞扬跋扈，排除异己，不遗余力，专权独断，意欲"青虬紫燕坐春风"地独享荣华，还"自言歌舞长千载，自谓骄奢凌五公"地做着永享富贵的美梦。接下四句为一层，突然来一个骏马注坡式的逆转："节物风光不相待，桑田碧海须臾改。昔时金阶白玉堂，即今惟见青松在。"时间如逝川，转瞬即电灭，季节似风轮，转换不随人，沧海桑田是不变的铁律，昔日金阶玉堂的烟花繁盛，终将会变成丘墓青松的荒芜！这不仅仅针对"豪华将相"，而且一举扫空前面描写的各类角色。不仅内容与前面的长篇铺叙形成强烈的对照，而且语言也富于哲理，尽洗藻绘，素朴隽永。这种词采的浓淡对比，让人们猛醒体悟到一切终归虚无的悲剧意蕴。闻一多指出这是运用汉大赋的"劝百讽一"手法，宫体诗中讦讽刺，在那时确实是破天荒的创举，因而此诗具有开拓新境的启示意义。

最后四句为第四部分，采用"空床敌素秋"般以一敌万的写法，颇有秤砣虽小压千斤的艺术效果。将自己比喻成穷愁著述的扬雄，与济济京城的豪华权贵形成对照，突出自己甘于寂寞、安贫乐道的情操，表达了对骄奢淫逸、糜烂堕落生活的全盘否定，并通过南山桂花的芳馨，突出文章道德必将流播传远的自信，还寓含不遇于时的愤慨及自我宽解的意味。

此诗感情充沛，力量雄厚。它主要采用赋法，但不像汉赋那样呆板滞涩，并非平均用力，铺陈始终，而是突出重点，抓住细节，点面结合，回环照应，详略得当；既有壮阔恢弘的气势，也不缺乏韵致才情；既能随境换韵，形成跳脱奔放的节奏，又能运用顶针连珠格，使用复沓层递句式，使意换辞联，形成一气呵成又缠绵荡漾的旋律。明人周珽说"通篇格局雄远，句法奇古，一结更饶神韵"，又说"此诗如游丝布云，袅袅万丈，不知为烟为絮"，颇能说明此诗艺术上的特点。虽然也有人指责它"对偶虽工，骨力未劲，终是六朝残沈，非初唐健笔"（明·唐汝询《唐诗解》），或者批评其"词语浮艳，骨力较轻"（清·贺裳《批点唐音》），皆因词彩华艳富赡，沿袭六朝宫体余习，但此诗"端丽不乏风华"（明·陆时雍《唐诗镜》），大体上能辞事相称，敷陈豪奢则辞藻赡丽，揭示本旨则清词隽永，所以"无骨""浮艳"之说，并非切当之论。

江夏赠韦南陵冰

李白

胡骄马惊沙尘起，胡雏饮马天津水。
君为张掖近酒泉，我窜三巴九千里。
天地再新法令宽，夜郎迁客带霜寒。
西忆故人不可见，东风吹梦到长安。
宁期此地忽相遇，惊喜茫如堕烟雾。
玉箫金管喧四筵，苦心不得申长句。

昨日绣衣倾绿尊，病如桃李竟何言。

昔骑天子大宛马，今乘款段诸侯门。

赖遇南平豁方寸，复兼夫子持清论。

有似山开万里云，四望青天解人闷。

人闷还心闷，苦辛长苦辛。

愁来饮酒二千石，寒灰重暖生阳春。

山公醉后能骑马，别是风流贤主人。

头陀云月多僧气，山水何曾称人意。

不然鸣笳按鼓戏沧流，呼取江南女儿歌棹讴。

我且为君槌碎黄鹤楼，君亦为吾倒却鹦鹉洲。

赤壁争雄如梦里，且须歌舞宽离忧。

帝都长安是一个汇聚梦想的渊薮。

帝王们梦想长生不老，王侯将相们梦想富贵荣华，文人志士们梦想一朝成名。大唐王朝，壮丽恢弘的宫殿，繁花似锦的街市，歌恬舞嬉的宴会，蒸蒸日上的气象，都是由无数梦想构成的缤纷图像。其中就包括盛唐诗仙李白那大济苍生、使"海县清一"的盛世伟梦。他天宝元年奉召入京，在金碧辉煌的宫殿里吟诗作赋，惊耀人寰。但由于此时的大唐已经深陷皇帝昏聩、奸臣当道、朝政腐败的泥淖，各种矛盾的累积效应，导致正直之士无路可走，情怀愤懑。仅仅两年之后，李白就遭遇谗毁被"赐金还山"了！在此后云游山水、寄食友朋、作客使府、漂流四方的十多年里，李白尽管有苦闷有烦恼，但心中依然怀揣着对长安的真诚向往，心中的那个盛世之梦，是激励他继续前进的动力。

安史之乱改变了一切。短短八年之间，一百四十年累积起来的盛世大厦，便轰然倒塌，在腥风血雨的弥漫硝烟中，到处是断壁残垣，到处是人哭鬼歌，当年烟花繁盛的景象灰飞烟灭，战争在毁坏都城的同时，也碾碎了无数人的梦想。很多人在梦中走向了死亡，更多的人则逃离战火，避难四方。但是，长安的魅力在于：即使星散各处，那些梦想的碎片还会在某种触媒的激发下，重新焕发出灿烂的光芒，人们心中珍藏着一个永远的"盛唐"。例如杜甫漂流江汉时常常怀念"开元全盛日"的景象，在落花时节巧遇李龟年或在夔府孤城观赏公孙大娘弟子表演的剑器舞时，又自然想起盛唐的歌舞，就是典型的表现。而李白又是怎样呢？他本来南奔渡江，隐居庐山坐观世变，朝看流云飞瀑，夜赏星月泉韵，谁知卷入肃宗与永王之争的政治漩涡，在安史之乱还没有平息的乾元元年，竟然获罪流放夜郎！

天意高难测，人生多诡谲。一年后，当李白心如死灰地行到白帝城时，正好遇上收复两京而大赦天下的喜讯，他又绝处逢生，轻舟飞越万重山地返回江陵了。途经江夏时盘桓逗留过一段时间，在某一次宴会上，谁知竟然又巧遇在长安时相知的老友韦冰！于是，这首《江夏赠韦南陵冰》的长歌就诞生了。

江夏，就是今天的武昌。李白可是这里的常客，开元年间，曾在长江边蛇山上的黄鹤楼前送孟浩然之广陵，留下"孤帆远影碧空尽，唯见长江天际流"的名篇；远贬夜郎的途中，曾在汉阳城的郎官湖边，在好友张谓为他举办的宴会上饮酒赋诗，留下"四座醉清光，为欢古来无"的佳句。如今，劫后余生，历尽辛酸，又在这里巧遇故人，这些年历经的凄怆惨沮的遭遇在朋友的慰藉和美酒的刺激下，搅合着昔日梦想的荣光，于是汹涌澎湃地奔流出来。

这是一首杂言七古，体现了李白歌行任随情感流动、飘逸奔放的节奏，采取大开大合的抒情结构。前十二句为一层，四句一个单元。开篇两句揭示全诗的背景：杂种胡安禄山的骑兵掀起滚滚烟尘，仅仅一个月就攻占洛阳，饮马天津！接着两句追述遭际，这场旷世灾难，不仅毁灭了盛世，也毁灭了无数人的梦想，其中就有韦冰和李白两个情投意合的朋友，李白说：当时你不得不前往万里西域的接近张掖的酒泉郡，而我则获罪流窜到九千里外的三巴蜀地。第二单元四句说，没想到两京收复使我遇赦回归，尽管心头还残存着严霜的寒意，我时常追忆西去的友人，恐今生再难相见，只好借助东风将梦中的思念吹向帝都长安（据考证，韦冰从西域回到了长安）。第三层写劫后相逢，谁知竟然在这里我们再次相遇，惊喜之余，我好像坠入茫茫烟雾，怀疑是否在梦中；在玉箫金管的喧闹酒筵上，我内心苦涩难以酣畅淋漓地用长歌抒发情怀。这是我们经常见到的李白诗歌发兴无端的特点，也是采取追述的方式，将动乱中的离别相思和劫后重逢的惊喜表现出来，情感波澜起伏，空间变幻与时间流逝交错在一起，命运播迁的诡谲与时世变幻的苍凉结合在一起，带有那个时代的特殊印记，也可以看出李白的个人情感还是处于一种被压抑的状态。因为酒筵上，乐声喧阗人声嘈杂，李白是流放遇赦的罪人，而韦冰是从长安贬往南陵任县令，身份和地位决定了他们不是宴会的主角，自然不能充分倾诉衷肠。在概括追叙骤遇的惊喜中，诗人寄托着自己和韦冰两人的不幸遭遇和不平情绪；在抒写迷茫难解的意绪中，蕴含着对肃宗和朝廷的讥讽。这恍如梦境相见的惊喜，其实是大梦初醒的自觉，爱国壮志成虚，济世宏图梦碎，这人生不过彻头彻尾的悲剧。

第二层八句，四句一个单元。前四句承接前面的"苦心"，述说昨天筵席的际遇，尽管绣衣御史亲自斟酒，但不过看重我的虚名，并非诚恳劝慰，所以我就像病态的桃李，只能默默无言；我也曾经在京城骑过皇帝赐给的汗血宝马，有尊严地奔驰在京城的街市，如今却只能骑着款段劣马奔走于侯门，还遭遇冷眼，这份屈辱和辛酸，怎能不使我抑郁难伸呢？后四句一转开朗和悦，说幸好前些时间，南平太守族弟李之遥的真诚慰勉，使我心胸豁然开朗，加上今天你的一番清论，更让我觉得万里云开山峰耸出、四望青天无限空阔的欣喜，心头的烦闷顿时化为乌有。这一层，表现诗人的天真与单纯，语气虽然平缓，却使人强烈感受到他内心无法消融的郁结，有似暴风雨来临之前的沉闷，也让我们隐隐感到诗人欲在情感困境中寻找冲决而出的突破口。从诗歌结构上来看，这是一个铺垫，就像瀑布飞下悬崖前短暂的淳濡。

果然，最后十四句，变成倾泻而下的万丈瀑布，情感的闸门被冲开，笔势奔放恣肆，强烈的悲愤，如滚滚洪流，奔腾撞击，爆发出撼动古今、揉碎一切的力量。"人闷还心闷，苦辛长苦辛。"这浓缩的十个字，就是李白当时全部心路历程的展露。人生遭遇的苦闷，最痛楚的就是心灵的苦闷，就是不被时代不被人们理解的悲闷；人生就是苦辛加苦辛，永远摆脱不了的苦难。面对这样的人生困境和人间悲剧，怎么办呢？李白具有雄强的力量，能够让自己从困境中突围，接下来就是李白式的三重努力：首先是借助美酒的力量，尽管"举杯消愁愁更愁"，但借酒浇愁，痛饮二千石，或许能使人周身温暖如春，暂时忘却痛苦，汉代韩安国身陷图圄，自信死灰可以复燃，我为什么不能？晋朝襄阳太守山简，常常酩酊大醉，还能倒骑骏马，不也风流倜傥吗？而李白是喝着苦闷之酒，孤独一人，自然没有那份闲适，所以酒醉也无法排闷。接着他想到了悠游山水，但像江夏古刹头陀寺那样，到处充斥着苦行僧的俗气，也毫无乐趣，难称人意。最后他认为不如乘船漂游，招唤乐妓，鸣笳按鼓，歌舞取乐；把那曾经向往、追求的一切都抛弃，不留痕迹。历史上这里三国时期的赤壁争雄早已成为幻梦，如今的现实又能好到哪里去呢？天地之间的所有争斗，都不足介怀；就让及时行乐的歌舞来宽解离忧吧！为了表达这坚定的决心，诗人竟然爆出"我且为君槌碎黄鹤楼，君亦为吾倒却鹦鹉洲"的巨人式的呐喊，犹如石破天惊，表现出冲决荡涤一切阻碍的力量，成为带有李白标志的名句。诗人全盘否定自己，并非自暴自弃，而是欲超越自己、作解除束缚的努力，是对命运激烈悲愤的抗争。诗情激越悲壮，其实是对黑暗冷酷现实的反抗，突显出李白伟岸不屈的形象。鲁迅曾说："人生最大的悲哀，是梦醒后无路可走。"从李白的这首诗歌，我们可以看到，怀揣着长安盛世梦的诗人，在经历了那个时代全部的痛苦之后，终于大梦觉醒，但他依然奋力抗争，这是他的诗歌千年之后仍然具有震撼心灵、激励进取作用的重要原因。

宋人黄彻《碧溪诗话》将杜甫《剑门》诗中"吾将罪真宰，意欲铲叠嶂"与太白"槌碎黄鹤楼"加以比较，认为《剑门》诗意在削平僭窃，尊崇王室，凛凛有忠义气；而"槌碎"之语，但觉一味粗豪。这是"以意为上"论诗得出的结论，笔者认为并没有真正理解李白的精神实质。而清人延君寿《老生常谈》认为"以必不可行之事，抒必当放浪之怀，气吞云梦，笔扫虹霓。中材人读之，亦能渐发聪明，增其豪俊之气"，算是把握了李白此诗真正的艺术特色，为中鹄之论。

再下第

孟
郊

一夕九起嗟，
梦短不到家。
两度长安陌，
空将泪见花。

　　贞元七年（791）孟郊第一次来到长安参加进士考试，与参加四战的韩愈一见如故，结为忘年交。当时，孟郊四十一岁，韩愈二十四岁。据韩愈赠给孟郊的诗歌，我们知道孟郊不仅是一个具有强烈复古观念的"古貌古心"人士，还颇有诗名，而且理想极高，他"作诗三百首，窅默咸池音。骑驴到京国，欲和熏风琴"。韩愈认为孟郊的诗歌继承了儒家大雅传统，并赞赏孟郊在艰难困窘的情况下依然保持坚贞的操守。然而，第一次考试，孟郊竟名落孙山，梦碎长安。

　　原来，唐人参加进士考试，还没有后代严密的密封试卷的做法，主考官可以看到每一位考生的姓名，在决定"去取高下"时，不仅要阅评试卷的优劣，还要参考平日所作诗文及其声望，以及照顾推荐者的意见、说情者的面子、权势者的人情。在这些因素综合影响下，应试者为增加及第的可能和争取名次，多将自己平时诗文编辑成集，写成卷轴，考试前送呈当时在社会上、政治上和文坛上有地位的人，请求他们向主司即主持考试的礼部侍郎推荐，从而增加自己及第的声望，此后形成风尚，称为"行卷"。如果第一次行卷没有结果或者没有达到目的，那么过一段时间又将自己所作的诗文再次投献，或者数次投献，称为"温卷"。

　　当时，孟郊在应举者心中有很高的声望，可能他也以为考中进士，如囊中探物，俯拾地芥，所以不屑于奔走权门，进行"行卷""温卷"之类的活动，其落榜就具有必然性了。韩愈终于中举，而孟郊却只能品尝落第的悲伤，他在《落第》中说:"晓月难为光,愁人难为肠。谁言春物荣,独见叶上霜。雕鹗失势病,鹪鹩假翼翔。弃置复弃置,情如刀剑伤。"在落第者的眼里,晓月是难以发光的,大约拂晓时候看到一弯晓月,朦胧阴翳,因为诗人心里痛苦,肠回九转也难以表达失意的煎熬。接着说哪里有什么春天欣欣向荣的美好景物,我所看到的只有草叶上厚厚的霜花,在春天里竟然感到冷酷的秋意。强烈的对比烘托出希望破灭的悲哀与凄凉。他又将自己比作"雕鹗失势",将世俗者比作"鹪鹩假翼",自己虽胸怀大志,志趣高洁,在严酷的现实面前却失势无路,无法冲向蓝天展翅高翔;而那些平庸之辈却能够如鱼得水,借助得力者的帮助,像小小的鹪鹩反而高翔苍穹。既写出了现实世界秩序的混乱和社会的黑暗,又写出了自己沉沦下僚郁郁不得志的愤懑。最后悲叹自己被弃置的痛苦,就如刀剑刺伤一般难以承受。

两年后,满怀信心的孟郊再次来到长安应举,但还是不幸落第。这首《再下第》显然更加悲痛愤郁。由于再次落第,三年时间的心血化为满腔悲愤,打击实在太重,使他夜不能寐辗转床榻,竟然九次起来嗟叹!期间或许短暂入睡,但梦中还没有到家就被痛楚惊醒,连梦中回家的短暂温馨都不能实现,其实要真到了家,是更痛苦的,因为再次落第更无法面对慈母殷切期待的眼睛啊!直白的两句小诗写出了很深的痛苦,只有亲历其境才能体会。后两句说两度来到长安求取功名,但落下的只是在美好的春天用泪眼观赏烂漫的春花,真是"感时花溅泪"啊,与杜甫不同的是,孟郊为自己的命运而泪落花瓣。因为,孟郊的悲剧具有代表性,每年落第者有数千人,悲伤的清泪足以汇成一个大湖,湖面上跳跃的只有为数不多的得第者欢乐的浪花。

古风·秦王扫六合

李白

秦王扫六合，虎视何雄哉！
挥剑决浮云，诸侯尽西来。
明断自天启，大略驾群才。
收兵铸金人，函谷正东开。
铭功会稽岭，骋望琅琊台。
刑徒七十万，起土骊山隈。
尚采不死药，茫然使心哀。
连弩射海鱼，长鲸正崔嵬。
额鼻象五岳，扬波喷云雷。
鬐鬣蔽青天，何由睹蓬莱？
徐氏载秦女，楼船几时回？
但见三泉下，金棺葬寒灰。

赏析

《古风》五十九首，是李白的大型组诗，非一时一地之作，内容非常广泛，涉及政治、社会、历史、人生、文艺等方面，全面继承诗骚、阮籍《咏怀》、陈子昂《感遇》讽时伤世、抒发人生感慨的优良传统，多运用比兴寄托、咏史讽时、游仙寓怀及赋体敷陈等手法。这首《秦王扫六合》为原组诗的第三首，就是运用赋法铺陈秦王朝的发家史，相当于一篇诗体的《秦始皇本纪》，是李白重要的咏史讽时作品。

开篇两句，劈空而来，气势磅礴，突出秦王消灭六国、平定天下的威风。"秦王扫六合，虎视何雄哉"，一个"扫"字，可见秦兵势如破竹、无坚不摧的气势，"虎"与"雄"字，则写出秦王雄姿英发、威猛盖世的形象，令人想起贾谊《过秦论》中的一段文字："及至始皇，奋六世之余烈，振长策而御宇内，吞二周而亡诸侯，履至尊而制六合，执敲扑而鞭笞天下，威振四海。"诗与文息息相通，相得益彰。

接着写秦王的雄才大略，面对战国七雄争霸的混乱局面，秦王拔剑一挥，便勇毅果决地驱散浮云蔽空的阴暗局势，使寰区大定，于是天下诸侯都朝宗于大秦。一个"决"字，彰显秦王的英武决断，一个"尽"字，强调六国诸侯的完全归附。秦王的"明断"是上天赐予的，所以他能以雄才大略驾驭天下的英才，建立万世奇勋。字字掷地有声，句句铿锵雄壮，赞扬了秦王统一天下的功绩，评价了秦王驾驭群才的魄力和刚毅决断的君主品格。

接下来四句，叙述秦王统一六国之后的两大举措：一是"收天下之兵，聚之咸阳，销锋镝，铸以为金人十二，以弱天下之民"，并通过巡游全国各地，弹压胆敢抵抗的六国残余势力或妄论非议秦政的人民；第二件事是东巡会稽，勒石铭功，昭告天下，又巡游北海，登上琅琊台，瞭望蓬莱仙岛，来展示大秦的天威气象。其中"函谷正东开"一句与前面的"诸侯尽西来"相互照应，后者强调天下归附的形势，前者则强调包容天下的胸襟。只可惜拥有天下的秦始皇除了炫耀震铄古今的不世功勋之外，并没有进行巩固其统治的思想文化建设，竟然实行愚民政策，为了独自永霸天下，秦王不实施仁政，企图以暴得天下并以威永坐天下，虽然这在短时间内取得一定的威慑效果，但绝不可能持久，因为得民心者才能得天下。

接下的十二句，写秦始皇不惜民力极度膨胀的奢靡心理和渴望长生不老的荒唐愿望。取得天下的帝王，无不具有这两方面的心态，因为"普天之下莫非王土，率土之滨莫非王臣"的观念，导致秦王生前就要准备好死后的陵寝，竟然征用七十万民夫修筑巍峨高峻的骊山陵墓，又派方士寻觅不死之药，当屡次失败之后，秦王的心里充满了无尽的悲哀。然而，执拗相信大海里一定有仙山，仙山上一定有仙药的秦始皇，还是相信了方士徐福的谎言，让他率领浩荡的船队，给他充足的给养并配备了精良的武器，去茫茫大海寻找不死之药。结果，当他们用强弓硬弩向阻挡前行航路的大鱼展开射击时，那巨鱼的鼻额像巍峨的山岳一样浮在动荡颠簸的大海上，它呼吸的时候，掀起滔天巨浪，汹涌澎湃，犹如惊雷炸响，在蓝天和大海之间震荡轰鸣，它的鳞鬣张开宛若遮蔽青天的云翳，哪里还能看到蓬莱仙岛的一点踪迹呢？徐氏的楼船还携带了大量的秦国美女，一起消失在汪洋迷茫的大海之中，什么时候看到过有人归来呢？这一段展开惊天动地的恢弘想象，写得汪洋恣肆，雄浑飘逸，成为李白诗歌最鲜明的标志。

最后两句以冰冷收束，说请看骊山脚下的高耸土堆吧，秦始皇冷冰冰的尸骸还盛放在深坑的金棺之中！始皇既期永生又筑高陵，揭示其自私、矛盾、欲令智昏的内心世界。"但见三泉下，金棺葬寒灰"，用反跌之笔，将前面夸张渲染的九霄云上的秦始皇，一下子摔跌入九重黄泉地底，可谓跌宕逆折，惊心动魄，以此收束筑陵、求仙之事，笔力遒健，而口吻冷隽。想当初那样"明断"的英主，竟会一再被方士欺骗，仙人没做成，只留下一堆寒冷的尸骸。最终，秦始皇也只落得一个被历史无情嘲弄的结局！

秦王的出现，是三秦大地的历史奇迹，也是后世帝王永恒的龟鉴。此诗虽咏史而实为讽时，并非仅为讥嘲秦始皇，而是暗射当今皇帝玄宗。唐玄宗和秦始皇就颇为类似：两人都曾励精图治，开创盛世局面，而后来又变得骄奢无度，最后迷信方士妄求长生。据《资治通鉴》载："（玄宗）尊道教，慕长生，故所在争言符瑞，群臣表贺无虚月。"这种愚蠢的举措，结果必然对国家贻害无穷。因此，李白有感而发。全诗史实与夸张、想象结合，叙事与议论、抒情结合，欲抑先扬，跌宕生姿，既具批判现实精神又有浪漫奔放激情，是李白《古风》中的杰构。

马嵬二首（其一）

李商隐

冀马燕犀动地来，
目埋红粉自成灰。
君王若道能倾国，
玉辇何由过马嵬。

赏析

　　大唐长安繁华鼎盛的时期，激起无数人建功立业的雄心梦想，也滋养着享受富贵荣华者的青春美梦。像伟大诗人李白就高唱着"仰天大笑出门去，我辈岂是蓬蒿人"的诗句，来到长安，接受唐玄宗口封的翰林供奉，欲实现其大济苍生、使"海县清一"的政治梦想；杜甫则来到长安四处奔走干谒，要实现他"致君尧舜上，再使风俗淳"的宏伟理想，这是一方面。而另一方面，对于高门贵族来说，享受着丰厚的物质财富，过着锦衣玉食的生活，也在做着长生不老的春梦。像唐玄宗就最为典型，一方面他创建缔造了辉煌的盛世，使长安呈现一派富庶和乐、蒸蒸日上的气象；另一方面又宠幸杨贵妃，过着"赏名花，对妃子，听新曲"的神仙般的日子，并幻想与杨贵妃"世世为夫妇"，享受美好的知音般的婚姻生活。应该说，只要大唐依然能够维持其繁盛局面，长安是能够承载并容纳这所有梦想的。但是，盛世的光环下潜藏着隐忧。一方面，唐玄宗因为宠幸贵妃，懒于朝政，让李林甫、杨国忠这样的权幸大臣，窃掌国柄，逐渐掏空大唐国库的积蓄，使国家成为一个空架子，国库空虚，侯门巨富，将必然导致社会矛盾的加剧；另一方面，唐玄宗放纵安禄山这个阴谋家，将整个大唐的东北边境的安危托付给他，并让他拥有几十万军队，形成了颠覆国家的军事实力。所以，一旦大厦倾覆，覆巢之下岂有完卵？！终于，不可调和的矛盾在天宝十四载（755）十一月爆发了，安史之乱，成为大唐王朝由盛入衰的分水岭，也成为整个中国封建王朝由盛转衰的节点。由于大唐盛世长达四十多年，人民不识刀兵，所以安史叛军，仅仅一个月就攻占东都洛阳，再用了半年时间，就攻破了当时世界上最繁华的都城长安。而随着长安的被占领，中国历史上最辉煌的盛世，瞬间灰飞烟灭，与长安一起破灭的更有千千万万人们那五彩缤纷的梦想。李白不得不避难江南，杜甫不得不漂流西蜀，而一代风流皇帝唐玄宗，也顾不得王子皇孙，只好仓皇携带杨贵妃及其姊妹们，连同杨国忠等少数亲近权臣一起，向成都逃难。但是，皇帝的逃难与庶民不同，受到更多的限制，人们大都把这场灾难归罪于唐玄宗宠幸贵妃。当大队的人马来到长安西南百里处的马嵬坡时，一场震惊千古的兵变爆发了，龙武大将军陈玄礼的部下，首先杀死无恶不作的权臣宰相杨国忠，并诛灭杨氏一门，当玄宗出来宣慰哗变的士兵时，士兵们依然举着刀枪围住玄宗暂住的行宫，高声说："祸根未除！"玄宗知道难以保护贵妃，只好割恩正法，万分不舍地让人将杨贵妃牵去勒死于佛堂。一代名妃终于在祸乱中玉碎香消，同时也永久性终结了唐玄宗与杨贵妃之间的爱情梦想。这就是历史学家所谓的"马嵬之变"。马嵬，即马嵬坡，故址在今陕西兴平市西的骊山脚下。唐人及后人大都喜欢歌咏这一题材，既关注唐玄宗与杨贵妃之间的爱情，更关注这一事件背后包含的历史原因和教训。李商隐就是其中最有名的诗人之一，他写了这首七绝，还有一首七律。

这首七绝前两句学习白居易《长恨歌》里"渔阳鼙鼓动地来，惊破霓裳羽衣曲"的写法，将安史叛军造反与杨贵妃的命运联系起来，表面上看，是把贵妃之死归因于安史叛乱，其实更有深层原因。李商隐将主角换成了唐玄宗，说河北燕地的战马狂奔而来，指代安史叛军杀气腾腾地攻城略地，顿时就导致了唐玄宗不得不"自埋红粉"（杀死贵妃以谢天下），并进一步导致自己理想的破灭（"自成灰"）。两句诗展现的就是上文叙述的全部史实。后两句发表议论，李商隐是站在一半同情杨贵妃一半指责唐玄宗的立场上看问题的，说君王啊，如果真的罪责是由于我倾城倾国的美色的话，即导致大唐盛世毁灭的悲剧应该由我杨某来承担，也就是古代封建社会常说的"红颜祸水"论，那么君王的车驾临幸马嵬坡又因为什么呢？李商隐的意思是不能由一个绝色美女柔弱的肩膀来承担历史的罪过，这既不可能，也不公平。即是说君王应该为此负责。贵妃作为一代美人，本身并没有过错，是皇帝贪恋美色，荒废朝政，放纵朝臣导致朝政窳败，又轻信安禄山这个貌似忠诚的阴谋家，最终导致这场无法避免的历史灾难。在组诗的第二首中，李商隐更辛辣地嘲讽唐玄宗说"如何四纪为天子，不及卢家有莫愁"，言外之意说皇帝连一个普通农夫都不如，连自己的爱妻都不能护卫，更何谈稳定并保护天下呢？李商隐将讽刺的矛头，指向唐玄宗，表现出他进步的历史观念，与传统的封建卫道士们倾泻红颜祸水的谬论，维护帝王的尊严，迥然有别，体现出一种大胆的别样的眼光。

长恨歌

白居易

汉皇重色思倾国，御宇多年求不得。

杨家有女初长成，养在深闺人未识。

天生丽质难自弃，一朝选在君王侧。

回眸一笑百媚生，六宫粉黛无颜色。

春寒赐浴华清池，温泉水滑洗凝脂。

侍儿扶起娇无力，始是新承恩泽时。

云鬓花颜金步摇，芙蓉帐暖度春宵。

春宵苦短日高起，从此君王不早朝。

承欢侍宴无闲暇，春从春游夜专夜。

后宫佳丽三千人，三千宠爱在一身。

金屋妆成娇侍夜，玉楼宴罢醉和春。

姊妹弟兄皆列土，可怜光彩生门户。

遂令天下父母心，不重生男重生女。

骊宫高处入青云，仙乐风飘处处闻。

缓歌慢舞凝丝竹，尽日君王看不足。

渔阳鼙鼓动地来，惊破霓裳羽衣曲。

九重城阙烟尘生，千乘万骑西南行。

翠华摇摇行复止，西出都门百余里。

六军不发无奈何，宛转蛾眉马前死。

花钿委地无人收，翠翘金雀玉搔头。

君王掩面救不得，回看血泪相和流。

黄埃散漫风萧索，云栈萦纡登剑阁。

峨嵋山下少人行，旌旗无光日色薄。

蜀江水碧蜀山青，圣主朝朝暮暮情。

行宫见月伤心色，夜雨闻铃断肠声。

天旋地转回龙驭，至此踌躇不能去。

马嵬坡下泥土中，不见玉颜空死处。

君臣相顾尽沾衣，东望都门信马归。

归来池苑皆依旧，太液芙蓉未央柳。

芙蓉如面柳如眉，对此如何不泪垂。

春风桃李花开日，秋雨梧桐叶落时。

西宫南内多秋草，落叶满阶红不扫。

梨园弟子白发新，椒房阿监青娥老。

夕殿萤飞思悄然，孤灯挑尽未成眠。

迟迟钟鼓初长夜，耿耿星河欲曙天。

鸳鸯瓦冷霜华重，翡翠衾寒谁与共。

悠悠生死别经年，魂魄不曾来入梦。

临邛道士鸿都客，能以精诚致魂魄。

为感君王辗转思，遂教方士殷勤觅。

排空驭气奔如电，升天入地求之遍。

上穷碧落下黄泉，两处茫茫皆不见。

忽闻海上有仙山，山在虚无缥缈间。

楼阁玲珑五云起，其中绰约多仙子。

中有一人字太真，雪肤花貌参差是。

金阙西厢叩玉扃，转教小玉报双成。

闻道汉家天子使，九华帐里梦魂惊。

揽衣推枕起徘徊，珠箔银屏迤逦开。

云鬓半偏新睡觉，花冠不整下堂来。

风吹仙袂飘飖举，犹似霓裳羽衣舞。

玉容寂寞泪阑干，梨花一枝春带雨。

含情凝睇谢君王，一别音容两渺茫。

昭阳殿里恩爱绝，蓬莱宫中日月长。

回头下望人寰处，不见长安见尘雾。

惟将旧物表深情，钿合金钗寄将去。

钗留一股合一扇，钗擘黄金合分钿。

但教心似金钿坚，天上人间会相见。

临别殷勤重寄词，词中有誓两心知。

七月七日长生殿，夜半无人私语时。

在天愿作比翼鸟，在地愿为连理枝。

天长地久有时尽，此恨绵绵无绝期。

赏析

　　唐宪宗元和元年（806）春天，三十五岁的白居易参加制举以第七名登第，随后被授予盩厔（今作周至，属陕西）县尉。这里既是京畿重地，又离杨贵妃被缢死的马嵬坡很近，十二月的一天，在繁忙的公务之余，他与友人陈鸿、王质夫来到马嵬驿附近的仙游寺游玩，夜宿寺庙，梵钟悠扬，佛香袅袅，四野空寂，繁星满天，于是发思古之幽情，相与话及此地五十年前发生的李隆基与杨贵妃的爱情故事，大家都感慨良深。由于历史的血痕已经淡去，那场惨绝人寰的巨大灾难给大唐王朝健美的躯体上带来的创伤渐渐弥合，半世纪前的当事人已经成为民间传说的主人公了。王质夫认为，像这样历代罕见的事情，如无大手笔加工润色，就会随着时间的推移而湮没不闻。因此劝白居易道："乐天深于诗，多于情者也，试为歌之，何如？"白居易怦然为之心动，因为刚刚结束了一场刻骨铭心的热恋，湘灵姑娘那轻盈曼妙的倩影还常常萦绕心头驱之不去，故诗兴勃郁，当晚就构思落笔，写下了这首饱含自己婚姻理想的长诗。传奇作家陈鸿揣测白居易创作的意图，随后写了一篇历史传奇《长恨歌传》，认为"不但感其事，亦欲惩尤物，窒乱阶，垂于将来也"。即白居易在诗中还蕴含了一层惩戒、讽喻的深意。历代有一些学者将《长恨歌》系于《长恨歌传》之后，进而用"传"的观点来阐释"歌"，笔者认为这是不完全符合白居易创作原意的。

　　白居易曾在元和年间编辑自己的文集时，将《长恨歌》编在"感伤类"中，并自评说"一篇长恨有风情"。这"风情"，我认为既有"风俗人情"的含义，也有"男女风情"的意思。但明代人理解这风情时，认为"格极卑庸，词颇娇艳，虽主讥刺，实欲借事以骋笔间之风流"（高棅《唐诗品汇》），基本上等同于男女之间的风流韵事；甚至认为"风"就是"讽刺"之意，"此讥明皇迷于色而不悟"（唐汝询《唐诗解》），即借描写男女之情达到对明皇的讥讽。这些说法，归结到一点：都是以诗证史，认为白居易是在创作一首具有讽谏意义的史诗。理由是：诗的开篇就说"汉皇重色思倾国"，讽刺玄宗"重色"，接着写玄宗因为迷恋美色而"不早朝"，荒废朝政；更严重的是，因宠幸杨贵妃而对杨氏一门滥赐封赏，加速了朝政窳败，最后导致"渔阳鼙鼓动地来"的恶果；杨贵妃死后，玄宗仍然执迷不悟，辗转思念不能自已，还让方士去寻觅杨贵妃的魂魄，受了方士的欺骗而不自知。总之是"生亦惑，死亦惑"，结尾的"长恨"实际上是讽刺玄宗自己种下的长恨。讽刺说者的主要缺陷是不能跳出历史的圈圈来理解《长恨歌》，按照历史的真实来解释这首诗，显然根据不足。有一个很好的例子正好可以来跟《长恨歌》对照，就是晚唐郑嵎的《津阳门诗并序》，郑诗确实是讽刺的，主题绝对不会模糊，因为它完全按照历史的真实面貌来描写叙述，且诗中加入了作者的四十条"自注"，从头到尾都是提供历史经验教训，而《长恨歌》则不是这样。

笔者认为白居易写李、杨爱情，主要用意不在于讽刺。理由如下：

首先，从作者正面描写李、杨爱情的绝大部分篇幅中，流露的感情倾向是同情赞美而不是讽刺。杨贵妃作为中国古代四大美人之一，白居易是倾其笔力来加以描摹的，据《旧唐书·杨贵妃传》载："太真姿质丰艳，善歌舞，通音律。"杨贵妃的美是盛唐时代一种健康丰腴之美，是唐都长安文化中"盛唐气象"的一种表征。她除了"回眸一笑百媚生"的绝代姿容，更有"贵妃出浴""贵妃醉酒"的风情万种，还有"缓歌慢舞"的高超技艺，即使被缢杀之后，灵魂飞升到海上仙山，也是"一枝梨花春带雨"那般凄艳唯美，这样一个绝色全才的美女，得到君王的垂青宠爱，死后仍对她无限眷恋，就完全是合乎情理了。

其次，从作者对历史题材的取舍改造以及诗中对具体材料的安排处理来看，所要突出的是这份爱情的生死不渝和这种悲剧值得同情赞美，而不是历史上李、杨真实关系应该批判否定的方面。《长恨歌》里的李、杨和历史人物的实际情况很不相同。它描写的是一个爱情悲剧，而不是历史悲剧。李、杨在《长恨歌》中所扮演的爱情场面，跟他们原来在实际生活中所演出的历史场面很不一样。这样，要是从历史出发，便不免要歪曲和误解这首诗。

再次，从同情与讽刺的倾向来看，《长恨歌》不能不写到杨贵妃生前玄宗对她的宠爱，而要把宠爱写得像宠爱样子，就不可能不带有讽刺味道。如果主要是为了讽刺，则可以毫不留情地写夺取儿媳的乱伦秽行，而不须说成"杨家有女初长成""一朝选在君王侧"，这种改动是为了不从根本上损害人物和他们之间的爱情；更无须回避史实，若重点在于讽刺，李、杨纵情淫乱导致安史之乱，就可以大书特写，但诗中只是轻描淡写地说"渔阳鼙鼓动地来，惊破霓裳羽衣曲"，似乎这场大动乱只惊破了李、杨的美满爱情生活，其他毫无损伤，这显然表明作者的用意根本不在讽刺李、杨的荒淫误国，而是要同情并赞美他们的爱情，是尽可能地为他笔下的两位爱情悲剧的主人公，从政治、道德上进行净化的。

的确，像讽刺说论者列举的那些诗句，确实是含有批评的，但这种批评的角度和限度是有限的，是从这些行为如何导致了他们自己的爱情悲剧这个角度去批评。从作品的具体描写看，作者的意思是：李对杨的宠爱爱得太过分了，他们太有点"爱情至上"了，因此反而使他们尝到了过分的爱所酝酿的苦果。这样一种批评既不构成对他们的政治批判，也不影响对他们爱情专一的强烈描写，而且正是描写他们爱情专一强烈的一种方式，如："春宵苦短日高起，从此君王不早朝"，写出玄宗对贵妃宠爱倍至；"姊妹弟兄皆列土，可怜光彩生门户"，是在讽刺杨家靠裙带关系得到实惠，却似乎又是在渲染对杨贵妃的爱。可见，这些只是写其爱得过分，但并不否定他们爱得专一、强烈。

我们不妨也来揣测一下白居易的创作心理，写此诗时白居易还未入朝为右拾遗的谏官，也没有进入讽喻诗的创作阶段，且《长恨歌》是编在"风情"类而非"讽喻"类，作者对玄宗的态度是复杂的，一方面赞赏玄宗前期的励精图治，开创并领导了开天盛世局面，本人多才多艺，诗歌、音乐、书法都很精通，且风流倜傥；而且安史之乱五十年后，白居易回忆盛唐，对李杨悲剧已不像当时人那样怨恨的成分多，再说马嵬事变后人们对杨贵妃充满了同情，对玄宗晚年的孤独生活深表同情，据说肃宗身边的宦官想杀了他，他思念杨贵妃是事实，曾谱《雨霖铃》曲来思念贵妃，又让高力士去改葬杨贵妃，高力士带回一个香囊，玄宗终日挂在身上，对着杨贵妃画像哭泣；另外，在马嵬坡旁边居住的人传说贵妃墓前土好，当时常有人去挖，后来用砖封住，防止人家去破坏杨贵妃墓。如果人们认为杨贵妃是祸水，还会爱惜她坟前土吗？可见白居易时代对杨贵妃的怨恨，已经减到很低程度了。白居易创作时也受当时民间传说的影响。

从反省与惩劝的角度看，这个悲剧从题材、主人公身份看，与古时许多爱情悲剧不同，李、杨是帝、妃的身份。焦仲卿与刘兰芝等爱情悲剧是由封建婚姻制度造成的，悲剧的本身是对封建礼教的控诉，展示这些悲剧则带有民主性；而李、杨悲剧的形成不是由于封建压迫造成的，悲剧根源在爱情自身发展之中，是由于这种欢爱发展到误国的程度，后果造成生离死别，自己酿的苦酒自己喝。就因为如此，另一方面的意义显示出来——作者在为悲剧所感动并加以表现的同时，有一种反省意识和惩劝的作用。他在回顾、反映这个悲剧的同时，感受到了爱情和人生的其他方面有一种矛盾制约的关系，作者意识到这种爱情与长恨之间有因果关系。从人类生活看，爱情与生命、事业之间有矛盾的一面，儿女情长易造成英雄气短，爱得太深会毁掉英雄事业。李、杨悲剧既令人同情，又令人惋惜；因为是欢爱误国，在令人惋惜之余就有惩劝的意识。这种反省意识正是《长恨歌》的深刻之处，它反映的是爱情作用于人生的多重性，有欢乐亦有凄凉；说明爱情只是人生的一部分，当这一部分过分膨胀，则物极必反，毁掉爱情，因此要把爱情控制在一定的范围，这是《长恨歌》所包含的惩劝作用。但《长恨歌》的意义不仅在于惩劝，青年男女喜欢从爱情这个角度来欣赏它，因为《长恨歌》虽然写的是悲剧，但它表现了李、杨生死不渝的爱

情，体现了人类精神美的一面，所以这个悲剧体现了人类
的共同美。爱情虽然只是人生的一部分，但爱情在人类生
活中是必不可少的。"在天愿作比翼鸟，在地愿为连理枝"，
这两句可以作为爱情的箴言，且有一定的净化作用。

《长恨歌》结尾两句常为后人引用。《老子》谓"天长
地久，天地所以能长且久者，以其不自生，故能长生"，
这里则反其意而用之。通过"尽"对"天长地久"的否
定，极度夸张地写出了"恨"的永恒。同时，又通过"此
恨绵绵无绝期"，显示了"在天愿作比翼鸟，在地愿为连
理枝"愿望的虚幻，加深了李、杨爱情的悲剧意义。其
实，愈是饱含泪水不懈地追求与思恋，其分离就愈具有悲
剧意义，使人冥冥之中感受到的那一份无可奈何的心灵负
荷就愈沉重，感伤的心灵就愈深邃。而李、杨永恒的分离
与彼此痛苦的思恋，又把他们的悲剧放大了，使他们的爱
情悲剧上升到了一个新的境界。《老子》又说"道大，天
大，地大，人亦大。域中有四大，而人居其一焉"，强调
了人与道、天、地并列的宇宙地位，是对抽象人的哲学价
值的肯定。中晚唐时期的诗人们则对人的情感价值作出了
超越时空的追寻，无论李贺的"天若有情天亦老"，白居
易的"天长地久有时尽"，还是李商隐的"碧海青天夜夜
心""刘郎已恨蓬山远，更隔蓬山一万重"等写人类的精
神世界的名句，都是对人的情感价值的高度赞颂。这些诗
句表明，魏晋以来"人的觉醒"的历程进入到一个更高的
层面。从这个意义上讲，白居易的《长恨歌》实际上体现
了人类情感世界的又一次形而上的超越，而这本身就具有
永恒的意义。

　　这是我撰写的一部颇为独特的小书，因为有一段不平凡的奇特经历。

　　2019 年 3 月，我接受韩国外国语大学的邀请，在该校汉语教育系担任客座教授。有一天，突然收到一封来自西安的电子邮件，其主要内容是邀请我写一本关于唐诗赏析的小书，写法很苛刻，既要对他们精选的每一首诗中包含的文化背景和涉及的文物作详细解读，即富于地理历史文化意味，又要文笔活泼通俗易懂，要求充满故事性，还要还原诗中包含的历史情境，且每一首赏析不超过 1500 字，篇幅长的诗歌也必须控制在 4000 字之内。并说，每一首诗都会配上精美插图，但不能出现传统的字词注释。这对我来说是一个全新的挑战。

　　我问："为什么找我来写呢？"他回复："在网上搜索到你在唐诗鉴赏方面有较好的成果。"几番交流，我们很快达成协议，并商定好出版合同及版税事宜。随即，那位先生发来了目录和选诗文本。我于是夜以继日查找资料，开始撰写样稿。经过一段时间磨合，渐渐找到了感觉，于是以两天写一篇的速度推进。那位先生要求三个月之内交稿，仿佛催得很急，但我不明白其中的原委。

　　韩国的四月，正是樱花烂漫、金达莱盛开的美好季节，春风骀荡，碧草芊绵，轻云温煦，春水演漾，日日香风扑鼻，满眼五彩缤纷，我陶醉在美妙的春景中，文思泉涌，很快就完成了接近一半的内容。

但是，风云突变，犹如韩国的天气，春天很短暂，忽然变成夏天。那位先生，没有给我任何理由，就像一片云彩似的消失了，微信联系不上，邮件也不回复，出版合同之类的事情也就一起烟消云散了。我有一种被耍弄的感觉，于是愤怒搁笔。但是，有些朋友却每天翘首以待，希望不断看到新的篇目。我就在这种犹豫挣扎中度过了一个学期，终因激情耗尽，不再继续往下写，一直到交流任务结束，回到祖国。

2020年2月9日，在疫情最为严峻的时刻，我回到了祖国的怀抱，经过一段时间的休息调养，又觉得充满激情了。有一天，我接到一份国家社科基金项目成果的结项材料，是关于历代关中长安诗歌图志方面的，与那本写了一半的书稿非常合拍，全部选诗都包含在这个需要我鉴定的材料之中。这是冥冥之中的巧合，还是这本书原来就是要用来支撑这个课题结项的呢？不由我不去作这方面的联想。也许，那位先生当初着急要我写书稿，就是为了这个项目结题吗？或许后来因为结题材料弄好了，不需要我的书稿，所以又杳无音信吗？我按照规定程序鉴定完这个项目材料，却意外地将长安发生的所有诗歌及其历史背景都过了一遍，反而让我又重新产生完成书稿的愿望。书稿是自己的成果，不管有没有出版社要，先写出来再说。疫情期间，也没有什么事情可做，于是又开始考虑继续撰写未完成的书稿。

终于，有一天，在网上遇见了河北人民出版社的编辑部主任王静先生，他曾给王志清先生出版过几本书，都非常畅销。承蒙王志清先生不弃，每本大著都寄给我，我都

认真拜读并撰写了书评。大约由于王志清先生的介绍，王静先生对我也着重关注了，我们加了微信好友，当他得知我在写一本关于长安与唐诗的书时，立即向我索要了几篇样稿，并很快拍板说要由他们出版社出版。这无疑给我很大的信心，我于是下定决心继续撰写。

王静先生在出版界是鼎鼎大名的资深编辑，出版过很多畅销书，获得过很多全国大奖，我的小书能由他亲自编辑，对我来说是无比的荣耀。但是，下半年由于接受了另一项任务，写作时断时续，好在王静先生很有耐心，并不催促，但我总觉得这样偷懒，对不住朋友，国庆长假期间，我推掉所有的应酬，潜心写作，终于在月底完成了全部书稿。

这本小书，虽然不是我最重要的著作，甚至在年终考核中算不上科研成果，但是，她的诞生却经历了一波三折，充满戏剧性更具有故事性，当然成为我生命中一段最值得记忆的印迹了。我对这本书充满无尽的珍爱。

感谢王静先生，是他的慧眼和魄力，让这本小书有与读者见面的机会。感谢李耘老师为本书付出的辛劳。当然，也要感谢那位曾经邀请我写书的朋友。还要感谢我夫人主动承担所有家务，让我有充分的时间读书写作，她还坚持每天阅读我的草稿，并提出很多意见，如果没有她的鼓励，我也许没有写下去的勇气了。

由于本人学识水平有限，在每一首诗的具体阐释中，肯定存在不少失误甚至错误，诚恳地期待读者的批评指正。

2021 年 3 月 2 日

于芜湖三山天池圣居